老枪

万安+刑侦系列小说

万 安 ……… 著

文汇出版社

序

刑警英雄的赞歌

陈树新

和平年代,是谁在为你负重前行?罪恶面前,是谁在为你高举利剑?是刑警,他们在善恶交锋时挺身而出临危不惧;是刑警,他们在面对生死考验时勇往直前无怨无悔;是刑警,他们在万家灯火时默默守护倾情奉献。因为他们头顶国徽、身着警服,因为他们曾经佩戴"老枪"庄严宣誓……这是读完上海公安作家万安主创的作品《老枪》后最直接的感受,这种英雄主义的真实感受不是靠凭空想象就能获取的,需要作者有丰富的从警实践经验以及对刑警这份特殊职业的情怀方能得到。

《老枪》就是像是一首悲壮而崇高的旋律,再现了刑警面对情、理、法的复杂纠葛与人性抉择,传递了人间真情,弘扬了社会正能量。作品生动地讲述了京海市刑侦队重案队队长郑钦与连环杀人犯方玉良之间斗智斗勇又相互救赎的感人故事,展示现代都市人的世情百态,在滚滚岁月长流的宏大叙事中,审视司法办案中的"程序正义"。作品没有塑造传统意义上"伟光正"的刑警,而是通过一个个结构严谨的情节,展示了一个个敢爱敢恨的人民卫士形象,而犯罪嫌疑人在故事中也不再是苍白无力,他们变得有血有肉,作者对他们的心理刻画也非常的细腻。作品既有起伏跌宕的故事,也有很多深刻的细节,文字鲜活,画面感很强,引人入胜,感人至深,不仅有宣传和教育的功能,而且在审美和娱乐的功能上更是有过人之处,让读者不禁唏嘘感叹在面临名利诱惑时,在"程序正义"与实体正义的抉择时,不同的选择导致不同的人生、不同的结局,以及新时代的刑警英雄们可歌可泣的英雄故事。

《老枪》高度契合了我们的时代需要英雄、呼唤英雄的期盼。作品描述了新时代的刑警们在艰难困苦、摸爬滚打、生死抉择中树立起了正确的荣辱观、名利观,牢记"对党忠诚、服务人民、执法公正、纪律严明"刑警誓言,从高楼林立的都市到层峦叠嶂的郊野,从赤日炎炎的盛夏到漫天飞雪的寒冬,他们恪尽职守、英勇奋战、无私奉献,用实际行动谱写着对党、对人民、对法律的无限忠诚,实践着对刑侦事业的执着追求。"水激石则鸣,人激志则宏"。优秀的公安文学作品是鼓舞民众士气的一剂良方,从英雄的精神世界里汲取养分,会让我们自己的生命更有张力、更有高度,可以增强人们克服人生苦难的信心和力量,激励和鼓舞人们为创造更加美好的生活而奋斗。

英雄是时代的标记,英雄是时代的赞歌。历史不乏英雄,而刑警则是和平年代的英雄。以郑钦为代表的新时代刑警们佩戴"老枪",在壮烈的冲锋道路上,已成为新时代的精神坐标。因为是他们用生命筑起平安的堤坝,是他们用鲜血守护岁月静好,他们不愧为党和人民的忠诚卫士、不愧为真正英雄、不愧为新时代最可爱的人。我读着《老枪》书中的故事,由然想起了许建国叔叔(原公安部副部长兼上海市公安局局长),在炮火纷飞的峥嵘岁月,他们老一辈无产阶级革命家,抛头颅洒热血,为缔造我们国家的公安事业,特别是上海公安事业做出了特别巨大的贡献。我想说,许叔叔请您放心,你们的事业后继有人。

我要感谢像万安这样的公安作家,他们铁肩担道义,妙手著文章,为弘扬新时代主旋律,传承中华民族的传统美德做出了应有的贡献。若干年后,人们站在未来回望历史,翻开《老枪》这部小说,依旧还会铭记刑警们可歌可泣的英雄故事,一把老枪代表的不仅是刑警的荣誉,更是一线执法者追求社会公平正义的执着。

陈树新

2021年5月

(序作者为中国部长将军画院院长)

序

刑警笔下的冷暖人生

郑 虎

我荣幸获邀并欣然动笔为本书作序。这既是因为我与作者万安熟识熟知，乡情浓郁，我了解他身为一名西北汉子、科班出身的公安战士，时常临危不惧，永志恪尽职守，为做好刑侦工作担责奉献，我对他深怀敬意；又是因为我从事影视作品创作、管理、运营多年，时常会以一名"读书人"和"选题人"的角色受万安所尊，能在第一时间先睹为快他笔下流淌的新作文字，我深受他的作品的感染和鼓舞，心潮澎湃。

世上只有一种真正的英雄主义，那就是认清生活的真相后依然热爱生活。这是诺贝尔文学奖获得者、法国作家罗曼·罗兰所说的一句名言。生活是残酷的，而刑事案件更是这种残酷生活的极端体现，真的勇士敢于直面惨淡的人生，敢于正视淋漓的鲜血，然而更难能可贵的是在残酷的真相中找出人性的闪光点，塑造出新时代刑警们的群像。这一切都源于公安作家万安，他长期工作在刑侦一线，接触了许许多多、形形色色、光怪陆离的刑事案件，他坚持每案必记、每案必访、每案必思。长年累月的积累，让万安在直面人性的同时，对每一起刑事案件都有了深层次的思考，而他笔下的小说《老枪》更是写尽了冷暖人生。

《老枪》如此令人唏嘘感慨,取决于作者如何看待人性。人性是高深莫测的话题,任何作家的文学成就与作品境界都与此紧密相关。《老枪》通过讲述刑侦队重案队长郑钦与连环杀人犯方玉良之间斗智斗勇又相互救赎的故事,展示了刑警与罪犯心理的波折起伏、人性的纷繁复杂,如手术刀般层层深剖,探讨了人性深处最隐蔽的部分,而并非简单直白的善与恶,让新时代的英雄主义深藏于人性之中,不显山露水;让读者在润物无声中深切领悟一种壮志未酬的忠诚与奉献。这才是公安文学创作真正的"道",亦是所谓的"硬核",才有可能写出真正震撼人心的作品。

文学的一项任务,就是把属于人的还给人本身。正如著名作家、中国作协副主席贾平凹所说:"社会每天都在发生变化,但人的感情慰藉是永远不变的,所以说文学永远关心的是人的本身。"小说《老枪》中,京海市连环枪杀案成功告破时,主人翁郑钦重新审视自己的内心,终于明白了程序的公正不代表事实的正义,对权力和荣誉的追求会让自己迷失,即使拥有一把象征正义的"老枪",也会沦为满足私欲的工具。在两位师兄的帮助下,郑钦放弃了"平安卫士"的荣誉称号,与刑侦队的战友们轻装上阵,再次出发。当写作完成了迷失和回归英雄历程的主题,那么可以说,《老枪》就是把属于人的还给了人本身,让人们的情感慰藉在时代的大背景中引起共鸣。

确乎,在万安新作《老枪》就要出版、为之伏案写序之时,我不禁联想:每每阅读万安或通过刑侦案件的聚焦剖析,或借助文学创作的作品内容,都能感受到一股直达人性的力量。这完全是因为万安用心独到地能够通过大量来自刑侦一线素材的归纳与创作,笔耕不辍呈现着当下文坛还并不多见的公安题材"硬核"类型作品;万安的作品能独具匠心地通过引人入胜、发人深省的刑侦案件人物化与故事性描述,真切传递真善美,入骨鞭挞假恶丑,难能可贵!每遇我们促膝长谈,我时常会有一种冲动,那就是要把好兄弟公安战士万安的作品,拍成不同类型的长短视频影视作品,续作再现和纪念,希望遂愿。

握手,如是作序。

祝贺万安《老枪》付梓出版,以飨读者。

郑　虎

(序作者为著名文化学者,资深影视策划人、制片人)

目　录

序/刑警英雄的赞歌 …………………………………… 001
序/刑警笔下的冷暖人生 ……………………………… 001

第 一 章　雷霆万钧 …………………………………… 001
第 二 章　暗潮汹涌 …………………………………… 034
第 三 章　辉煌之后 …………………………………… 063
第 四 章　波谲云诡 …………………………………… 086
第 五 章　狡兔三窟 …………………………………… 105
第 六 章　扑朔迷离 …………………………………… 126
第 七 章　阴魂不散 …………………………………… 149
第 八 章　快意恩仇 …………………………………… 169
第 九 章　龙争虎斗 …………………………………… 192
第 十 章　穷途末路 …………………………………… 222
第十一章　浴火涅槃 …………………………………… 246
第十二章　破茧成蝶 …………………………………… 275

第一章　雷霆万钧

初秋,深夜。

京海市。

"轰隆隆!"

一道明晃晃的闪电,撕裂大半个天空,将沉睡中的城市照得恍如白昼。厚重的积雨云,很快聚集在城市上空,阴霾低沉。

"咔嚓!"

又一道雷霆在空中炸响,大雨倾盆而下。很快,街面上便开始积水,哗啦啦流向下水道。

京海市中心,皇家一号会所位于闹中取静的一条支路上。

会所门前的路口,偶有车辆来往穿过。一辆出租车驶来,静静地停在会所门口,候客的灯牌在雨中隐约发光。

几分钟后,一个女孩从会所中出来,踩着高跟鞋,冒雨跑了过来,拉开后车门上了车。女孩容貌娇媚,香风萦绕,语调轻快地说:"师傅,去紫荆小区。"

司机一身黑衣,头上戴着鸭舌帽,帽檐拉得很低。他一声不吭,踩下油门疾驰而去。

女孩儿从香奈儿包包里掏出纸巾,擦了擦脸上和手臂上的雨水,又掏出粉饼盒,开始补妆。

没一会儿,女孩的手机响起。她娇嗲地接起电话:"亲爱的,人家现在回家啦,我好想你哦,你明天回来嘛,要快点来见我哦……哎呀,我也想你,想你的大宝贝啦……"

女孩抱着手机撒娇邀宠,全没有察觉到前面的司机不停地在看后视镜,注意着她的一举一动,目光压抑愤恨。

"刺啦!"出租车猛然转弯后,急促刹车停住。

"啊!"正在电话调情的女孩儿,猛地往前一栽,手机滑落在地。

"你有病啊! 怎么开车的?"女孩儿吓得捂着胸口,怒骂起来。

司机微微抬头,看向后视镜,嗓音嘶哑:"对,我就是有病。"

听见这个声音,女孩似乎想到什么,怒气冲冲的面容浮起疑惑。

"喂? 喂?"女孩脚边的手机里,传出男人的声音。他以为是手机信号的问题,便挂了电话。

女孩听到手机没了声音,再看看前方越来越熟悉的男人,神情开始恐慌,面色逐渐发白。

男人回头,帽檐下露出大半张沧桑的面孔,沟壑纵横,消瘦阴冷。

"是你,是你!"女孩看清司机的脸,惊慌失措,浑身发抖。

就在这一刻,逃生的本能激发,女孩猛然推开车门,跳下车仓皇逃跑。茫茫夜色中,发现这里光线幽暗,空旷无人,只有暴雨如注。

强烈的恐惧,让女孩不顾一切地在雨中奔跑。

"啊!"她脚下一拐,摔倒在湿滑的雨地上,左脚的高跟鞋脱落,甩在一边。

女孩趴在地上,用力支撑起身,一个黑影覆盖住了她。男人来到女孩身前,居高临下地望着她,目光冷酷。

"求求你,不要,啊……"

漆黑雨夜中,传来女孩凄厉的惨叫声。

大片的猩红，混合入雨水，流向阴森的下水道。

清晨。
一夜暴雨后，碧空如洗，朝阳初升。
京海市公安局刑侦队。

刑侦大楼内整洁肃穆，庄严的警徽高悬在一楼大厅。白色墙壁上，是铿锵有力的誓言：对党忠诚、服务人民、执法公正、纪律严明。

清晨七点的训练室内，十分安静。只有两个高大的男人，站在散打训练台上，望着对方。

京海市公安局刑侦队重案队队长郑钦，三十四五岁，身姿挺拔，五官俊朗，目光锐利。

立在郑钦对面的，是重案队副队长杨业。杨业还不到三十，魁梧强健，短寸利落，气质强悍。他穿着黑色的背心和运动短裤，左肩一道暗红的伤疤，狰狞蜿蜒入胸口，丝毫不妨碍他浑身散发出磅礴的力量感。

杨业低头缠了缠手上的腕带，笑道："头儿，这大清早的也没外人，咱可不来虚的啊。"

"行，小叶子，来吧！"郑钦微笑着叫杨业的绰号，抬手利落地脱掉了运动外套，只剩下运动长裤。他的身体经过多年的高强度训练，肩背强壮，腹肌分明，如同古希腊雕塑一般。只是他左臂上有两道陈年伤痕，后背还有五六道青紫刀疤，纵横交错，看起来有些吓人。尤其是左侧肩胛下的那道刀疤，几乎可以想见，当时的刀尖距离他的心脏有多近。

郑钦和杨业拉好架势，四拳相触，眼神相交，电光火石。

杨业左臂挥出一记猛拳，来势汹汹，开始攻击。

郑钦灵活地侧身闪过。杨业突然跃起，抡起右臂，砸肘紧接而至，速度极快。郑钦步伐挪移一躲，还是被击中了肩部。

郑钦一时吃痛，向后退了一步，马上受到杨业的连续追打。郑钦抬起双臂,护住头部和要害部位。在杨业的快速攻击之下,他不断地后撤和防守,几乎要贴在训练台的护栏上,退无可退。

杨业占了上风,想要速战速决。他双腿爆发,跃起顶膝,要飞膝攻击郑钦的胸部和下颌。

然而,郑钦使的是诱敌深入的招数,早有准备。他反应极快,充满爆发力的双臂向下稳稳地挡住杨业膝盖的攻击。

"砰!"沉闷的骨肉碰撞后,郑钦借势极为灵活地向左弹开,趁着杨业跃起落下后尚未站稳,郑钦迅速踢出闪电般的右鞭腿。

他的右鞭腿扫踢力量强,速度奇快,角度刁钻,正踢中杨业的膝盖。

杨业下盘受到攻击,身体向后趔趄了一下,急忙退步调整重心,上半身防守便出现空隙。郑钦趁势而上,向前一记冲拳,击中了杨业的下颌。

"嗯。"杨业被击中后闷哼一声,后退两步,靠在护栏上大口喘气。

郑钦急忙向前,扶住杨业:"没事吧?"

杨业活动了一下受伤的下颌,啐出一口血沫,含糊地说:"头儿,你还真舍得下手!"

郑钦赶紧从地上的塑料袋里拿出块白毛巾,给杨业擦了擦脸上的血水和汗水,苦笑着说:"不是你成天吵吵着,不来虚的吗?"

"啪!啪!"训练台下传来几声鼓掌。

郑钦和杨业向台下望去,只见一个清俊文雅的青年站在训练室门口。

他是刑侦队情报支队的副队长刘彬,身材颀长,精干利落,戴着金丝眼镜,看起来十分年轻。三十出头的男人,看起来像个二十五六的研究生。刘彬穿着警用长裤和淡蓝色衬衫,笔挺洁净,脸上是淡淡的笑容:"今天幸好来得早,看到这么精彩的一场。"

杨业从郑钦手里夺过毛巾,简单粗暴地把短寸头上的汗擦了一把:"小刘,来都来咯,别光鼓掌,上来练练?"

刘彬风度翩翩地走到训练台前,笑道:"郑队还是下手轻了,往上五公分,直接KO你。"

"嘶。"杨业咧嘴一笑,又牵扯到伤口,疼得轻嘶一声。他心知肚明郑钦是手下留情了,要知道拳手的体格再强悍,太阳穴都是薄弱的,如果郑钦打中的不是下颌而是太阳穴,自己肯定当场倒地。

"行了,自己人切磋。"郑钦随手披上外套,利落地跨过围栏,走下训练台,"彬彬,来这么早?"

刘彬看着郑钦,神情郑重起来:"今天陈局要来,很关键啊,看看郑队还有什么要准备的?"

"嗯,我去冲一下,出来商量!"郑钦的神色也严肃起来,拍拍刘彬的肩膀,大步走出训练室。

"我也去。"杨业一把提起地上装毛巾水杯的塑料包,紧跟着出去。他和刘彬擦肩而过时,还有意无意地撞了下刘彬的肩膀。

刘彬虽然斯斯文文,也是经过了刑侦队严格的体能训练和定期测试的,稍一侧身化解了力道。他淡定转身,看着杨业气势汹汹虎背熊腰的背影,低头轻笑一声。

两小时后。

刑侦楼一楼的宣传电子屏上,开始播放本届市公安局"平安卫士"的竞选宣传片。

去年,在新上任的京海市政法委书记萧志雄的大力推动下,市公安局设置了"平安卫士"荣誉称号。"平安卫士"是为了表彰刑侦能力突出的优秀刑警,在政法委书记的重视下,分量很重,意义非凡。获奖者不仅能收获很高的荣誉,还会成为市局的重点培养对象,发展前途不可限量。

本届的"平安卫士"评选,重案队队长郑钦和缉毒队队长王小利双双上榜。两人都是刑侦队的顶梁柱,实力和名气兼备的业务骨干,实力不相上下,竞争格外激烈。在宣传片中,郑钦高大冷峻,凛然正气,王小利沉稳内敛,成熟老到,确实是各有千秋,堪为京海优秀刑警代表。

电梯门打开,刑侦队队长郭毅君带领数人走出电梯,其中就有身着警服的郑钦和王小利。一行人快步穿过大厅,往大门处走去。

郭毅君不到五十,正值盛年,身穿白色高级警官警服,肩佩二级警监警衔,气质端方,不怒自威。

他路过电子屏时看了眼宣传片,脚步未停,问了句:"都安排好了吧?"

刑侦队政治处主任卫萍穿着蓝色警服,肩佩一级警督警衔,面容瘦削。她虽然走在郭队身后一步,却能准确接住领导的问句,快走一步跟上,低声答道:"您放心,都安排好了。"

郭毅君点点头,走到大厅门口时又想起了什么,剑眉微皱:"门口那两个……"

卫萍反应极快,马上汇报:"蔡斌和韩勇,我给他们安排外勤了,您放心。"

"好。"郭毅君站在刑侦大楼门前看了看四周环境。

市局大院内建筑鳞次栉比,刑侦楼门前地面一尘不染,绿植郁郁葱葱。

郭毅君心里还算满意,扭头看看刑侦队政委夏一攀:"政委看看怎么样?"

夏政委个头不高,五十出头,捋捋谢顶的头上的几缕头发,笑道:"交警和派出所也都安排了,门口的交通治安都没问题。估计萧书记马上到。"

"走!"郭毅君大手一挥,带着几人往大门口走去。

市局大院门口。

郭毅君等人刚站定,就见市公安局局长陈诚和副局长田力带着一行人从市局办公楼走来。

郭毅君和夏一攀忙上前,同陈局和田局打招呼。

陈局长浓眉大眼,气质温和,握了握郭毅君的手:"毅君啊,今天萧书记过来,刑侦是他最关心、最重视的工作。"

"是,是,陈局放心。"郭毅君诚挚回答,转身又去和副局长田力握手:"田局分管我们刑侦工作,领导多指导。"

田力呵呵一笑:"毅君同志啊,要喊我田副局长。不要简称,简称就是语言贿赂!"

郭毅君日常坚持理论学习,跟紧时事,还是很注意这些细节的。刚才他也是话赶话地脱口而出,没想到田局这么直接地给他指出来了,不由得有些尴尬,瞅了眼身边的夏一攀。只见夏政委正满脸堆笑地看着陈局,此时笑容更加灿烂了。

"哈哈,老田,这说明你在刑侦队同志们心里分量重、水平高啊!"陈局笑道。大家附和着一阵哈哈,瞬间化解了郭毅君的尴尬,他也真心地笑了起来。

"嗨!陈局啊,我年底就退啦,水平高不高,还要看他们啊。"田力笑呵呵地看了看夏政委,又看了眼郭毅君。在场众人心知肚明,刑侦队郭毅君队长和夏政委是副局长位置的最有力竞争者,究竟花落谁家,年底就见分晓。

此时,一列车队出现在门外的道路上。两辆警用摩托开道,一辆车牌号海A00005的黑色奥迪A6徐徐驶来,开入公安局大门。

奥迪车甫一停稳,站在郭毅君身后的郑钦,快速上前,双手拉开车门,又一手挡在车门上方,小心地请萧志雄下车,同时沉声说:"书记好。"

萧志雄下车后,抬眼看了下郑钦。只见郑钦身着蓝色警服,肩佩二级警督警衔,高大刚毅,气质出众。萧志雄目带赞赏,微笑着点了点头。

萧志雄五十出头已是京海市政法委书记。他曾被派驻到西藏工作多年,常年的辛苦和勤勉,让他一头青丝早成华发,但依然清瘦儒雅,风度不凡。

陈局、田力、郭毅君等人纷纷上前,跟萧书记握手问好。

萧书记和一把手局长陈诚自然熟悉,笑道:"陈局,你们这么兴师动众,让我受之有愧啊。"

陈局笑得诚挚:"萧书记来视察工作,是对我们工作的肯定。"

萧书记含笑点头,目光转向夏政委身后的王小利,问:"你就是王小利吧?"

王小利三十七八岁,个头不高,头顶微秃,目光精亮,闻言立刻站出来,收腹挺胸,敬了个标准的警礼:"书记好,我是王小利!"

萧书记语气温和:"我听说京海市的毒品价格,被你们从每克 200 元打到了 600 元,干得不错。"

"市局领导有方,我只是做好本职工作。"王小利看起来不卑不亢,心中也颇为自得。他刚刚也想去给萧书记拉车门,奈何郑钦身高腿长抢了先,他还被夏政委不高兴地瞥了一眼,现在有点扬眉吐气。

萧书记一边在陈局等人的陪同下往刑侦大楼走,一边感慨道:"江山代有人才出,未来是你们年轻人的天下。咱们刑侦的破案率,还得数重案队,是吧,毅君?"

"是啊书记,这就是重案队的郑钦,我们刑侦的顶梁柱。"郭毅君谦和一笑,水到渠成地把身后的郑钦推了出来。

萧书记扭头看看郑钦,语带赞赏:"重案队是刑侦的尖刀,破案率常年第一,不容易啊。"

"谢谢书记,我们继续努力!"郑钦态度谦逊。郭毅君也适时地拍拍他的肩膀,以示鼓励。

刑侦大楼。

说话间,一行人走进一楼大厅。萧书记一抬眼就看到电子屏里的宣传片,不由得驻足看了起来,兴致勃勃地说:"刑侦不错,青年干部储备和培养都很到位。陈局你看,这算是咱们京海的刑侦双雄吧?"

确实,郑钦和王小利目前得到的选票不差上下,遥遥领先于其他候选人。再过半个月,平安卫士评选就要出结果了,目前这种竞争胶着的状态下,发起此事的萧书记的意见,很可能就决定了最后的胜出者。众人心里猜测,此次萧书记莅临刑侦队,也有现场考察重案队和缉毒队工作的意思。

陈局听到萧书记表扬,笑得愈发和煦:"京海公安条线,上上下下对平安卫士的评选都很重视,目前看,郑钦和王小利呼声最高,也确实是实至名归。书记,咱们重案队的刑侦智能云作战室,还有缉毒队的禁毒博物馆,都很有代表性。"

此时,萧书记的秘书唐超靠近陈局,低声道:"陈局,萧书记下午还有会,时间比较紧张,咱们选一处观摩比较稳妥。"

唐超和郑钦年龄相仿,中等身材,头发梳得一丝不苟,说话也彬彬有礼。众人一听便明白了,萧书记时间有限,原计划同时考察重案队和缉毒队,现在只能选择其一,而被选中的部门负责人,获得平安卫士的机会将大大增加。

陈局略一沉吟,转头看向刑侦队的几人。郑钦和王小利自然是默不作声,郭毅君面色如常,其实心思转动。

副局长田力目光闪动,向前半步,建议道:"既然书记时间有限,那我们就近取材吧?"

所谓就近取材,就是哪里近去哪里,或者哪里快捷去哪里,但是刑侦智能云作战室和禁毒博物馆虽分别在楼内楼外,距离一楼大厅却是相仿距离,而且观摩时间也相似。

田副局长这提议如同没提,郭毅君心中不爽。

"嘟嘟嘟!"就在此时,郑钦的手机响起。

他忙将手机挂断,却马上看到杨业第二次打来,便低声对郭毅君说:"郭队,杨业电话。"

郭毅君微微点头,郑钦走到旁边接通电话:"喂?"

"头儿,指挥中心接到报案,西城区启运路停车场发生命案,需要重案队过去勘查现场。"杨业简明扼要地汇报。

郑钦脸色一凝:"现在?"

"是!这个命案很邪门儿,得你亲自出马。"杨业语气肯定。

郑钦略一犹豫,便做出了决断:"我现在走不开,你和欧阳先去现场看看。"

听筒那边,杨业顿了顿,显然是没想到郑钦的回复。作为老刑警,他们都深知第一时间赶到现场勘查,对查找破案线索至关重要,也是刑警应有的职业素养。但是,郑钦选择了陪同领导和竞争荣誉,杨业也必须选择支持他:"好的,郑队。"

郑钦挂了电话,心里有些不是滋味,浓眉微皱。郭毅君也是刑警出身,洞察力敏锐,见状问道:"什么事儿?"

郑钦迅速调整状态,坦然道:"指挥中心说,西城区发生了命案。"

郑钦此话一出,引起了所有人的注意。京海是两千多万人口的大都市,尽管治安良好,因为各种恩怨发生的命案仍是时有发生。听到在这个关键时刻报案,王小利不安地摸了摸微秃的头顶。

"有命案?如果现场需要你,就赶紧去,案件要紧。"萧书记严肃地说。

郑钦心中一沉,面露迟疑:如果他现在离开,岂不是给了王小利机会?

郭毅君沉稳老道,沉声道:"郑钦,按书记说的办,马上去现场。"

"是!"郑钦对郭毅君十分信任,执行命令雷厉风行,向萧书记和陈局等领导颔首示意,转身大步离开。

郭毅君反应极快,随即汇报道:"萧书记,既然有命案发生,您不如去刑侦智能云作战室,现场观摩郑钦他们勘查破案?"

萧书记还没说话,夏政委马上说:"郭队,郑钦赶去现场还要些时间,书记也不能一直等着。要不,还是去禁毒博物馆吧,那里面都是缉毒过程中,警方和毒贩的斗争实录。"

萧书记看刑侦队的队长和政委意见不同,面露犹豫。陈局见状,开口道:"我觉得老郭的提议很好,郑钦能力突出,有句口号叫'命案不过夜',咱们今天就看看,这话是不是名副其实。"

萧书记一听,便感兴趣道:"陈局这么一说,我倒也想看看。"

萧书记一拍板,众人当然从善如流。王小利面色微沉,夏政委也缄口不言,心里明白郭毅君让郑钦去现场是在营造机会,只是没想到陈局会帮他们说话。

夏政委和王小利走在人群最后,他微叹了口气,拍拍王小利的肩膀,低声说:"看到了吧?这就是你要学习郑钦的地方。"

王小利点点头,默不作声。

高架桥上,车流拥堵。

郑钦坐在驾驶座上,回想着出门前听到的郭毅君的话,心中隐隐振奋。他看看前方长长的车队,当即拿出警笛扣在车顶。车辆鸣笛开道,疾速驶向现场。

与此同时。

在一处狭小封闭的空间里,大白天也不见半点阳光,只有一个瓦数很低的灯泡散发着昏黄光线。房间内堆满杂物,墙角有一个破旧的沙发。

一个戴着鸭舌帽的中年男人,蜷缩在房间角落的沙发上。他眼神空洞,无声无息,仿佛将死之人。沙发旁边的地上,扔了不少烟头,还有一个揉掉的红双喜烟盒,倒着一个散装白酒的空酒瓶。在男人面前的纸箱子上,散落了多个药瓶和药盒,依稀能看出有恩替卡韦、辅酶Q10和八宝丹等字样。多数药瓶已被打开,里面药品空空如也。纸箱子上还有一部被拆开的手机,抠掉了电池板。

"嗡嗡嗡。"突然响起的轻微震动声,让男人从恍惚中醒来。他抬手看看手腕上半旧的电子手表,现在是早上九点半。

男人沧桑的眼中划过暗芒。算算时间,应该差不多了。

京海市公安局。

刑侦大楼深处,刑侦智能云作战室占地两百多平方米,宽敞明亮,神秘威严。

萧书记一行人一进房间,就看到占据了整面墙的巨大屏幕,由多个小屏幕组成,实时切换显示不同的监控画面,并有各类即时的分析数据。大屏幕对面,是整齐排列的近百台电脑设备。十几位精通计算机和情报分析的警员,正在电脑前认真工作。整个场景,如同电影中美国FBI情报中心的还原。

郭毅君自豪地介绍:"咱们京海的刑侦智能云系统,是在市局领导的关心下,由郑钦牵头重案队和情报队,摸索建设了一年半,才达到了现有规模。刑侦智能云依托互联网的数据链,能高效融合社会数据和公安数据。只要有刑事案件发生,我们把收集到的情报、证据和大数据,通过智能刑侦模型进行分析研判,就能很快查出线索,锁定嫌疑人。该系统在全国名列前茅!"

萧志雄目露赞赏:"不错。"

郭毅君大步走到主控台旁,拍拍正在忙碌的刘彬的肩膀:"书记,这是情报队的副队长刘彬,主力干将。"

刘彬正在工作,左耳还挂着蓝牙耳机,忙从主控台前站起来敬礼:"萧书记,各位领导。"

郭毅君对自己的爱将十分爱护,笑着说:"书记,刘彬是京海理工大学的研究生,负责系统研发。郑钦擅长应用,刘彬懂技术,是我们的尖兵团队。"

刘彬谦虚地笑笑:"领导过奖。刑侦智能云的主要特点不仅是大数据,它还能随时接入天眼系统,只要有监控的地方,都逃不出刑侦智能云的天眼。"

萧书记频频点头,欣赏地看着郭毅君和刘彬:"不错不错,今天还真是来对了。刑侦队人才济济啊。"

这时,陈局指着大屏幕,对萧书记说:"书记,郑钦已经到现场了。"

西城区启运路停车场,案发现场。

民警在停车场外拉起警戒线,禁止围观群众和新闻媒体人进入。空中盘旋着三架现场勘查无人机,将案发现场的画面实时传至刑侦智能云作战室。

郑钦下了车,穿过附近围观的人群往里走。马路对面,两个小伙子骑着一辆电瓶车路过,见这边有警戒线就想看热闹,嗖一下斜穿马路冲了过来,差点儿撞上路边一个看热闹的清洁工人。

郑钦眼明手快,越过人群指着两个小伙儿,严厉地说:"你们俩,骑车带人,不戴头盔,横穿马路,懂不懂交规?"

两个小伙儿被他的气势吓懵了,一时不敢说话。

"同志,教育一下他们。"郑钦大步走到警戒线前,亮出警官证,对值守的年轻民警交代一句,便大步进入现场。

杨业一身干练的便装,迎了上来:"头儿。"

郑钦点头示意,脚步不停:"谁报的案?"

杨业的嘴角还有些青紫,嘴巴里破皮的伤口也还没好,但说话已经利索多了。他紧随回答:"停车场的保安,早上例行巡查发现的,然后就报案了。这个现场挺邪乎……"

郑钦停下脚步:"邪乎?"

杨业仰着下巴示意前方:"你看。"

郑钦大步进入停车场入口,只见拐角处停着一辆出租车,驾驶座车门打开,方向盘上趴着一具女尸,穿着粉色针织衫和蓝灰短裙,车门下方是一摊暗沉的血迹。

出租车旁,刑侦队刑事技术中心法医主任欧阳慧敏穿着白色勘查服,正俯身认真地勘查。

"欧阳,有什么发现?"郑钦一边仔细地观察现场一边问。

欧阳慧敏穿着简洁的勘查服,胸前是银色拉链,背后印着"现场勘查"。她站起身来,汇报道:"郑队,死者为青年女性,身高约165厘米,根据尸僵程度初步推测,死亡时间不超过六小时,大约在凌晨三点到四点之间。死亡原因应该是被利器捅刺腹部,大出血而死。死者身上有多处擦伤和瘀痕,说明死前有过挣扎反抗。从伤口形状看,凶器宽约1.5厘米,左右不对称,一面开刃,一面是背脊,不像是常见的刀具,很可能是自制的。死者被发现时衣着完好,但是,头面部皮肤有明显损伤……"

欧阳慧敏说着,招呼助手过来帮忙,和自己一起把死者的上身从方向盘上扶起,露出了死者的面孔。

郑钦呼吸一窒,眼皮猛然抖动两下。这个女死者的头面部血肉模糊,皮肉发白,竟是整张脸皮都被扒了下来!

死者脸上的血肉原本和凝结的鲜血都粘在方向盘上,被移开时,黏稠的血浆被拉得细长,看起来十分血腥可怖。如此残忍的作案方式,不仅让郑钦倒吸一口凉气,明白了"邪乎"是什么意思,在作战室内观看现场勘查无人机传回视频的萧书记等人也都大吃一惊,眉头紧锁。

欧阳慧敏冷静专业,继续汇报:"根据目前尸检看,死者受伤时应该还没有死亡,凶手用利器把她的脸皮活生生地割了下来。其他情况还要等进一步尸检确定。"

"折磨致死,可能是报复杀人。"郑钦略一沉吟,问欧阳慧敏和杨业,"现场发现凶器了吗?"

杨业摇头:"刚才排查了一遍,没有发现。"

欧阳慧敏说:"可能是凶手带走了,或是扔到地沟、垃圾桶了。"

杨业汇报道:"头儿,这个停车场有东西两个出入口,这个是东门,西门在启运路背面的棕榈湾酒店。因为是共用停车场,面积很大。最主要是半夜下了暴雨,现场破坏严重,目前还没有发现目击证人。"

郑钦问:"监控查了吗?"

杨业抓抓头:"我正准备联系刘彬,你不就过来了嘛。"

"赶紧联系。"郑钦又看向欧阳慧敏,"欧阳,警犬队到了吗?"

欧阳慧敏点头:"到了,在寻找凶器和物证,以及凶手的逃跑方向,不过市区的人员密度大,气味环境复杂,警犬工作难度很大。"

"让警犬队尽力,有情况及时汇报。"郑钦严肃地说。

"好的。"欧阳慧敏转身去安排,边走边念叨警犬们的大名,"威龙,大虎,坚坚,你们可得加把劲儿!"

杨业和刘彬通话后,拿着物证袋里的身份证给郑钦看:"遗留在后车座的女士包里,找到一张身份证,应该是死者的,她叫赵小颖。"

"赵小颖?"郑钦愣了一下,接过身份证仔细一看,赵小颖妩媚的五官在身份证照片中也没有失色。

在这一瞬间,埋在郑钦记忆深处的讯息迅速被激活,大量冲入他的脑海：赵小颖家境一般，长相出众，中学毕业后来到京海市打工，认识了男朋友方志强。两个年轻人坠入爱河，很快开始谈婚论嫁，方志强还给了赵家 20 万彩礼。赵小颖拿到彩礼后，却没有跟方志强结婚，反而偷偷劈腿。方志强发现自己被背叛后十分愤怒，很快，发生意外事故死亡。

一个中老年男人低哑的嘶吼声，突如其来地闯入脑海，盘旋在郑钦的耳边："我儿子是被人害死的！他是被人害死的！"

郑钦闭了闭眼，说："她很年轻。"

"对，这个赵小颖才 23 岁。郑队，这些是后车座的东西。"杨业拿过来几个证物袋，里面有香奈儿包和化妆品等。

郑钦检查了一下，问："她的手机呢？"

杨业摇头："现场找遍了，没有发现手机。我已经通知刘彬派定位车过来，查死者的手机号，尤其是最后的通话记录和信息。"

郑钦绕着出租车转了一圈，说："这辆出租车的车主呢？联系交管所，调查这辆车的车主信息和行驶记录。"

刑侦智能云作战室。

刘彬一边安排定位车去往现场，一边调查出租车信息，还有停车场的监控，三头并进，有条不紊。这样高效的配合调度，让萧书记等人颇为赞赏。

停车场。

郑钦又询问了一遍报案的保安大爷，大爷显然吓懵了，支吾半天只说得出，他看到车里的死人就打了 110。郑钦见状也没有催问，转身对欧阳慧敏说："欧阳，你先回市局。死者既然反抗挣扎过，看能不能从她身上找到皮质屑或指纹、头发，出一份详细的尸检报告。"

"好。"欧阳慧敏安排助理和警员把尸体抬上车，运回法医鉴定中心。

刘彬效率极高,很快来电话向郑钦反馈:"郑队,出租车的车主是京海市明河出租车公司,开这个车的出租车司机姓汪,两个小时前在南城分局报案,说他昨晚在路边小解时,被人打晕,出租车也被抢走了。赵小颖的手机号查到了,目前手机查不到定位,我已经派定位车过去了。最后一次通话是在今天凌晨 3:35,通话时间 21 分钟。不过那个号码是黑号,暂时查不出身份信息。"

郑钦对此结果并未感到意外,习惯性地摸了摸高挺的鼻梁,对电话那头的刘彬和身旁的杨业说:"尽量查出这个黑号的来历,追踪到死者的手机。根据现场来看,死者衣衫完整,钱包现金也都在车上,说明凶手不是谋财劫色。"

杨业想了想,问:"死者会上凶手的车,是随机还是预谋的?如果是预谋,说明凶手有办法掌握死者的行踪。"

郑钦点头说:"蓄谋杀人的动机往往是仇杀、情杀,或者财务纠纷,都属于熟人犯罪。联系外勤探组,让他们全部出动,走访死者的社会关系。她的生活状态,男女关系,债务情况,都要查清楚。"

杨业领命:"是。"

郑钦环顾四周,目光定格在出租车上:"刘彬,停车场监控有进展吗?我怀疑,这里不是第一现场。"

刘彬修长的手指飞速地操作电脑,望着屏幕说:"郑队,案发地是停车场的监控死角,我就把整个停车场的监控,全部调出来过了一遍,有发现!"

刑侦智能云作战室内。

刘彬站在主控台前,大屏幕上分解的几十个小屏幕,同时快进播放着停车场各个角度的监控录像,基本上都是一片雨幕空白,唯有中间的屏幕上,显示了一段触目惊心的画面。

监控时间显示是在凌晨 3:57,死者赵小颖惊慌失措地在停车场的空地奔跑,不慎摔倒在地。一个男人的身影紧跟上来,中等个头,深色夹克长裤,帽檐压低,只露出下半张脸,面容沧桑。男人粗暴地揪起赵小颖,动作大开大合,将她拽出监控范围。从此之后,停车场所有的监控录像再也没有出现过两人的身影。

刘彬戴着耳机,对郑钦说:"凶手把赵小颖带回出租车行凶后,就没在监控里出现过。我查了停车场的 23 个监控,就算是达不到全方位覆盖,死角也不多,他消失得却很彻底。"

停车场内。

郑钦转身看向巨大的停车场地,纵横交错的车辆和道路,二十几个监控摄像头排布四周。他目光锐利,沉声说:"凶手熟悉现场环境,有反侦查能力。他可以在荒郊野外杀人,不留痕迹。为什么要在停车场?这里是市区,而且到处都是摄像头。"

杨业斟酌片刻:"在更容易暴露的地方杀人,确实不符合常规的犯罪心理。难道,他还有其他目的?"

一个年轻刑警过来汇报:"郑队,定位车到了,查了一遍,没找到死者的手机。"

杨业皱眉道:"彻底屏蔽手机信号,也就两个办法。一是损坏手机电池,二是带走手机并屏蔽信号。"

刘彬一直在与现场实时通话,随即向郑钦报告:"郑队,通过刑侦智能云对手机通话记录和信号基站的分析,赵小颖的手机没有离开过停车场周围两公里。"

郑钦似乎在自言自语:"也就是说,凶手要么是把手机砸了扔在附近,要么,凶手就在方圆两公里以内?"

他不断地抽丝剥茧:"市区停车场作案,能躲开摄像头却没躲,凌晨大雨,杀人后是怎么离开现场的,人会不会还在附近……"

他猛然抬头,目光闪过光芒:"凶手很可能还在附近!"

杨业吃惊道:"还在附近?他能在哪儿?"

郑钦望向停车场另一头的酒店大楼,说:"你不是说,这个停车场只有两个出口,另一个门就在棕榈湾酒店?"

杨业反应迅速,大步离开:"酒店,我马上去查!"

郑钦马上召集所有刑警,布置任务:"定位车和警犬队以案发中心为中心,在方圆两公里内搜索。所有警力分成十个小组,就近走访调查。"

"彬彬,对监控里嫌疑人的形象进行分析,传入天眼系统搜索。这个人,他不会一直藏着。"郑钦边联系边大步来到指挥车上,统筹调度,组织搜索调查。

半小时后,杨业打来电话:"头儿,对棕榈湾酒店做了排查,没有查到赵小颖的住宿信息。酒店前厅从昨晚到现在的监控摄像也快速过了一遍,没有发现可疑线索。"

郑钦心里一沉,却又深信自己的直觉。他知道萧书记还在作战室观战,此战侦破速度对自己至关重要。

郑钦的心中愈发焦虑,此时,刘彬振奋的声音从指挥车的话筒中传来:"郑队,嫌疑人好像出现了!"

郑钦急问:"在什么位置?"

刘彬紧盯着监控摄像头传送的街面情况。画面中,繁华的商业街上人来人往,一个中等身高、戴着鸭舌帽的男人走在路边,毫不显眼。

刘彬快速汇报:"启运路36号,兴华书城。刑侦智能云分析结果,除了衣服和昨晚不同,面容、步态、体型、帽子等,吻合度百分之九十以上!"

"我马上过去,让无人机跟着!"郑钦当即跳下指挥车,同时联系杨业:"马上到启运路兴华书城,各小组合围!"

刑侦智能云作战室内。

萧书记看着屏幕,如同身在案发现场,感慨道:"技术先进,团队协作,怪不得重案队破案率这么高。"

陈局也很高兴,笑道:"确实不错。"

副局长田力、夏政委、王小利等人心里各有想法,但都笑着附和,一时间气氛热烈。

秘书唐超走到萧书记身边,低声提醒:"书记,时间差不多了,下午还有会,您看?"

萧书记显然被惊心动魄的调查搜索过程吸引,想了想说:"行,再过十分钟吧。"

此时,郭毅君站在人群外侧,沉吟不语。他是老侦察员出身,职业敏感度极高,走到陈局身边,低声说:"陈局,这个凶杀案,可能比较麻烦。"

"嗯,再看看。"陈局点点头,望向萧书记。

此时,刘彬突然向郑钦汇报:"郑队,嫌疑人不见了!"

郑钦开着警车,沉声问:"在什么位置?"

刘彬眼明手快,调配监控:"他在兴华书城门口停留了两分钟,一直没动,刚才突然右转,就不见了。从路口前后监控看,他没走远,也没进入书城,不知道藏在哪个监控死角。"

郑钦稍加思索,迅速决断,拿出对讲机:"各小组注意!在启运路36号周边展开搜索!"

启运路。

这是京海市区一条南北贯通的商业街,两侧楼宇林立,店面相接。

此时已近中午,市民往来,热热闹闹。

郑钦迅速赶到启运路36号。他立在川流往来的人群中,高大英挺的身影分外出众。

他向四周打量,迅速观察环境。兴华书城刚开始营业,门口进出的顾客不多。书城左边是一家装潢精美的皮草服装店,右边则是一家老字号的小吃店。小吃店的店门口招牌悬挂"老城生煎",外卖柜台突出在街面上,香味扑鼻。

往不远处看,能看到京海市区一栋比较有特色的建筑——丰隆商场。商场的北侧依次是两栋商业建筑,明海小学和杨业刚查过的棕榈湾酒店,南侧是喷泉广场和巴天商务酒店。

"让让,让让嘿!"一个外卖小哥骑着电瓶车飞冲过来,大喊着从郑钦身边飞速掠过。

郑钦下意识地闪躲一下,抬眼看外卖小哥,却惊讶地发现,鲜蓝色的电瓶车熟练地拐到了"老城生煎"小吃店柜台后面,消失不见了。

郑钦快步上前,发现在"老城生煎"小吃店的柜台旁边,有一条很窄的小巷。因为小吃店的正门口在柜台另一侧,而柜台两侧都悬挂着一人高的蓝白相间的布帘招牌,因此,这条小巷非常隐蔽。

郑钦掀开布帘,走进小巷子,其实准确地说,只是两栋建筑间的缝隙,宽不到一米,地面坑洼不平,还有些后厨的污水,一摊摊在地上。郑钦身形高大,走在里面转个身都不太宽裕,那外卖小哥居然能骑着电瓶车通过,可见外卖平台对时间的要求把小哥都逼成超人了。

不过此时,郑钦瞬间明白,嫌疑人是怎么消失在监控里的了。

他站在阴暗肮脏的小巷里向外看去,目光所及,正是丰隆商场。

郑钦踩过污水滩,快步走向商场,同时呼叫杨业和刘彬:"杨业,凶手往丰隆商场方向去了,各小组过去!刘彬,马上接入丰隆商场附近的监控,把他给我揪出来!"

"在丰隆商场?"刘彬一愣,没想到全面监控的情况下,嫌疑人是如何跑到隔了一条街的地方。但是刘彬对郑钦有着百分百的信任,此刻也相信他的判断,当即接入丰隆商场的监控。

果然,在丰隆商场门口的监控录像中,看到了那个戴鸭舌帽的男人。

刘彬及时反馈:"郑队,凶手在六分钟前出现在丰隆商场门口,看方向应该是进了商场。"

郑钦和杨业都已赶到丰隆商场,会合后迅速布置安排,在商场内部和周边搜查。

此时此刻,郑钦不知道的是,在他安排搜查任务的同时,有双阴沉的眼睛正定定地看着他。

明海小学是一家区重点小学,此时正在上课,教学楼内书声琅琅,校园的操场上绿草茵茵。靠近操场的围墙外,有一个路边书报亭。书报亭还没开张,铁皮墙壁和学校围墙的角落里,站着那个戴鸭舌帽的男人。

他普普通通,不动声色,隔着往来的行人,远远地看着商场台阶上的郑钦等人。

直到郑钦带队进入商场,男人才收回目光,看着手腕上的电子表。

表盘指针转动,指向 10:30 分。

他从袋中掏出手机和电池板,飞快装好电池,手机开机,编辑微信,确认发出后,又迅速关机,拆掉电池,用一块布条将手机团团包裹好,丢进了围墙后的校园,落入墙边的灌木丛中。

整个过程不超过两分钟,男人闪身出了角落,混入路边人流,快步前行。

丰隆商场。

郑钦和杨业分别带队,在不同的楼层进行地毯式搜索,却查不到一点踪迹。

刘彬的声音从耳机中传来:"奇怪了,明明看到他往商场里进,商场内的监控却看不到他。"

郑钦脚步微顿:"再检查一遍监控,尤其是洗手间、储藏室、货梯这些地方。"

突然,刘彬惊讶地说:"郑队,定位车报警,赵小颖手机的信号出现了。"

郑钦急问:"在哪里?"

刑侦智能云作战室内。

"在……"刘彬把定位车传送的数据放大,顿时呼吸一滞,"在明海小学。"

"什么?!"所有人都大吃一惊。本来准备离开的萧书记也停下脚步,看看陈局,神情极为严肃。

在场的每个人都意识到问题的严重性,校园安全高于一切,如果极度危险的杀人嫌疑犯潜入了学校,对学校师生安全造成威胁,后果太严重了。

刘彬继续搜集信息,随时反馈:"手机信号只在明海小学出现了一分钟,现在又消失了。"

丰隆商场。

郑钦站在原地,心里发沉,对这个凶手恨得咬牙切齿:监控显示他明明进了商场,商场内部却看不到蛛丝马迹。死者的手机信号又怎么会突然出现在学校,难道是有意调虎离山?明海小学如果出了事,他郑钦别说评选平安卫士,就是社会舆论的压力就能淹死他。

他强压下纷繁的思绪,当即用对讲电台通知:"各小组注意,现在开始兵分两路,杨业带队继续在丰隆商场搜查,其他人跟我去明海小学!"

郑钦大步向商场外走去,边走边下命令:"所有人注意,凶手很可能潜入学校,而且持有攻击性武器,为确保学校师生安全,必要时,可以强行阻止他的行动!"

所谓强行阻止,就是在凶手威胁到群众安全时,将其立即击毙在现场,以确保现场人员安全。郑钦说这话时,浑身散发出凌厉之气。

酒店 15 楼。

近午时分,走廊无人。廊道拐角处,出现一个男人的人影。他从压低的帽檐下,看向斜上方的监控摄像头,确认了自己所在的位置,是监控死角。

男人很快消失在拐角处,出现在 1508 号房门口,刷房卡进门。

这是一间豪华套房,客厅内的玻璃门外,是一个露天的小阳台。男人走到玻璃门前,望着阳台外不远处的停车场,眼中露出憎恶和仇恨。他定定地看着远处,仿佛看到了郑钦等人徒劳奔波的身影,心中讥讽更甚。

他冷笑一声,走到桌柜前。桌上有两瓶酒店标配的矿泉水,跟他想象中的一样。他拿出一根包装好的注射器,里面装满了透明液体。他用注射器穿透瓶盖接口处,往两个矿泉水瓶里都注射了一些液体。他想了想,将矿泉水放回原位后,又把剩余的一点液体注进了电热水壶。

做好这一切,他环顾房间,露出满意的微笑。

万事俱备,只欠东风。

他并不急着离开,随意地走进卧室,在沙发上坐下,看着房间角落里的鱼缸。几十条游鱼在鱼缸里欢快游荡,看起来非常漂亮。但是,很少有人知道,这些游鱼是亚马孙森林中横行无忌的食人鱼。因为朱英有特殊的爱好,才在房间里养了他们。

隐约间,游鱼露出狰狞模样,口中尖齿上下开合,准备咬噬猎物。

明海小学。

郑钦简洁扼要地和学校负责人说明情况,几组警员迅速进入学校严密搜索,警犬与现场勘查无人机协同搜捕。他们动作敏捷而又安静,不会惊吓到在读书的孩子们。

十几分钟过去了,没有发现嫌疑人的踪迹。

"汪汪汪!"沿着校园围墙搜查的警犬有了发现,飞奔到灌木丛中,从角落里叼出一块布条包裹的物体,交到警员手里。

郑钦戴上手套,小心地解开布条,发现了其中的手机和电池板,也闻到了其中的汽油味。他低声说:"手机卸了电池,布条沾了汽油,反侦察能力很强啊!"

郑钦飞快组装好手机,开机后发现不需要录入密码,微微一怔,说:"刘彬,手机找到了,装上电池就能直接开机,不需要密码。"

"没有密码?"刘彬也是一愣,现在的手机不管是面容开锁还是指纹开锁,哪有不设密码的啊。

"对。"郑钦把手机装入证物袋,先翻看手机的通讯记录,赵小颖生前最后通话的那个黑号,在她手机中被标注为"大宝贝"。

郑钦打开微信,看到最新的一条微信居然是17分钟前发出的。

收信人的昵称也是"大宝贝",发出的微信是:大宝贝,我在老地方等你哦。

很快,一条微信随着手机开机进入页面,"大宝贝"回复:"宝贝儿,我来啦!"

"刘彬,我把这个大宝贝的微信号发给你,结合那个黑号一起查。杨业,他们约会的地方很可能是酒店。这附近的,有巴天商务酒店,还有四五家小型连锁酒店,各小组分头调查,我先去巴天商务。"郑钦脸色阴沉,似乎想到什么,却又不敢确定。

刑侦智能云作战室内。
刘彬带着技侦刑警们搜集信息和汇总查找,萧书记和陈局等领导严肃地站在一旁,关注进展。
很快,刘彬振奋地说:"查到了,根据黑号的通话记录和微信绑定,我们反向锁定了号码的机主。他叫朱英,京海本地人,49岁。"

巴天商务酒店门口。
郑钦听到这个名字,愣住了,自言自语道:"朱英……"
郑钦的大脑高速运转:"虐杀赵小颖,不埋尸不藏尸,手机没有密码,冒充赵小颖发信息给朱英。"
他猛然抬眼:"凶手可能还会继续作案,他的下一个目标就是朱英!"
刘彬吃惊道:"连环杀人?为什么?"
"刘彬,杨业,全力查找朱英现在的位置。他现在有生命危险。"郑钦肯定地说,心急如焚。

酒店1508号房。
房门打开,大腹便便的朱英走了进来。他衣着豪横,腋下一个名牌夹包,伸手擦擦大光头上的汗水,心情不错。
朱英看看空荡荡的卧室,嘿嘿一笑:"小骚货还没来?"
他看看粗壮手腕上的大金表,大咧咧地在沙发上坐下,扭头看向阳台,眼神猥琐暧昧。这个阳台可不简单,自从他包下赵小颖,经常到这里私会。他不仅喜欢白日宣淫,更爱在露天阳台上"骑马"驰骋,格外刺激。
想到赵小颖妩媚妖娆的模样,他忍不住浑身燥热,从抽屉里拿出一个药盒,倒出两粒蓝色小药丸,拧开了桌上的矿泉水,将药丸吞了下去。

此时,门口衣柜的缝隙里,一双仇恨的眼睛正窥探着朱英,看着他喝下矿泉水。

刑侦智能云作战室内。

萧书记和陈局等领导坐在一旁,凝神观战。郭毅君向四周看看,独自走到门外,打电话给郑钦。

他声音不高,严肃地说:"郑钦,连环杀人的判断,要慎重!"

郑钦也看看身边的同事,走到一旁,低声说:"郭队,我知道赵小颖有个前男友叫方志强,给她花了不少钱。几个月前,两人分手后,方志强意外死亡。这个朱英,是赵小颖的情人,方志强应该就是发现了他俩的事,才分的手,然后,出了事。"

郭毅君短暂沉吟,说:"你的意思,是有人为了给方志强报仇,要杀了赵小颖和朱英?"

郑钦定定地看着证物袋里的手机,一字一句地说:"对,他不仅是来报仇的,而且还是来挑衅我们!"

酒店 1508 号房。

"你身上有她的香水味,擦掉一切陪我睡……"朱英吞下蓝色小药丸后,哼着小曲,换上睡袍。

他四仰八叉地躺到大床上,扭头看看他心爱的食人鱼游来游去,等着赵小颖来后大展雄风。然而,几分钟后,他还没体会到金枪不倒,却很快觉得自己四肢麻木,身体酸胀,连眼皮都变得沉重起来。

"咔嚓。"

卧室的门把手,被人拧开了。

与此同时。

巴天商务酒店的前台。

郑钦带队查找入住记录,同时查询监控录像,都没有发现线索。其他几个小组在各宾馆传回来的消息也都不乐观。

此时,杨业报告道:"头儿,商场地下三层人防系统的杂物间,有线索!"

郑钦目光闪动:"什么线索?"

丰隆商场,地下三层,狭窄封闭的杂物间内。

杨业戴着手套,从地上拿起一件蓝黑色男士夹克,道:"我已经跟监控截图对比过,跟凶手在停车场穿的衣物完全吻合,上面还有残留的血迹。头儿,我现在就让人把衣服送到法医鉴定中心,痕迹组马上到,来取指纹脚印。"

郑钦再次确认道:"你的意思是说,凶手在丰隆商场地下室换了衣服,然后刚才跑到启运路溜一圈,后来又回去了?"

杨业看看纸箱子上的空药盒,地上的烟头和空酒瓶,说:"是的,头儿,我不知道这小子为啥跑来跑去,但他肯定在这儿藏过。"

郑钦听着耳机里的声音,走出酒店大门,怔怔地看着四周的环境。他的目光掠过丰隆商场、明海小学、隔壁的启运路、商务楼,最终定格在棕榈湾酒店。

他沉声说:"杨业,我现在带队去棕榈湾酒店。"

杨业一愣:"头儿,这个酒店我查过了,近一个月都没有赵小颖的开房记录。那个叫朱英的,我刚才也确认了,也没有他的入住信息啊!"

郑钦已经大步离开,直奔棕榈湾酒店而去:"没有记录不代表人不在。凶手不肯离开这附近,一定是还要在这里作案。"

这时,刘彬再次传来消息:"郑队,朱英的位置查到了!他在,在棕榈湾酒店!"

杨业一听就急了,吼道:"什么?! 我也马上过去。"

假作真时真亦假,狡兔三窟不过如此。

郑钦以最快的速度赶往棕榈湾酒店,心中翻滚着无数疑团:凶手到底是谁? 他是如何神出鬼没,躲过那么多监控的? 最重要的是,朱英还活着吗?

酒店 1508 房间内。

朱英用手使劲儿搓搓脸,含糊地说:"宝贝儿,你来啦?"

一个身影离他越来越近,站在床前,居高临下地看着他。

空气中凝结着诡异的静谧,朱英感觉不对劲,睁眼看去,面前哪里是妩媚的赵小颖,分明是个手持匕首满脸杀气的中年男人。

朱英顿时满目惊骇,声音发颤:"怎么是你!"

他本能地想要挣扎起身,却发现自己浑身无力,四肢都失去了知觉。

男人的目光带着憎恶和愤恨,用匕首挑开朱英的睡袍,露出他肥胖的躯体和鼓囊囊的下身,声音沙哑地说:"肥英,你该上路了!"

朱英极度惊恐,想要求饶:"求求你,别,放过我!"

"啊!"卧室内传出朱英的惨叫。

酒店高档套房的隔音不错,哀嚎声只在房间中回荡,直至消失。

正午时分。

繁华商业区内,商家活动云集,人流热闹往来。

郑钦带队在人群中穿梭急行,赶往棕榈湾酒店。

郑钦头上大汗淋漓:"刘彬,朱英在哪个房间?"

刘彬在空调房内,也因为忙碌紧张而泛起薄汗:"郑队稍等,我已经接入监控,正在全力排查。"

就在此时,一个六七岁的小女孩蹬着滑板车,突然从路边门面房的滑阶上快速冲下来,眼看就要撞上走在前面的两个老人。

郑钦脚下发力,猛地冲上去把小女孩一把拦住,顺势抱起,滑板车还是撞上了一位老人的脚腕,但好在已经卸了力道。

郑钦定了定神,把小女孩放下来,大声喊:"小朋友,太危险,家长呢?看孩子!"

店里的老板娘慌里慌张地跑出来:"妞妞,怎么啦妞妞?"

郑钦此时争分夺秒,做好事哪顾得留名,怒气冲冲地继续往棕榈湾酒店奔。

刑侦智能云作战室内。

萧书记等人看着大屏幕,有刘彬调度的各路监控录像,也有无人机传送回的现场情况,看着郑钦等人一路急行,个个神色严肃。

刘彬极为高效,很快反馈道:"郑队,棕榈湾酒店大堂监控显示,朱英在半个小时前进入酒店。我沿着电梯和走廊监控追踪,可以确定他进入了15层。我马上把截图发过去,应该可以和酒店确定房间号。"

棕榈湾酒店门口。

郑钦和杨业几乎同时到达,大家都已汗流浃背。

郑钦吐出一口浊气,快速部署道:"朱英在酒店15楼,嫌疑人很可能也在酒店。杨业,你带人守住酒店所有出入口,同时跟酒店确认房间号,我去15楼!"

杨业领命,马上分工安排。郑钦带着三四个精干的刑警进入大堂,酒店保安见状上前询问,郑钦亮出证件:"警方办案,请配合调查。"

保安愣了下,再不敢阻拦。

大堂经理发现后,小跑过来要说些什么,却被赶来的杨业拉住,带到一旁确认情况。

刑侦智能云作战室。

郭毅君紧盯着屏幕上的酒店监控,看到郑钦等人出了电梯,走上前去拿起通话器,沉声道:"郑钦,我是郭毅君,我允许你们在必要情况下,可以压枪上膛。"

副局长田力和夏政委都望向郭毅君,神色莫名。

郭毅君面色如常,向萧书记和陈局汇报:"嫌疑人心思缜密,手段凶残,有意向警方挑衅,极度危险。"

萧书记和陈局交换眼神,颔首认可。

酒店 15 楼。

郑钦接到郭毅君的命令,当即从腋下的枪套里拿出配枪,把子弹压上枪膛。他的配枪并非常见的 92G,而是老式的 54 手枪,在刑侦队几乎是独一份。

此时,听到杨业在耳机里说:"头儿,客房部经理看了监控,确认是 1508 号房。这是个长包房,我马上送房卡上来!"

郑钦手持配枪,喉咙干燥,低声道:"收到!"

很快,他们站在 1508 号房门前。

"叮咚。"

"客房服务。"

穿着黑色衬衣的年轻刑警小戴按响门铃,郑钦和杨业等人站在房门两侧。

房内没有任何动静。郑钦看了杨业一眼,杨业马上用房卡去刷,依然打不开房门。

他轻声说:"里面反锁了。"

有些酒店为了保护客人隐私,房门从里面反锁后,就无法打开。

"拿破门锤来!"郑钦当机立断。有个刑警一直背着个双肩包,真从里面拿出来了破门锤。

"嘭!"

爆破声响起,房门被杨业一脚踹开。

郑钦一马当先,持枪冲进房间,客厅空无一人,一股血腥气却扑面而来。

郑钦心里发沉,迅速踹开卧室房门,眼前的一幕,让他头皮一麻。

朱英仰面躺在大床上,浑身僵硬,四处鲜血淋漓,下体处血肉模糊,还能看到细密的血珠从伤口渗流出来。朱英双目圆睁,神情痛苦,看得出是死不瞑目。

大床旁的沙发上,坐着一个戴鸭舌帽的中年男人,黝黑瘦削,鬓角发白。面对持枪的刑警,他神情自若,平静地用酒店的白毛巾擦拭着手上的鲜血,沾血的匕首就在他的身边,但好像眼前的这一切,都跟他无关。

"不许动!警察!"两名刑警迅速上前,控制住男人并给他戴上了手铐。

郑钦吐出一口浊气,走到凶手面前,目光复杂,沉声道:"方玉良,果然是你!"

方玉良被两名刑警架了起来,却依然沉默不语,看向郑钦的眼神里有轻蔑也有讥讽,更有浓浓的挑衅和质问。郑钦心里翻江倒海,竟然愣在原地。

"头儿,你看。"杨业走过来,喊了郑钦一声。

郑钦从失神中回来,顺着杨业的眼神,看向角落的鱼缸。

鱼缸中的水泛起了血红色,还漂动着许多块残留的肉渣,在水中起伏不定,食人鱼激动地游来游去,大快朵颐。

"这是?"郑钦心里已经有了答案,仍是看向杨业。

杨业点点头:"这是食人鱼,它们吃的,应该是从朱英身上割下来的……"

杨业话音未落,那个穿黑衬衫的年轻刑警小戴不由得干呕起来。看来,朱英不仅被活活割下生殖器,因剧痛和大出血而死,很可能在他死前还看到自己那部分被食人鱼分食的场景!

郑钦只觉得胸中郁气翻涌,愤怒地一把揪住方玉良的衣领,哑声问:"为什么?为什么?!"

杨业看着五大三粗,其实粗中有细。他非常了解郑钦,很少看到他如此失态,想到现在领导们都还在观战,赶紧把郑钦拉开,示意两名刑警:"带走!"

"是!"刑警们随即把方玉良带出房间。

方玉良边被拖着走,边回头死死看着郑钦。他干裂的嘴唇微微翕动,似乎在说什么,但又没发出声音。

所有人都听不到方玉良说了什么,但是,郑钦听到了。

他听到方玉良愤怒地嘶吼:"是我!就是我!父亲给儿子报仇,难道不是天经地义吗?不是吗?!"

第二章　暗潮汹涌

晚春,傍晚。

京海的梅雨季节还未过去,城市被酷热潮湿笼罩。乌云密布,暴雨将至。

新城区的工业区,振联机械厂。

工厂的铁门锈迹斑驳,门牌也被风吹雨打得老旧脱皮,不见昔日光彩。偌大的厂区内空旷萧条,多数厂房已显破败,几乎看不到工人。只有屋顶的彩钢瓦,在风中哐哐作响。

两个男人走进空荡荡的厂区。其中面色阴沉的中年男子正是方玉良,另一个年轻男人二十七八岁,身材瘦高,端正清秀,只是眉宇间带着散不去的阴郁。他就是方玉良的独子方志强。

两人一前一后,沉闷地来到工厂办公楼的二楼。

楼梯拐角处,方玉良停住脚步,低声提醒:"待会到了会计室,你不用多说。我找他们要财物报表,这回非得问清楚,厂里的拆迁,还有那些账,到底怎么回事儿!"

"嗯。"方志强性格内向,点了点头。

走廊上空无一人,会计室在走廊尽头。他俩正往里走,就听到旁边一间办公室内,传出女人的呻吟声和男人的粗喘声,极为暧昧。

方玉良心事重重,脚步微顿,又继续往前走,到会计室门口敲门,却无人应门。后面的方志强听到声音,却突然面色大变,停下来向办公室看去。

房间门牌上是"总经理办公室",房门紧闭,窗户没开。百叶窗帘拉下,但仍有一些缝隙。方志强心里七上八下,犹豫了两秒钟,终于下定决心,凑到窗前向内看去。

办公室内灯光明亮,透过窄窄的缝隙,能看到一对赤身裸体的男女,在办公桌上滚作一团。年轻女人身姿妖娆,笑得妩媚,正是自己的女朋友赵小颖!

方志强怒火焚心,大脑一片空白。他猛然向后退了一步,用尽力气,一脚踹开房门。

办公室内的赵小颖,正在和朱英翻云覆雨。房门骤然被人踹开,两人都吓了一跳。

"啊!"赵小颖尖叫一声,下意识地用手挡在自己胸前。

方志强血气方刚,看到自己心爱的女友做出如此不堪的事情,站在门口气得发抖。

"谁?"朱英短暂地懵了一下,从赵小颖身上爬下来。他看清来人后,随即镇定下来,赤裸着肥胖的身体,从桌上拉起短裤穿上,问:"你他妈疯了?!"

"啊!"方志强见朱英如此嚣张,气得大吼一声冲上前,一拳挥向朱英。

朱英虽然肥胖臃肿,但是身高力壮,早些年在社会游走,打架经验丰富。他侧身躲过方志强的拳头,顺势往前一扑,把文弱的方志强撂倒在地。朱英气呼呼地拿起手机,拨打了一个电话:"快来我办公室!有人闹事!"

方志强从地上爬起来,猛地又扑到朱英身上,两人厮打起来。

"别打了!方志强你疯了?我早就跟你分手了!"赵小颖神情惊惶地套上裙子,尖声叫道。

"肥英,你王八蛋!"方玉良听到动静也赶了过来,一看房内情形,哪里还不明白发生了什么?他怒吼一声,当即上去帮忙。

方玉良一把扭住朱英的右臂,狠狠地把他推倒在地。

朱英的后脑勺磕碰在茶几一角,只觉得一阵刺痛,鲜血流了下来。

朱英挣扎着摸了摸后脑勺,摸了一手的血。他赤红着眼,用血淋淋的手指着方玉良和方志强,怒吼道:"敢打老子,老子弄死你!"

"老子弄死你!老子弄死你……"

时间回到现在。

半封闭的留置室内。

斜靠在床上的方玉良,猛然睁开眼,朱英嚣张凶狠的威胁声似乎还在耳边环绕。他厌恶地闭闭眼,透过铁门的窗缝看到丝丝缕缕的光线,因噩梦而昏沉的头脑逐渐回到现实。

哦,我在公安局的号子里。

对,我亲手杀了朱英那个混蛋,还有那个贱人!他们不得好死!他们都要给志强陪葬!

志强,爸给你报仇了。

志强,我的儿子死了……

昏暗中,方玉良神情木然,只有浑浊发红的眼睛和起伏的胸腔,透露出内心强烈的情绪。

"咣当!"

铁门打开,两名穿着警服的警员出现在门外。

京海市公安局刑侦楼内,布局简单实效,六层楼面错落分布着刑侦队的各个部门。其中的审讯室最为特殊,设立于地下一层,用于审讯犯罪嫌疑人等。

地下一层的楼道里,响起沉重的步伐声,每迈出一步,都要停留数秒。

方玉良被捕后,立即被押回刑侦队,在留置室待了没一会,便马上进行突击审讯。由于案件特殊,检察院也提前介入,待确定他的犯罪事实后,由检察院向人民法院提起公诉。

作为两次行凶杀人、蓄意向警方挑衅的重型犯嫌疑人,方玉良被戴上了手铐脚镣。他本就个子不高,身形瘦削,手铐脚镣的重量让他腰背弓低,行动吃力。

"哐啷,哐啷。"两个警员押着他亦步亦趋,走进审讯室。

审讯室。

空间不大,设施简洁,中间是一张审讯椅。审讯桌上摆着电脑和简单的工作用品。室内四面蓝色软包墙壁,一面墙上贴着《犯罪嫌疑人诉讼权利义务告知书》和《被害人诉讼权利义务告知书》。另一面墙壁上挂着电子钟,显示年、月、日、时及当前温度。

方玉良被带进来,在审讯椅上坐下。稍微缓解他身上的负担后,警员马上将审讯椅锁死,预防他在审讯过程中因情绪引发不测。

方玉良身陷囹圄,形容沧桑,神情却平淡木然。他静静地坐在审讯椅上,一动不动,随着时间点点滴滴过去,他的双眼逐渐失去了聚焦,目光变得涣散,犹如老僧入定。

突然,他猛地抬头,看向对面墙顶,紧盯着黑色圆柱状的摄像头,目光带着阴狠和桀骜。

审讯监控室内。

郭毅君、郑钦、杨业等人站在屏幕前,观察着审讯室内的情形。

方玉良阴沉凶悍的目光猛然投来,如同与监控室内的人对视一般。郑钦的脊背突然一阵发凉,浑身肌肉不由自主地紧张起来。杨业身后的年轻刑警,就是那个在现场干呕的小戴,不由得轻吸了口气。杨业扭头,给了小年轻一个瞧不上的眼神。

审讯监控室的一面墙,整张墙面都是监控屏幕,即时呈现审讯室的状况。屏幕前的操作台上有控制面板和话筒等全套设施。另一侧摆放着简单的沙发和办公桌椅,刑侦队经常有长时间审讯和夜间突审,便于审讯人员办公和休息轮岗。

郑钦轻咳一声,说:"郭队,我了解过一些方玉良的背景,赵小颖是他儿子方志强的前女友。赵小颖跟朱英搞到一起,就和方志强分手了。方志强可能受打击比较大,出意外死了。方玉良一直觉得是朱英和赵小颖害死了方志强,他现在作案,应该就是出于报复。"

郑钦顿了顿,说:"方玉良是蓄意谋杀,也有一定的反侦察能力。他掌握了赵小颖和朱英的生活规律,做了充足准备。我的推测是,昨天,也就是9月14日晚上,他抢了辆出租车,等在皇家一号会所外面,等赵小颖上车后,把她带到停车场杀害,然后带走她的手机。"

郑钦思维严密,逐步推理还原:"我估计,他逼迫赵小颖要到了手机密码,约朱英到棕榈湾酒店见面。棕榈湾酒店的1508号房,是朱英的长包房,用的是他亲戚的名字,所以杨业没有查到。但这个情况,方玉良肯定知道了。然后,他就在丰隆商场地下室躲了一段时间,换了衣服,再到棕榈湾酒店,杀害了朱英。但是,在整个过程中,有好几个关键点,我还没想明白。比如,他是怎么一次次在监控下消失的?他可以从丰隆商场直接去棕榈湾酒店,为什么又跑到启运路露面?他是怎么躲开监控,悄悄进入酒店房间的?"

郭毅君听了郑钦汇报的情况,略一沉吟,说:"郑钦,只有破解这些关键点,才能完成证据的搜集,还原整个作案过程,从而提交给检察院。萧书记中午走的时候,交代得很清楚。这个案子性质恶劣,市委领导明确表示,严惩不贷!"

几小时前。

刑侦智能云作战室。

实时传送画面的屏幕中,有方玉良被抓捕带走的场景,有朱英死亡的现场情况。惨烈血腥的现场和环环紧扣的抓捕,让室内的气氛非常紧张压抑。

"啪!啪!"夏政委点着头,开始鼓掌。

鼓掌声回荡在安静的作战室内,众人反应过来,也都跟着鼓起掌来,很快形成热烈掌声。

看着方玉良被捕的画面,萧书记感叹道:"不容易!能把凶手抓捕归案,郑钦团队功不可没!"

陈局看看屏幕上的时间,中午十二点,也笑道:"整个侦破抓捕过程,在司法程序上完全合规。可以说,是教科书样的合理合法。关键是从头到尾,不到三个小时。"

郭毅君悬着的心总算安下来,说:"命案不过夜,这不光是郑钦喊喊口号,也确实是刑侦业务强。"

萧书记颔首,示意秘书唐超准备离开,严肃地说:"光天化日行凶杀人,挑衅警方,陈局、毅君同志,此案必须从严从快!"

陈局和郭毅君等人肃然领命,送萧书记离开。

陈局有意落后两步,低声对郭毅君说:"这两个凶杀案太特殊,肯定藏不住。网上已经在传了,舆论压力会很大,把案子做扎实,速战速决。"

郭毅君郑重点头:"您放心!"

此时。

监控室的屏幕中,方玉良紧盯着摄像头,浑浊的瞳仁仿佛吞噬一切的黑洞。不知过了多久,他又挪开了目光,嘴角微微勾起,嘲讽般地笑了笑。

郭毅君看着屏幕,心中怒气翻涌,大手在桌上一拍:"郑钦,把他拿下!严惩不贷!"

"是,郭队放心!"郑钦沉声回答,就要去审讯室。

"头儿!"杨业把一个袋子递给郑钦,里面是一套放在单位备用的衣服。郑钦低头看看自己,上午穿的衣服已经被汗水浸透,衣角在现场还沾染了一点鲜血。他匆匆脱下上衣,露出肌肉精壮、腹肌分明的身体,也露出了累累的伤痕。利落地换好衣服,冷水洗了把脸,郑钦冲去疲累,抖擞上阵。

"杨业跟我去。"郑钦边说边戴上通讯耳机,大步离开监控室。

"走,把这块硬骨头磕下来!"杨业拿起桌上新出炉的尸检报告等资料,紧随其后。

审讯室。

郑钦和杨业先后走入,在审讯桌后坐下。方玉良神情麻木,好像没看见他们似的。

杨业敲了敲桌子:"方玉良,看清楚这是哪里,公安局刑侦队!把你的情况交代清楚!"

方玉良抬起浑浊的双眼,看了看杨业,转瞬又看向郑钦,定格在郑钦身上。

郑钦不甘示弱,直视方玉良的双眼,彼此目光相互碰撞,沉默不语。

杨业作风强硬,厉声道:"方玉良,你在棕榈湾酒店杀害朱英,在停车场杀害赵小颖,证据确凿。坦白从宽,抗拒从严,你老老实实交代,认罪态度端正,也许给你定罪的时候,能让你少受点苦头,要是你想顽抗到底,可就没这么轻松了!"

方玉良听了杨业的"威胁",依然无动于衷,眼神涣散地盯着地面。

杨业无奈,扭头看了看郑钦。

郑钦沉声道:"方玉良,你的犯罪事实很清楚。就算我们不审讯,就算你一句话不说,法院也能给你定罪。我希望你可以配合,主动交代犯罪动机和犯罪过程。"

听到"犯罪动机"几个字,方玉良木然的表情终于出现变化。他僵硬地咧起嘴角,面带嘲讽地看着郑钦。

郑钦吸了口气,缓缓吐出,说:"方玉良,你怎么想的,我也知道。方志强的案子,法院已经判了。就算你有什么不满,可以去法院上诉啊。为什么要蓄意报复,走上杀人这条路?"

方玉良没有说话,用复杂嘲讽的眼神看着郑钦,似乎赤裸裸地在说:"为什么杀他们,你明明都知道,还要装腔作势,明知故问?"

郑钦心情复杂,情绪愈加焦躁。他吐出一口浊气,拿起赵小颖、朱英的尸检报告,起身走到方玉良面前,指着分析意见道:"方玉良,这是赵小颖和朱英的尸检报告,这里面的杀人时间、作案凶器、行凶手法,写得清清楚楚。更别说朱英被害,我们抓的还是现行!"

郑钦翻到赵小颖尸检报告的最后一页,有血衣照片和 DNA 结果:"丰隆商场地下三层的储藏间,你换下来的衣服上有赵小颖的血迹,还有你的皮质残留,皮质 DNA 已经检测过了,就是你的!"

方玉良瞥了眼尸检报告,又面无表情地移开目光。

郑钦把两张现场照片拍在桌子上,都是赵小颖的凄惨死状,沉声说:"方玉良,你有家有口懂业务,几十年来,都是个安分守己的好人。赵小颖和朱英通奸,对不起方志强,你想给儿子报仇解恨,我能理解。可是,你为什么要割掉赵小颖的脸皮?你太狠了!人家也是爹生父母养,方玉良,你怎么下得去手?"

终于,方玉良木然的脸上出现了裂痕,眼皮微微抖动,呼吸也变得急促。他握住拳头,思绪翻滚到了那些不堪回首的记忆。

半年前。

傍晚时分,夕阳斜照。

方家的客厅窗明几净,收拾得干净整洁,狭窄拥挤中显出几分亮堂。贴墙而放的餐桌上,摆着切好的果盘。厨房里,抽油烟机的声音伴随着煎炒烹炸,香气四溢。

方玉良提着一瓶料酒和一把小青菜进了门,刚换好拖鞋,老婆李美兰就从厨房探出头来:"小青菜买了吧?"

"买了买了!缺啥我再去买一趟呗,不要叫啦,吵得我嘞,头疼!"方玉良把塑料袋往老婆手里一塞,就坐到客厅的布沙发上。

李美兰在厨房里喊道:"桌上的奶茶是我给小姑娘买的,你可别碰啊!"

"啰嗦!你不是嫌我抠门儿,不给你买奶茶吗?自己倒舍得买了?"方玉良跟老婆拉着家常,掏出打火机和红双喜。

"那怎么一样?一杯二十块,是太贵了啊。欸,我给你讲了啊,不要抽烟啦!强强他们马上回来,一屋子烟臭味。"李美兰系着围裙,把一盘凉拌海蜇丝放在餐桌上,嘴里埋怨着。

"行了行了,他带个女朋友回来,又不是带个祖宗回来。全家都供着。"方玉良黑着脸嘟囔,但还是把烟盒和打火机又塞回兜里去。

李美兰在厨房里一边择小青菜的菜叶子,一边说:"那怎么一样啊!强强二十七八的人了,这是第一次带女朋友回家。我们儿子长得精神,人又老实,要不是家里没有婚房,什么样的女朋友找不到?哎……"

"成天房子房子,你他妈有完没完!"方玉良听得烦躁,随手从柜子里拿出一瓶散装白酒,倒入杯中,干喝了一大杯。

辛辣的液体流入咽喉,压住了胸腹的郁气。方玉良走到厨房门口,问:"那二十万,给她们家了吧?"

李美兰把蒸好的鱼从锅里取出,放到托盘里,递给方玉良:"给了。强强周末不是跟她回了趟老家吗,二十万彩礼,还有几千块钱的礼品,都给她们家了。"

方玉良把蒸鱼放到桌子上,说:"那不就得了,彩礼都送出去了,你还怕这儿媳妇跑了?"

李美兰厨艺利索,端着一碗排骨汤出来,嘟囔道:"儿子结婚这么大的事儿,你也不多操心。咱们京海本地的女孩儿,是不讲彩礼的,人家就是看房子。这外地女孩儿吧,也不是不行,就是,我听说有些地方啊,嫁女儿像是做生意,收了彩礼也反悔。"

"他敢!"方玉良眼睛一瞪,又要发火。

此时,钥匙开门声响起。李美兰赶紧示意方玉良稍安勿躁,双手在围裙上擦去油腻,去给儿子开门。

房门打开,高瘦清秀的方志强带着光鲜亮丽的赵小颖,如同一对璧人。李美兰高兴得合不拢嘴:"小颖来啦,快进快进!阿姨给你准备了新拖鞋。"

"谢谢阿姨。"赵小颖抿嘴笑笑,换好鞋后看了看这套两室一厅的老破小,眼中的诧异和嫌弃一闪而过。

"进来吧,坐。"方玉良看到儿子,黑乎乎的脸上也露出点笑容。

"小颖,来来,吃点水果。志强,你给小颖拿饮料喝。我专门去买的奶茶,小姑娘爱喝这个的。"李美兰热情地张罗待客,让赵小颖吃水果,喝奶茶。

她在厨房三下五除二地做好饭菜,餐桌上摆得满满当当,招呼大家吃饭。

赵小颖在方志强的殷勤陪同下,在三个房间看了一圈,发现这是一套不到50平方米的老破小,尽管收拾得还算整洁,依然是拥挤狭仄,看得出家境普通。赵小颖的脸色越来越难看,等坐在挤挤挨挨的餐桌上时,已经维持不住脸上的笑容了。

"好,吃饭。"方玉良拿着散装白酒的大半瓶白酒,给自己倒了一大杯,给方志强倒了一小杯,"儿子,来,咱爷俩走一个。"

"爸。"方志强不好意思地看看赵小颖,腼腆举杯碰了下。父子俩一饮而尽。

"哎哟,老方啊,你少喝点儿吧,医生都说了让你戒酒保肝……"李美兰边劝,边给方玉良夹了一筷子笋干肉丝。

"老爷儿们喝酒,你少管。"方玉良脸色微红,毫不理会,把笋干肉丝一口吃净。

"来,小颖,喝汤。排骨汤熬了一下午了。"李美兰习惯了方玉良的暴脾气,热情地给赵小颖盛汤,把珍珠奶茶插上吸管递到她面前。

赵小颖勉强笑笑,随手把奶茶放在一边。她食不知味地吃了两口菜,扭头轻声问方志强:"你们家不是开厂的吗?怎么住这么小的房子啊?"

方志强生性内向,红着脸说:"小颖,我们家在振联化工厂是有股份的。但是,工厂这两年收益不好,京海的房价又一直在涨……"

李美兰心里咯噔一下,急忙笑着说:"是啊是啊,工厂不就这样嘛,经常有赚有赔的,要是效益好了,也有挣钱的时候。"

赵小颖抿了抿鲜红的嘴唇,说:"阿姨,我知道京海房价高。我们家说了,年轻人结婚有房子,日子才好过。志强人很好,不过,要让我在这儿结婚,肯定不行。这房子太小太破了,还不如我们老家的。"

李美兰一愣,没想到赵小颖这么直接,这么直白。为了儿子,她尴尬地笑笑,解释道:"小颖啊,我们老两口这些年,多少也攒些钱。我们是想着先付个首付,在新城区买套房,两室一厅的差不多够住了,就在五环边上,给你们结婚用,怎么样?"

赵小颖拨弄着鲜亮的美甲,没有说话。方志强讨好给她夹菜,笑道:"妈,我觉得挺好。小颖,你尝尝这个清蒸鲈鱼,这是你爱吃的……"

赵小颖挑眉看着方志强,不耐烦地说:"好什么好?结婚是大事儿,你不是答应了我爸妈,给我在京海买房,房本上写我名字,再在我们老家给我哥买套房吗?我看你家这样,你就是骗我吧?买个郊区的房子,还要背贷款,你让我跟着你喝西北风吗?"

方志强在赵小颖老家时,被赵小颖的爸爸和哥哥灌酒灌得五迷三道,加上陷入恋爱中的荷尔蒙作祟,拍着胸脯不知道答应了多少条件,吹了多少牛。他醒酒后也很后悔,可也盼着能早日娶了赵小颖,成为一家人后,其他事都好商量。没想到今天赵小颖看到他家实际情况后,翻脸不留情。

方志强非常尴尬,难堪地笑笑:"我那时候,不是喝多了吗?你放心,我肯定会努力工作,一心一意对你好!"

"光用嘴说有啥用啊,你还说给我哥买车呢?你还要还房贷,还买得起吗?"赵小颖只顾埋怨,没发现斜对面方玉良的脸色越来越难看。他低着头,一声不吭地喝着闷酒,一会儿工夫一瓶白酒喝光了。

李美兰心里酸楚,仍是勉强笑着劝慰:"志强,小颖,别吵了,放心吧,结婚的事儿不用你们年轻人操心……"

"啪!"

一记响亮的耳光抽在了李美兰脸上。

方玉良已站起身,用刚打完人的手,指着李美兰骂道:"老子说了多少遍!少放盐少放盐!你他妈就是不长记性!"

李美兰被打懵了,捂住火辣辣的左脸,愣愣地看着破口大骂的方玉良。

"爸！正吃饭呢，你……"方志强急忙站起身，有些慌张。

"吃饭？打死卖盐的了！吃个屁！"方玉良冷冷一笑，突然抬手，一把将餐桌掀翻。

桌上的碗盘菜饭全都碎在地上，珍珠奶茶的杯子往外流出咖啡色的液体，一坨青菜叶糊在赵小颖的脚面上。

"啊！"赵小颖吓得花容失色，看着暴躁的方玉良心里发慌。

她往方志强身边靠去，低声说："志强，志强，我晚上还有事情，我就先，先走了。"

赵小颖不等方志强反应过来，拿上自己的小坤包，匆匆忙忙地离开了。

"小颖！"方志强回过神来，赶紧到门口换鞋，准备去追。

方玉良直勾勾看着儿子，恨铁不成钢地大骂："你看到了吧？她嫌弃你！你还去找她？"

李美兰捂着嘴巴默默抽泣，满脸泪痕地蹲下来，捡起奶茶和破碎的碗盘。方志强心里憋屈，也敢怒不敢言，跺了跺脚，还是追了出去。

方玉良气得手抖，骂道："没出息的东西！早晚死在这个女人手里！"

谁承想，一语成谶。

审讯室。

"方玉良！回答问题！"杨业突如其来的喝声，打断了方玉良的回忆，把他拉回到现实中。

郑钦立在审讯椅前，定定地看着方玉良的眼睛微微转动，望向自己。

方玉良冷冷地看了眼郑钦，面无表情地低头，看了看赵小颖的尸体照片。

"呸！"

方玉良冲着照片猛吐了一口口水,一些唾液喷溅到了郑钦的身上。

"你干什么?"杨业怒极,猛冲过来,被郑钦拦在。

方玉良靠在椅背上,斜睨着他们,目光挑衅,神情漠然。

审讯陷入僵局。

入夜时分,星辰浮现,灯火渐明。

丰隆商场地下三层。

欧阳慧敏作为现场勘查小组长,主持完尸检报告仍不能休息,需要回到现场进行复勘,搜集更多犯罪证据,争取还原犯罪过程。她穿着现场勘查服,认真勘查着方玉良藏身的杂物间,清雅的脸庞带着疲色,但目光依然专注清澈。

秦奋是个阳光精干的年轻人,忙了一天,依然活力满满:"欧阳法医,现场物证提取完成了,这个嫌疑人根本没打算遮掩,满屋子的指纹脚印DNA,受害人赵小颖的血液也非常确定了。"

欧阳慧敏点头道:"秦奋和大家辛苦了。这些发现,应该是在方玉良计划中的。他留在酒店杀人现场,就没打算逃掉。郑队跟我说了,咱们复勘的主要任务,是查清关键环节,还原作案过程。就是零口供,也有完整的证据链给他定罪。"

秦奋因为挑战感而双眼发亮:"今天的抓捕过程我都知道了,丰隆商场里到处都是摄像头,几乎是没有死角的,包括这地下三层的走廊和货梯。你说他是怎么跑来跑去,来去自如,愣是没一个摄像头抓到他的?"

"是啊,他也不是葫芦娃……葫芦娃的老几能隐身啊?"欧阳慧敏随意地聊着天,犹如自言自语。她站在杂物间门口,看了看走廊上两头的监控摄像头,又转身看着狭窄的杂物间。

天花板上,带着锈迹的排风扇静止不动。

欧阳慧敏抬头,目光定格在排风扇上,继续自言自语:"这是排风扇啊,怎么不转了啊?排风扇后面,应该是通风管道吧?"

秦奋立即表功:"欧阳老师,我早想到这个点了!我呀,下午就跟商场要了他们的建筑图,包括地下的这个人防系统。这个房间的通风管道,和地下二层的合并,曲里拐弯地到停车场旁边了,那儿正好有监控,请刘队安排看过了,没有发现。"

"可以呀秦奋同志,主观能动性越来越强了。"欧阳慧敏笑着表扬了秦奋一句,继续盯着排风扇自言自语,"图纸上没有就没有吗……"

欧阳慧敏转身,蹬蹬蹬地跑了出去。一分钟后,她搬了把金属四步梯进来,往杂物间中间一放,就往上爬。

"欧阳老师你干嘛?"秦奋瞪大眼睛。

"小马过河啊,能不能过去,我要自己看一看。"欧阳慧敏说着,用小钳子把排风扇一扳,原来她刚才出去找工具了。

秦奋一看急眼了:"别介,领导。这爬高上低的活儿,怎么也得我干啊!"

欧阳慧敏利落地把排风扇卸了下来,只见排风扇后面连的电线只剩下半截了,线头切面平整。欧阳慧敏呵呵一声:"怪不得不转,线都断了。"

随着排风扇窸窸窣窣落下的灰尘,蒙在了她和秦奋的脸上、身上,好在他们都戴着口罩,不碍呼吸。

她把排风扇往秦奋手里一塞:"你以为我心疼你啊?你看看你的块头儿,钻得进去吗?"

秦奋是个高高壮壮的精神小伙儿,虽说没有小肚腩,一百五六十斤也稳稳的。他连忙拿好工具箱,扶住梯子,委屈巴巴地说:"欧阳老师,我给你扶稳梯子,你注意安全啊!"

欧阳慧敏轻笑一声,利落地探入管道中,娇小的身形一半在其中。

阴暗狭窄的通风管道内,欧阳慧敏打开了警用手电筒。她踩在梯子上,半趴着伸入狭仄的管道,姿势极为费劲,但仍一点点地扫过每一寸内壁,仔细地观察通道内情况。在距离通道口半米左右处,看到了一点淡红色的痕迹。

"相机!"欧阳慧敏朝下伸手。

"好嘞!"秦奋赶紧递上相机。

"棉签!"欧阳慧敏利落拍照取证后,把相机往下一递。

"来啦!"秦奋赶紧接过相机,递上棉签。

两人配合默契,很快做好了痕迹取证工作。

"秦奋,这是新鲜血迹,方玉良身材瘦小,肯定是从管道里爬过的。我现在要把他走的路走一遍,你等着我。"欧阳慧敏说着,就爬进了通风管道,整个人消失在了排风扇口。

秦奋瞪大眼睛:"这,我在哪儿接你啊,领导?领导?"

欧阳慧敏看着娇小温柔,其实韧性极强,一声不吭地沿着通风管道匍匐前进,绕过错综复杂的接口,在地下蜘蛛网中前行。她精通现场痕迹,遇到交叉口时,稍一观察就能看出有人爬行过的印记,做出正确选择。

通风管道狭窄幽闷,她浑身是汗,呼吸急促,不知道自己爬了多久,还要爬多久才能出来,但她知道自己必须坚持下来。终于,她隐约嗅到了室外空气的味道,听到了远远的嘈杂人声,不由得精神一振。

启运路上的皮草服装店,临街店面装潢气派典雅。服装店侧后方的偏僻处,传来蹬蹬锵锵的声音。

"咚!"满是灰尘的排风扇被扔到地上。一个窈窕的身影从墙角钻了出来,站在原地,四处打量。

欧阳慧敏走出偏僻处,来到繁华的启运路上。她穿着深蓝色的现场勘查服,戴着口罩,头脸上有灰尘,身上隐隐沾染血迹,引得来往路人纷纷侧目。她却浑然不觉,看看启运路34号的皮草服装店,再看看不远处36号的兴华书城,了然地笑了。

京海市公安局刑侦队。

审讯室外的走廊上,郑钦在接听欧阳慧敏的电话。

欧阳慧敏语气振奋:"丰隆商场周边商业区的人防系统,有很多通风管道,分布错综复杂。商场的承包商为了省钱省事儿,建造管道时连接了其他已有的管道,管道再连着管道,搞了个地下迷宫出来。不要说建筑图纸不准,就把当时的工程师找来,都很难说清楚走向。"

欧阳慧敏顿了顿说:"我自己爬了一遍,从丰隆商场地下的杂物间,一路爬到了启运路。郑队,你猜是启运路哪里?"

郑钦脱口而出:"兴华书城。"

欧阳慧敏说:"没错!这个出口就在启运路34号服装店旁边,旁边就是兴华书城。我在通道出口看到了新鲜的攀爬痕迹,而且,在管道里找到了残留的新鲜血迹。我已经送回队里做DNA比对,我可以肯定,就是赵小颖的血。方玉良是通过杂物间的通风管道出入商场,躲开了监控。"

郑钦思维缜密:"欧阳,通风管道的出口应该不止一个,你说,他为什么选在启运路36号?"

秦奋机灵地递上一叠图纸,欧阳慧敏看着图纸,双眼熠熠发光:"我把我遇到的岔口位置基本记下来了,刚才和秦奋对着建筑图纸查了一遍,如果我们估计不错的话,连接这个通风管道口的还有三四个出口,但那几个出口旁边都有摄像头监控,只有启运路这个,是藏在店铺后面的,监控死角!"

郑钦立在走廊尽头,修长有力的指节轻轻叩击着窗台,思索着说:"方玉良在停车场杀人后,从启运路的通风管道,爬到丰隆商场地下人防系统的杂物间,在那里待了半天后,又通过管道回到启运路,打了个烟雾弹。然后,他从小吃店旁边的巷子穿过,到了丰隆商场门口,把我们的注意力都吸引到商场。但其实,他去了明海小学,用赵小颖的手机发信息给朱英,故意让我们警方监控到信号,把手机丢进学校,再到棕榈湾酒店,狩猎朱英。"

他似乎自言自语,问自己也问欧阳慧敏:"他有意制造假象,牵着警察鼻子走,给自己争取时间杀人。就是不知道,他是怎么逃开监控,从丰隆商场到明海小学,又从明海小学进入棕榈湾酒店的?"

欧阳慧敏秀眉微蹙:"嗯,刘队说这两段路上的监控很密,基本没有死角。不过郑队,之前咱们也想不通他怎么躲进商场的,现在看就是通过管道系统。他又不是六娃,肯定能查出来怎么回事。"

"六娃?"郑钦一愣。

"嗯,我想起来了,葫芦娃的六娃会隐身,方玉良又不会!郑队,我们继续复勘现场,查找线索,随时向您汇报。"欧阳慧敏干劲儿满满,准备到棕榈湾酒店进行复勘。

"大家辛苦了!"郑钦不由得笑笑,嘱咐几句后挂了电话。

审讯陷入僵局,此案关系重大,一直对着不开口的方玉良硬抗,并不是上策。他站在走廊上,脑海里翻滚着案情、平安卫士的评选,还有藏在记忆深处的往事。

4 个月前。
京海市公安局刑侦队。
重案队会议室,郑钦、杨业、欧阳慧敏、秦奋等人在开案情分析会。
杨业指着投影仪放映出的方志强身份证的照片,说:"这个案子是新城区分局报上来的,死者方志强,28 岁,振联机械厂的技术工。4 天前,方志强和父亲方玉良到工厂为拆迁的事情,和朱英发生了一些争执。

方志强动了手,就被厂里的保安李宝全,绰号叫二狗子的给拽走了。他在厂区里挣脱了二狗子,两个人你追我赶,在厂房里发生肢体冲突,方志强坠入硫酸池中溺亡。二狗子已经到派出所自首,说是自己失手推搡导致的,对犯罪事实供认不讳。"

屏幕上显示了嫌疑人李宝全的照片。李宝全也就是二狗子,30岁,平头方脸,身强体壮。

杨业说:"按说这个案子分局就解决了,为啥要交给刑侦队?主要是啊,分局也判断是过失致人死亡,这二狗子都承认了啊。但是方志强的家属死活不认,说是朱英害死了方志强,二狗子只是顶包的。分局觉得有压力,就报上来了。头儿,你看呢?"

郑钦低头看着手机上的微信,郭毅君刚给他发的:今天市局会议强调了平安卫士评选的重要性,你认真准备材料,把握好这个机会。

他从沉思中抬起头,说:"这案子不算复杂,案情比较清楚。欧阳的意见呢?"

欧阳慧敏打开了几张尸检照片,方志强的尸体已经被强酸腐蚀的面目全非,说:"由于硫酸的强腐蚀性,尸体和案发现场的痕迹被毁坏得很严重,很难还原现场的冲突细节。不过尸检结果很明确,方志强在落入硫酸池时,是活着的,这也符合嫌疑人的供述。"

年轻刑警小戴当时还是实习阶段,坐在后排,悄悄摸了摸身上的鸡皮疙瘩,轻叹:"那可真是太惨了……"

杨业嫌弃地瞪了眼小戴,对郑钦说:"我跟分局刑队交接得很清楚,当时方志强和他爸方玉良在办公楼二楼,跟朱英发生冲突,有经济纠纷也有感情纠纷吧!但最后就是他们俩打了朱英,朱英受了伤,就喊保安二狗子来帮忙。几个人发生肢体冲突,二狗子用保安配的手铐把方玉良铐在二楼了,方志强就很激动地往外跑,说要弄死他们,二狗子就去追方志强,在厂房的硫酸池出的事儿。"

郑钦抬眼:"也就是说,方玉良并没有看到方志强死亡的情况。"

杨业摇头:"两个楼不挨着,压根儿看不见啊。"

欧阳慧敏问:"案发时,朱英人在哪儿呢?有监控录像吗?"

杨业说:"朱英当时也跟着方志强和二狗子出去了,但是他人很胖又受了伤,走得很慢,等他走到厂房的时候,已经出事儿了。他的供述和二狗子是吻合的,这个机械厂的厂区挺破败了,就厂门口按了个监控,角度、像素都不行,只能模模糊糊看到有人出入工厂。"

此时,郑钦的手机震动起来。他接起电话,是保安室的电话:"郑队,有个受害人方志强的家属来了,一定要见你。"

郑钦一愣:"见我?队里已经问过他的笔录了。"

保安室显然不敢做主,说:"我看他是挺倔的,等了半天了,一定要和您谈。"

郑钦眉头皱了皱:"让他上来吧!"

欧阳慧敏看郑钦挂了电话,合上翻看的案卷资料,眉头微皱:"郑队,没有人证,痕迹模糊,但朱英和方志强有矛盾,不能完全排除他的嫌疑吧?"

郑钦心里有事,不愿在这个案子上纠结太久,说:"杨业把嫌疑人审一下,分个工,该走访的走访,该勘查的勘查。有问题查问题,没有就按疑罪从无结案。郭队经常给我们强调,像这种家属越是闹的案子,越是不能拖时间,尽快办!"

他说完就站起身,大家纷纷领命各自开工。

郑钦来到接待室,方玉良也到了,他衣着朴素,头发花白,脸上刻着丧子之痛折磨的沟壑皱纹,急忙站起身:"你是郑队长吧?"

郑钦示意他坐下:"是,请坐吧。"

方玉良却不肯坐,从随身的大布袋里拿出一叠厚厚的材料,声音沙哑地说:"我是方志强的父亲,我叫方玉良。郑队长,我儿子是被朱英害死的!"

郑钦坐了下来,说:"你的心情我能理解,但是,侦破案件要讲证据。目前的证人证言,都显示是保安二狗子在推搡中,导致他掉入池中的。"

方玉良一听就急了,说:"那是他们瞎扯!肥英仗着有几个臭钱,收买了二狗子替他顶罪!郑队长,你听我说,朱英真的不是好人。赵小颖是我儿子的女朋友,两个人去工厂玩了一趟,就被朱英看上了,被他用钱搞定了。他还……"

郑钦的电话震动起来,他冲方玉良点点头,接起电话。

听筒传来一个利落的男声:"郑队,我政治处小张,市里宣传的人来了,要做'平安卫士'的采访,您现在有空吗?"

"现在吗?"郑钦略一沉吟。

小张闻一知十,低声道:"您在开会吗?要是会开好,您还是尽快来,我刚听见卫主任给王队打电话呢,估计王队马上到。"

"好,谢谢你!"郑钦挂了电话,心里一紧。缉毒队队长王小利与自己年资相当,是最大的竞争对手,而且王小利是刑侦队夏政委的心头好,政治处主任卫萍也因此各种照顾王小利,自己反而显得势单力薄,只能依靠刑侦队队长郭毅君的支持。

方玉良看郑钦不说话,便把茶几上的材料推向郑钦,说:"郑队长,这是我整理的材料,里面有朱英来我们厂的所作所为,还有他在外面的狐朋狗友。他是混社会的,心狠手辣。他看我们父子俩不顺眼,他才是杀人凶手啊!郑队长,你看看……"

郑钦二十多岁就当上了重案队队长,对自己的业务能力自信到自负,什么时候需要受害者家属给他分析案情?加上他心里还惦念着平安卫士的事情,便更不愿意浪费时间了。

郑钦看了眼那叠材料,只说:"老方,你的心情我能理解!不过,你所说的,案情背后的故事,我不需要听。重要的是,侦破程序合法合规。"

方玉良还想说什么,郑钦直接站起身说:"你先回吧。放心,我们会迅速破案,给受害者家属一个交代。"

郑钦说完,就跟方玉良点点头,大步离开。他一边走着,一边在心里揣摩,采访时要说些什么,才能突出重点,总结成绩。

阳光从走廊玻璃射入,在他高大的身形后,拉出一道长长的阴影。

接待室内,方玉良面如死灰,呆立半天后,双手颤抖地拿起那叠材料,放回到大布袋子里。他佝偻着背,脚步迟缓地走出接待室。

阳光洒在方玉良身上,他却浑身冰冷,毫无生气。

审讯室外的走廊。

"头儿!"杨业的声音响起,把郑钦的思绪拉回到现在。

杨业拎着两个包子,捧着个保温杯走了过来,把包子递给郑钦:"食堂的菜就剩俩了,都是你不爱吃的,我给你带了两个包子,一菜一肉。"

"谢了!"郑钦中午没有吃饭,早已胃肠空空,但却毫无胃口。

他食不知味地咬了口包子,问:"你们都吃了吧?"

杨业把保温杯的杯盖拧开,递给郑钦:"放心,轮流吃了。"

"他吃了吗?"郑钦看了看审讯室,问的是方玉良。

杨业点头:"审讯不开口,吃饭开口的。"

郑钦三下五除二吃了个包子,喝口热茶才顺了下去:"外联探组都放出去了吧?有消息吗?"

杨业说:"放出去了,分了几组,方玉良的亲友邻居同事,都在问。刚收到一些反馈。"

郑钦咬了口包子:"有线索吗?"

杨业不回答,只说:"你先吃饭。"

郑钦放下手里的包子,问:"说!"

杨业看看郑钦,说:"方玉良的老婆不在了。"

郑钦点点头,没说话。刘彬的信息数据很齐全,第一时间就反馈了方玉良的家庭情况。

杨业说:"方玉良的父母已经去世,夫妻俩只有一个独生子方志强,还有个挂在方家户口本的养子方国胜。方国胜是十年前方玉良收养的流浪儿,绰号小六子。这小六子人很老实内向,长到十七八岁就到工厂工作了。他已经自己租房生活多年,平时不常回方家。"

杨业的声音有些低沉:"两个月前,方志强的案子判决,二狗子过失致人死亡,六年;朱英是缓刑,当庭释放。方玉良的老婆李美兰,听到判决结果就晕倒了,突发心梗,在医院抢救了几天,没救过来。方玉良家一家三口就剩下他一个人了。"

郑钦微低着头,没有说话,只有拳头不断捏紧,不知不觉就把手里的包子捏成了面疙瘩。

杨业把塑料袋夺过来,低声说:"你看,我就知道你该吃不下了。头儿,方志强的案子,咱们的侦破和处理完全符合司法程序,检察院公诉,法院判决。你不是总说,咱们干刑警这行,日子就得这么过。"

"走,再去跟他谈谈!"郑钦迈大步,去审讯室。

审讯室内。

方玉良吃饭后,嘴唇没有之前那么干瘪苍白,但面色依然发黄憔悴,神情木然。

郑钦跟杨业进入审讯室,在审讯桌后坐了下来,心里竟有些忐忑。

杨业先开口,语气缓和下来:"方玉良,虽然你犯罪事实清楚,但我们还是要全面地了解你。今天走访了你的邻居同事,大家都说你是个好人,脾气火爆,但是乐于助人,爱恨分明。之前,为了帮工友们维权,你专门研究法制节目,学习法律条款,维护工人利益。你明知道杀人是重罪,还不争取从宽处理吗?"

方玉良依然一动不动,毫无反应。

郑钦定定神,说:"方玉良,你家里的事情,我们都知道了。"

方玉良原本耷拉着脑袋,突然抬起头,看向郑钦,瞳孔微缩。

郑钦顿顿,说:"在丰隆商场的地下通风管道里,发现了赵小颖的血迹,排风扇上有你的指纹,你是怎么从商场到启运路的,我们也都知道了。现在证据越来越充分,事实越来越清楚,我还坐在这里问你,也是给你坦白从宽的机会。我承认,你有准备,有手段,但是你再怎么折腾,杀人就是杀人,犯罪就要伏法!"

方玉良目光闪动,眼神逐渐也变得玩味,终于缓缓开口,发出沙哑的声音:"你知道,什么是耍猴吗?"

杨业一听就怒了:"方玉良!你什么意思?少来那套神神叨叨的,老实交代犯罪动机!你人都敢杀,还不敢说吗?"

方玉良根本不看杨业,双眼紧盯郑钦,冷哼一声:"我敢说,你敢听吗?"

郑钦一愣,怒气翻起:"我有什么不敢!"

方玉良冷笑出声,满是嘲讽:"你不是说,你不需要听案情背后的故事吗?现在我是罪犯,你也掌握了证据,还有什么好说的?"

电光火石间,郑钦眼皮一跳,目光竟然有瞬间的闪躲。

郑钦心思转回,压住纷繁的思绪,看着方玉良说:"你挑衅警方,只会判得更重,只有坦白才能从宽!"

方玉良轻蔑地哼了一声,又陷入长久的沉默。郑钦和杨业再说什么,他就只有木然的神情回应了。

郑钦耳机里传来郭毅君的声音:"郑钦,今天先到这里,让他到留置室休息一下,明天再继续审问。"

郑钦明白郭毅君的意思,审讯节奏要有张弛,也需要再复盘审讯思路。

"今天到这里,先送回去。"郑钦给站在一旁的警员递了个眼神。警员随即打开审讯椅,架着方玉良的肩膀往外走。

出门前,方玉良扭过头来,看向郑钦的眼神晦暗阴沉。

重案队办公室。

刘彬坐在郑钦的位置上,对着自己专用的笔记本电脑,认真地工作着。

郑钦面色阴沉地走进办公室,看到刘彬,面色放缓,点了点头。刘彬也没说话,站起身来,打开办公室靠外侧的窗户。郑钦也走到窗前,下意识地摸了摸口袋,却摸了个空,烟已经被他抽光了。

刘彬笑笑,掏出一包软中华和打火机,递了根烟给郑钦,另一根轻轻叼在自己唇中。

"砰!"一声清脆,刘彬修长的手指拨开了银色经典款打火机,另一只手优雅地护住了闪烁的蓝黄色火苗。

郑钦微微低头,在刘彬的手中点燃香烟。他深吸一口气,喉结滚动,烟头灼热。

刘彬给自己也点了烟,轻轻吐出烟圈,眼中有血丝,清俊的容颜也带着疲惫。

两人沉默地站在窗前抽烟,一阵微凉夜风拂过,郑钦随着烟雾长舒一口气,心头的焦躁稍有舒缓。

杨业和小戴进来,对视一眼,知道审讯不顺利,郑钦压力大才这样抽烟。小戴不敢多说什么,坐在自己的位置上开始整理案件材料。杨业顿了顿,拿起郑钦桌上的大茶杯,接了杯热水,递给郑钦:"头儿,少抽点儿吧!"

郑钦接过水杯,看看刘彬:"彬彬,吃饭了吗?"

"吃了,行,你们忙吧!"刘彬对郑钦笑道。他看看杨业,走回办公桌摁灭烟头,收起电脑就往外走。

"慢走啊刘队!"杨业也回到自己的位置,看到刘彬离开,便冲小戴嘟囔,"情报队是舒服,带着个电脑就开工,还能到处串门儿。"

郑钦无奈一笑。他的手机震动起来,拿起电话一看,是自己的妹妹郑佩。他下意识地把烟头按灭,接起电话:"喂,小佩。"

郑佩与郑钦是亲兄妹,但身材却是娇小型的,长相丰润可爱,芳龄30看着如同大学生般。她是全职的网文作家,每日除了照顾孩子就是在家码字赚钱。此刻,她坐在电脑前,桌面上是她新开的网文,脚丫子盘在座椅上,声音爽朗:"哥,还在忙啊?这次要多少天才能回家啊?"

郑钦确实忙得几天没回家了,声音低哑:"还行吧,没事。鲁鲁这两天怎么样?"

郑佩笑道:"鲁鲁啊,能吃能喝,能跑能闹。晚上吃了一大碗饺子!我都怕她积食,又给她喝了山楂水。"

郑钦对明明单身却要照顾孩子的妹妹心怀愧疚,问:"小佩你辛苦了,最近怎么样?"

郑佩自豪地说:"我好得很!我新开的文,《帅王爷错撩渣公公》,又上了推荐金榜啦!"

郑钦对妹妹这个知名网文作家的工作一直态度矛盾,老话重提:"你好歹是研究生,就没想找个工作吗?老在家待着也不是个事儿啊!"

郑佩不服气了:"什么叫在家待着啊?我是正经的签约作者!哥,你知道我上一篇文,霸总偏爱理工男,赚了多少钱吗?鲁鲁今年所有的兴趣班,学费包圆儿了我!"

郑钦说不过妹妹,只好问:"行行,你厉害!鲁鲁数学阶段考试怎么样?"

郑佩伸脚去穿拖鞋:"鲁鲁数学又考了满分。已经睡着了,我给你拍个照看看啊!"

"嘿,她数学有天分,那个数学思维班,还得给她继续报。"郑钦听到女儿范忆鲁的事情,沉重紧绷的心情终于稍有放松,脸上露出笑容。

郑佩悄悄走到卧室看了看鲁鲁可爱的睡颜,还关了闪光灯拍了照。她把照片发给郑钦,心情也很不错,回到自己房间说:"那是,鲁鲁像我,属于全能少女。不光数学好,游泳也好,教练猛夸她,有天赋条件好。她就是想你啦,老问我小姑小姑,郑爸啥时候回。"

郑钦老怀甚慰,看着鲁鲁的照片,露出老父亲的笑容:"哈哈,你跟她说,我尽快!等我忙完,咱们就带她去海洋公园!"

小戴来队里的时间很短,不了解情况,看到冷面队长突然笑得慈祥,顿觉惊诧。他凑到杨业身边,悄悄问:"郑队老婆吗?他孩子多大啦?"

杨业拿起茶杯,示意小戴出去说,小戴赶紧跟上。

两人来到门外,看看左右无人,杨业喝口茶,低声说:"按说呢,不该谈论队长的私事儿。但你是新来的,以后在队里大家都是兄弟,我也怕你傻乎乎的,乱说话。"

小戴连忙点头:"放心,我肯定不乱说。"

杨业满意地点点头:"打电话的是头儿的妹妹,小佩。他们俩说的鲁鲁,是头儿大学同学的女儿,叫范忆鲁。这孩子啊,很小的时候妈妈就车祸不在了。她爸是西城分局的侦查员,抓捕毒贩时为了保护战友,牺牲了。鲁鲁才四五岁吧,只能跟着爷爷奶奶在老家过。那年过年,头儿带着我去县城里看她,就见那小屋里又脏又乱,两个老人身体都不好,照顾自己都困难。鲁鲁才那么大点儿,就会踩着小板凳下面条了,手上还有烫出来的泡。我们当时一看,就受不了了。"

杨业粗犷的五官显出几分温软:"头儿就打电话跟他妹说,要把鲁鲁接到京海,还出钱给她爷爷奶奶找了个阿姨照顾。因为他们兄妹俩都单身,不符合领养条件,就是住在家里抚养。头儿专门给队里打了报告,说明情况。局里关心烈士子女,定期派人去慰问探望。把鲁鲁上学的事情也解决了。现在孩子在他们家住了好几年了,真是当宝贝女儿养啊!每年寒暑假,头儿还送她回去,陪陪爷爷奶奶。"

小戴听得很感动,但还是抓住了关键点:"郑队还是单身啊?"

杨业喝口茶,点头:"可不是。当时啊,好像有个相亲对象,因为他抚养鲁鲁这事儿,黄了。你想,警察工资就这么多,养娃多费钱啊,哪个姑娘能愿意?"

"怪不得,我就说,郑队这么帅,咋会没媳妇儿呢……"小戴若有所思,探头看向办公室内。

郑钦挂了电话,立在窗边,看着手机里鲁鲁的照片。此时此刻,他的眼中掩去了冷厉和焦灼,神情平静柔和。

深夜,明月当空,乌云半掩。

高架桥上,一辆警车穿行在车流中。

欧阳慧敏坐在车内的副驾驶位,望着车窗外的灯火。未解的问题,盘旋不定,她心里总觉得隐隐不安。秦奋坐在后排,从兜里摸出一个瓶子,拧开盖吃了片药丸。

欧阳慧敏问:"又吃什么呢?"

秦奋嘿嘿一笑:"全能维生素。加班熬夜,必备大补!就咱这工作强度,一天不吃都顶不住。"

欧阳慧敏当然知道秦奋是夸张的玩笑,却喃喃道:"一天不吃都顶不住啊……"

她突然回头:"秦奋,杂物间里的那些药瓶子,再给我看看。"

秦奋是学痕迹学的,打开身边的现场勘查箱,拿出几个物证袋,里面装着空药瓶和药盒:"欧阳老师,上面有方玉良的指纹。这是什么药啊?"

欧阳慧敏仔细看了看:"这些药主要是止痛镇静类,还有的,是肝炎、肝病患者用的。"

秦奋惊讶道:"方玉良有肝病?"

"很有可能。估计他躲到杂物间,既是躲避搜查,也有身体原因,他需要吃药和休息。"欧阳慧敏想了想,说,"明天我们给他做些检查,确认一下情况。"

留置室。

方玉良躺在木板床上,看着头顶的天花板,眼神空洞,脸上没有任何情绪。

突然,方玉良僵硬的面部肌肉抖动了一下,很快就因为疼痛而变得扭曲。他半曲着身体,想要从床上爬起来,却不小心摔了下来。他闷哼一声,蜷缩在地上,忍受着疼痛的折磨,汗水从刻满沟壑的额头渗出,流下。

不知过了多久,他感到稍微平复,费劲儿地从地上爬起来,拖着哗啦啦的手铐脚镣,慢慢地走到墙角的洗手台,拧开水龙头,洗了一把冷水脸。

腹部的钝痛仍在持续,他在凉水的刺激下,恢复了几分精神。他抬起头,看着贴纸镜子中的自己,疲惫,苍老,眼神麻木而又暴戾。

他想,天应该快亮了吧。

第三章　辉煌之后

次日上午。

审讯室内,压抑沉闷。

整整一上午,无论郑钦和杨业问什么说什么,方玉良都沉默木然,一语不发。

杨业怒气冲冲:"方玉良!你一上午都不开口,是不是觉得不张嘴,我们就拿你没办法?"

郑钦一直压抑着心里的复杂和不安,此时也忍耐不住了,沉声说:"你就是一直不交代,零口供,也一样能定你的罪!"

方玉良像没听到一样,盯着郑钦,一动不动。

郭毅君的声音从耳机里传来:"郑钦,你先出来。"

郑钦顿了顿,与杨业对视一眼,走出审讯室。

审讯监控室。

郑钦推门而入,室内只有郭毅君一人,站在监视屏幕前。

郭毅君说:"郑钦,一天之内,市中心两起凶杀案,社会舆论已经起来了。萧书记刚才指示,刑侦队要把压力转化成契机,面对社会进行公审,打击犯罪分子气焰,让群众有更多安全感。所以咱们在程序上要非常谨慎,方玉良已经留置24小时,他不能再在队里待了,要送看守所。"

郑钦对此有心理准备,但仍稍有犹豫:"郭队,审讯不顺利,得想办法完善证据链,找到突破口。我总觉得,方玉良有些古怪。"

郭毅君浓眉皱起,沉声说:"郑钦,这段时间,对你对我,都是关键时期。保稳,是第一位的!"

郑钦肃然点头:"郭队放心,我明白!"

天空阴沉,云层压低。

京海市第一看守所,是关押重刑犯之处,四处高墙电网,森严肃穆,警务人员荷枪实弹,来回巡逻。空气中弥漫着压抑,令人望而生畏。

一辆警车停在看守所门前,方玉良戴着手铐脚镣,被押解下车,移送看守所。

看守所所长王涛知道今天接收的是被市政法委萧书记点了名的重犯,亲自带着警员来接人。他一边安排把人往里押送,一边交代说:"正式关押前,先验指纹、量身高、测体重、拍照。注意点啊,体检合格了,再送往监室。"

"是,王所。"负责押送接收的监管民警认真领命。方玉良一言不发,配合地项项落实,只是动作迟缓,看起来疲惫虚弱。

医务室内。

医生给方玉良量了血压,看看他蜡黄泛黑的脸色,问:"你平时身体怎么样,有生什么病吗?"

方玉良听着医生的话,嘴唇越来越苍白,突然捂住肚子弯下腰。

"欸?怎么了?"医生关切地问。

"砰!"方玉良猛然栽倒在地!他整个人缩成一团,翻着白眼,全身痉挛抽搐。很快,他的口鼻都渗出血样泡沫,鲜艳得瘆人。

"快!把他扶起来!"医生急忙扶起方玉良。医务室里乱作一团。

所长王涛就在门外,冲进来一看这情况,顿时惊出一身冷汗。

与此同时。

京海市公安局刑侦队。

重案队办公室,欧阳慧敏拿着几张报告单匆匆进来,只看到杨业和小戴几人,问:"杨业,郑队呢?"

杨业刚从看守所回来,正黑着脸,在做他最不喜欢的文案报告。他从电脑前抬起头:"他跟郭队去开会了。有事?"

欧阳慧敏把报告单递给杨业:"这是方玉良的血液检测结果,他的肝功能很差!我正准备给他再检查一下,才知道他已经被送走了!"

杨业看看报告单,不太在意地说:"送看守所是领导指示,我们还能提审。再说了,看守所也有医生有药……"

此时,杨业的手机响起。他一接通,就听到王涛怒气冲冲的声音:"杨队,咱们是多年的老朋友,你们重案队不能给我吃药啊!怎么没人告诉我们,方玉良得了重病?"

王涛的声音从听筒里传出,杨业看看欧阳慧敏。欧阳慧敏摊摊手,意思是你看,我说得没错吧!

杨业只好说:"王所,先别急,到底怎么回事?"

王涛不满地说:"怎么回事?来的时候也没说有问题啊!要知道这样,我肯定不收。这要出了事儿,我们所担不起这个责任。人到医务室,就量了个血压,他就晕倒了。现在已经昏迷,口吐血沫!我跟你说,你最好亲自过来,把他带回去安排!"

杨业拍拍脑门,没想到会变得这么复杂。他想了想,说:"王所,你别急。我们之前确实不了解这个情况,要不这样,全当是帮兄弟我一个忙,你们先把他送到监管康复医院,先把情况稳住。我马上给郑队汇报,怎么样?"

王涛看看医务室里抢救的情况,也知道现在最关键的是保住方玉良的命,勉强答应:"那行吧!最好快点儿,我们医院只能做基本的护理,像方玉良这种情况,最好转到大医院去。"

京海市公安局,会议室。

会议还没正式开始,参会人员正在落座和交流。郑钦坐在后排,听到电话里杨业汇报的情况,他低声说:"知道了,你等我一下。"

郭毅君正在和一位分局的领导寒暄,见郑钦过来似乎有事,就笑着问:"队里有事?"

郑钦俯身,在郭毅君耳边低语两句。郭毅君略一沉吟,带着郑钦走到会议室外,低声说:"这件事我知道了,你先不要管了。最近你把重心放到平安卫士评选上,目前看你是稳了,不过后面事情还很多,得花心思。方玉良的事情,让法制科处理,医院他们熟悉,让他们调查好,给个方案。"

"好。"郑钦点头,随即打电话给杨业,转达指示安排。

杨业动作很快,法制科出面协调,看守所更是第一时间送方玉良到了监管康复医院。方玉良在医院接受对症治疗后,肝硬化的病情虽未好转,但一时半会儿性命无虞。各方也都松了口气,郭毅君嘱咐让他在医院治疗,病情稳定了再进入下一步。

时间飞逝,一周过去。

京海市"平安卫士"评选结果终于揭晓,郑钦荣膺刑侦条线"平安卫士"。

京海市的大街小巷,挂着平安卫士们的宣传照片;多处户外显示屏上,滚动播放着平安卫士的介绍短片。其中,郑钦作为公安局刑侦条线的唯一代表,手持老款五四手枪、眼神坚毅果敢的形象,显得格外突出。

郭毅君十分欣慰,重案队上下军心振奋。郑钦破了大案又获得殊荣,可以说是春风得意,前途似锦。

两天后,平安卫士的颁奖典礼在京海市歌剧院正式召开。

当天,市政府领导和社会各界代表出席,众多新闻媒体到场,济济一堂,热闹隆重。京海市政法委萧书记主持颁奖典礼,市委书记丁建国出席并为平安卫士颁奖。

萧书记主持开场后,开始按顺序播放平安卫士的宣传短片,获奖者们依次登台领奖。郑钦最后登场。

剧院后台的上场门旁,郑钦警服笔挺,整装待发。郭毅君站在旁边,看着自己一手培养起来的郑钦,骄傲而自豪。他伸出手,帮郑钦整理了一下衣领,语重心长地说:"郑钦,记住今天。记住了,有作为,才有地位!"

"我明白!"郑钦重重点头。

郭毅君笑意更甚,拍拍他的肩膀:"好,该你出场了!"

郑钦感激地对郭毅君敬了个礼,转身大步走上舞台。他高大挺拔,气宇轩昂,站在舞台中央,从丁书记手中郑重地接过奖杯。

郑钦手捧奖杯,面向观众,身后的大屏幕上是他手持老款五四手枪的宣传照。台下响起雷鸣般的掌声,台下的摄像机和照相机同时向他聚焦,闪光灯亮成一片。郑钦想到郭毅君欣慰自豪的目光,不由得心潮澎湃,深吸一口气:他做到了!

王小利坐在台下的观众中,和大家一起鼓掌,静静地看着台上的郑钦。

颁奖典礼圆满结束。

离场的人流逐渐分散,夏政委走到王小利身边,低声说:"看到了吧,要多向郑钦学习。"

王小利惭愧地说:"政委,我会努力的。"

"跟踪了两年多的贩毒集团,现在如何了?"夏政委问道。

王小利果断道:"请政委放心!我们最近有重大突破,很快就能收网结案。政委,这是公安部督办案件,不比凶杀案分量小。"

夏政委拍拍王小利的肩膀:"你想干什么就大胆地去干,我会全力支持你!"

他话锋一转:"回头你专门去祝贺一下郑钦,做大事者不拘小节,气量不能窄了。"

王小利眯起眼睛,伸手摸摸头顶,捋顺头发也捋顺心态:"呵,您放心。"

与此同时,郑钦走下颁奖台,接受记者的采访。

有记者提问:"郑队长,棕榈湾酒店和停车场的杀人案,引来社会广泛关注,请问您对此有什么看法?"

郑钦严肃地说:"我们刑警的职责,就是保卫京海市市民的生命财产安全。对于恶性犯罪案件,一定要将犯罪分子抓捕归案,严惩不贷!请大家放心。"

诸如此类问题,郑钦都应对从容。当有记者问起案件细节和下一步安排时,他就打起太极,开始感谢市局的指导,感谢家人的支持。

郑钦目光诚挚:"我很热爱刑警的工作,但确实是对家庭有点亏欠,所以下一步,我想向队里申请两天短假,陪陪家人,陪陪孩子。"

郑钦此话一出,引来更多认同,女记者们更是眼眶发红,深受感动。

监管康复医院。

单人病房内,方玉良穿着病号服,面色蜡黄,脸颊消瘦,虚弱地躺在病床上。输液袋里的药物滴滴答答地流下,通过他手臂上的青筋,进入他的身体内,勉强补充着他不断消逝的生命力。

郑钦站在病房门外,透过玻璃窗看了方玉良很长时间,面色微沉。

这时,穿着白大衣的主治医生走了过来。郑钦转身跟在病房门口巡查看守的民警点点头,走到医生面前,问:"董医生,方玉良的情况怎么样?"

董医生打开病历夹,指着肝功能等化验单说:"郑队,方玉良有肝炎,而且他常年酗酒,现在已经是肝硬化晚期。他的肝功能很差了,再发展下去,可能会有生命危险。"

郑钦皱眉:"就没有治疗办法?"

董医生把病历夹合上:"有,肝移植。"

京海市公安局刑侦队。

刑侦楼,十六楼,刑侦队队长办公室。

郭毅君为人端方,办公室风格也是如此。一整面墙壁上挂满功勋奖状,靠窗的矮柜上放着一艘军舰模型。办公桌后的墙上,悬挂着一副苍劲有力的书法,上书"功过自在春秋"。

郭毅君坐在办公椅上,听了郑钦汇报的方玉良的情况,沉吟片刻,问:"先说说你的想法。"

郑钦轻咳一声,说:"郭队,方玉良的犯罪证据确凿。他一天内连杀两人,社会影响这么恶劣,法院肯定会判死刑。司法程序走完到执行,估计也就几个月。医生说他的病情是很重,但是保守治疗做好,几个月应该没什么问题。"

郭毅君看着郑钦,问:"你的意思是,随便他去,撑下来就死刑,撑不下来就病死,是吗?"

郑钦深知郭毅君的脾性,一看就是不满意自己的回答,但是他心里也憋着一股气,说:"郭队,医生说要救方玉良的命,就必须做肝移植。且不说这肝源从哪儿找,能不能找到,光是手术费、治疗费,起码要几十万!是,方玉良的命是命,那赵小颖的命就不是命吗?她才23岁!咱们的经费和精力,为什么要花在一个杀人凶手身上?这是我的真实想法。"

郭毅君听完,脸色一沉。他恨铁不成钢地敲敲桌子,说:"郑钦,你是个刑警,你的责任是查找真相,抓获凶手,但是,你只是公检法流程的其中一环。方玉良是罪证确凿,但只要法院没有定罪,他就还是嫌疑人,还享有公民的权利。我们是一线执法人员,最应该遵守的就是司法程序公正。"

郭毅君语气放缓,继续说:"郑钦啊,你还是不成熟!你想想,方玉良这个案子社会影响这么大,市里面也有压力,肯定想借此机会,立一个打击恶性犯罪的标杆。所以说,方玉良在公审之前,必须活着!而且,他还得像个人样儿的,站在法庭上接受审判,接受法律的惩罚。"

郑钦若有所思,很快理解了郭毅君的深意,说:"郭队,我明白了。"

郭毅君见状,知道自己的爱将即便有个人意见,也还是能听劝、能理解的,欣慰地说:"这样,你跟法制科说下,就说是我的意见,根据监管康复医院的医嘱,把方玉良转到市一院,准备肝脏移植手术。市一院是监管康复经常对接的三甲医院,他们的移植外科也是全市顶尖的。肝源的问题,大家一起想办法。起码,积极治疗他的态度,咱们得先拿出来。"

郑钦点头:"好。"

郭毅君拿出一份材料递给郑钦:"行!这是法制科调研后制定的工作方案,在方玉良转院期间,重案队负责监视居住,估计三个月左右。你先拿这份监视居住手续,去准备一下吧。"

郑钦接过材料,站起身:"好的郭队,我马上落实。"

郑钦走出办公室,走楼梯下楼,准备回重案队安排工作。他刚下半层楼,就遇到了迎面走来的王小利。两人在楼梯拐角面对面相见,只微微点头就错身而过,宛若熟悉的陌生人。

王小利突然出声:"郑队,祝贺你,最近好事连连啊!"

郑钦看看王小利,平淡地说:"谢谢王队。"

王小利笑笑,意味深长地说:"对了,我听说个事儿,说方志强的案子查的时候,朱英的律师找过你。查案期间,和嫌疑人律师有啥好谈的?咱也不懂,咱也不敢问,重案队就是这么查案子的?"

郑钦听到朱英律师时,眼角快速一跳。他神色淡然,问:"你也说了,是嫌疑人的律师。来找我反映情况,谈谈案子,有什么问题?"

"没啥问题。听卿姐提到了,讨论一下。得,走了!"王小利耸耸肩,若无其事地转身上楼。

郑钦也转身下楼,神色愈发阴沉。

王小利往上走了半层楼,俯身看看郑钦下楼的身影,轻嗤一声:"呵!"

京海市第一人民医院。

因为是刑侦队的要求,加上前期准备和协调,方玉良的转院办得很顺利。床位紧张的一院移植外科,专门给方玉良安排了独立的病房,便于警方的看守监管,并开始检查治疗。

方玉良入住一院病房的第二天,就来了一位探望者。由于病房外有警察看守,他只远远地看了一眼,就转身离开病房走廊,走进了医生办公室。

两天后。

郑钦和杨业来到医院,和方玉良的主治医生见面。汪医生三十出头,斯文干练,开诚布公地介绍情况:"两位警官,3床方玉良的肝源找到了。"

杨业吃惊:"这么快?"

汪医生递给他们一叠材料和检查报告单:"他的儿子方国胜来找我们,主动提出愿意捐肝。"

郑钦问:"他是方玉良的养子,他能捐?"

汪医生点头:"在法律上,他是方玉良的儿子,直系亲属自愿捐献,没问题的。这里面有他们家的户口本复印件。我们给他做了检查,他身体条件还可以。而且,他和方玉良都是A型血,其他指标也都匹配,目前看,基本符合肝脏移植手术的要求。"

郑钦想了想,说:"汪医生,有肝源,我们当然支持手术。但是方玉良情况特殊,我要先见见他这个儿子。"

汪医生点头:"好,最好尽快。病人的肝功能一直在下降,他本人的求生意愿好像也不是很强,从医疗角度,最好能抓紧时间手术。"

郑钦和杨业起身,握手道谢:"好。谢谢汪医生。"

汪医生握手,客气地说:"应该的。医院领导也交代了,让我们积极配合公安机关工作。方玉良的基本情况不太好,肝移植手术难度比较大。科室会请樊教授主刀手术。樊义怀教授年轻有为,是我们移植外科的一把刀,放心吧。"

杨业眼皮子抽抽,言不由衷地说:"放心放心,谢谢!"

郑钦和杨业走出医生办公室。

在病房的走廊上,看到了科室医生简介栏,郑钦不由得停下,看了看内容。只见樊义怀教授的照片摆在科室靠前的位置,紧随科主任,四十左右,一看就很沉稳精干。

郑钦轻叹:"这个樊教授,还真是年轻有为。"

杨业愤愤地说:"这啥情况?一个杀人犯,还能有大专家主刀!外面儿那么多挂不上专家号的病人,都等不上这好事儿!"

郑钦顿住脚步,低声说:"你小声点儿!方玉良的事情,队里说得很清楚了。而且,在医生眼里,治病救人是最大的。咱们当刑警的,就是抓坏人。人家当医生的,就是救病人。大家各司其职,才是对的。"

杨业嘟囔道:"话是这么说,心里不舒服。"

郑钦轻声一笑,拍拍杨业的肩膀:"走吧,小叶子。咱们去见见小六子。"

京海市公安局刑侦队。

接待室内,郑钦和杨业面前,坐着一个瘦削局促的年轻人。他个头不高,衣着简朴甚至有点邋遢,略长的头发遮住额头和部分眼睛,看起来很不起眼。

杨业问:"方国胜,你自愿给方玉良捐献肝脏?"

方国胜,也就是小六子,点了点头,声音细弱:"是。"

杨业又问:"你的外号叫小六子吧?听这名字,就知道你还年轻,只有26岁。捐半个肝脏出去,你不怕对你未来生活有影响?"

小六子摇摇头,似乎下定了决心,说:"不怕。我,我从小就没有父母,我叔我婶老打我,我就跑出来了。那时候小,就想吃饱饭,偷东西,要饭,骗钱,啥都干过。那年冬天,我十五六岁吧,下大雪了,我没饭吃,也没地方躲,差点儿冻死。是我师傅,我师傅救了我。他把我带回家,给我饭吃,给我找工作。没有我师傅,就没有我。我愿意的!"

郑钦递给小六子一杯水,问:"方玉良收养了你,你为什么不喊他爸,喊他师傅?"

小六子越说越激动,眼睛在半长的头发下有些发红:"是师傅让我这么喊的,他说他虽然照顾了我,但是我有爸有妈,就算他们死了,我也不能忘本。师傅收养我,给我改姓方,就是为了给我上户口,让我能跟着他进厂工作。让我能学技术,有饭吃,活得,活得像个人样儿。"

小六子声音哽咽,擦了擦眼睛。

郑钦看了会小六子,问:"方玉良杀人的那天晚上,你在哪里?"

小六子抬起眼："我在网吧打游戏,晚上就在网吧睡了会儿,睡醒就去厂房待了一天。这些,我都给前面的警察说过了。"

杨业和郑钦交换了一下眼神,外联组已经调查过小六子,核实过他的不在场证明。

郑钦点点头,说："既然你是自愿捐献,我们也会跟医院说的,近期安排手术。不过,你要知道,方玉良是杀人嫌疑犯,整个手术治疗过程,是要被严密监管的。你也要牢记这一点,不要试图做任何违法乱纪的事情,要不然,法律后果很严重。你自己兜着!"

小六子弯着腰,低声说："嗯,我知道。我就想救我师傅。哪敢想别的,我,我也没那个胆子。"

杨业看看郑钦,站起身说："行,那你先回去,等医院通知吧。"

"哦。"小六子站起来,微低着头,转身向外走。

郑钦不知怎么了,突然开口,问："小六子,你和方志强关系怎么样?"

小六子的身形顿住,似乎轻轻颤抖了一下。他回过头,说："我和他,还行吧。那时候,家里地方小,我住了几个月,就搬到工厂宿舍了。平常,打交道也不多。他,他和阿姨,都是好人。"

郑钦点点头,方玉良家里房子不大,小六子被他捡回家的时候已经是十五六的半大小子,住在家里确实不方便。方玉良给他办好收养手续,就在工厂给他安排了宿舍。小六子性格非常内向,平时忙着干活加班,确实和方家来往不多。这和前期调查的情况基本一致。

见郑钦没有再说话,小六子拉开门,离开接待室。

郑钦看着他年纪轻轻却有些佝偻的背影,目光沉沉,吐出一口长气。

此时,郑钦还不知道,一场新的风暴正在酝酿,裹挟着乌云雷电,很快向他袭来。

一周后。

京海市第一人民医院。

方玉良的肝脏移植手术,已经在樊义怀教授主刀下顺利完成。手术时间很长但很成功,术后方玉良被转进监护室,还要留院做抗排异治疗,以确保移植成功。

郑钦站在监护室门口,看着病床上双眼紧闭、更加憔悴的方玉良。监护室内各种设备环绕,"滴滴"的仪器声冰冷环绕。汪医生陪着一位仪表堂堂的男医生从监护室出来,正是主刀医生樊教授。

郑钦客气地打招呼:"樊教授,汪医生,你们辛苦了,感谢!"

樊教授本人比照片更有风度,儒雅端正,说:"应该的,病人术后情况很稳定,捐赠者也恢复得不错。"

郑钦笑道:"太好了,我们也就放心了。"

樊教授看看监护室门外,杨业和刘彬正在门外,和看守的警员交代工作。樊教授通情达理地说:"公安的特殊情况,科里都理解。我们在保证治疗的基础上,把医护人员到这个房间的流动性减到最低,尽量少打扰病人,少给民警添麻烦。"

"哎哟,太感谢了!"郑钦由衷地说。

"应该的,我还有手术,先走了。"樊教授很忙,道别后就带着汪医生离开。

"好,谢谢啊!"郑钦又抬头看了看病床旁的监控摄像头,总算是放心地点点头,转身离开。

见郑钦出来,杨业说:"头儿,整个手术过程,咱们全程跟踪着。现在安排了十二个人的看护专班,两名刑警、两名辅警为一班,三班倒24小时轮值,有问题随时反应。"

刘彬补充:"监护室的摄像头,会把方玉良的实时动态传给刑侦智能云,这样的监控还是比较严密的。"

杨业向周围看看,除了两名警员,只有匆匆而过的医护人员。他低声说:"这样的天罗地网,还能看不住一个病人?放心吧,头儿。"

"行,走吧。"郑钦跟值守的警员点点头,带着杨业和刘彬往外走。三个气质硬朗的男人走在走廊上,看起来格外出众。

郑钦站在电梯前,再一次回头看向病房方向,深呼吸一下,低声说:"妈的,总觉得心里不踏实。"

刘彬拍拍他的手臂,微笑着说:"你前阵子压力太大了,又是破案又是评选。现在平安卫士的宣传差不多了,案件报告也做好了,该放松放松。"

电梯门打开,杨业趁势搂住郑钦的肩膀往电梯里走:"对!咱们去你家吃个火锅,我好久没见鲁鲁啦。"

郑钦被他们感染得放松下来,笑道:"敢情我还得做饭招待你。是给我放松,还是给你们放松啊?"

话虽说得轻松,刑侦队的工作依然忙碌紧张,郑钦他们一直到几周后才聚了起来。

三周后的周末,秋夜渐凉,灯火入城。

郑钦家在东城区一个普通小区内,中规中矩的三室一厅。

门铃响起,郑钦围着围裙来开门,杨业、刘彬、欧阳慧敏和秦奋站在门口,如约而至。他们一进门,鲁鲁就像一只快乐的小鸟般飞奔过来:"小叶叔!彬彬叔!欧阳阿姨!"

"哎呀!鲁妹啊,你又长高啦!"杨业摸摸鲁鲁的小脑袋,笑得灿烂,提起一大袋水果递给郑钦,"你爱吃的山竹和火龙果。"

"谢谢叶叔!"鲁鲁八岁了,圆润可爱,跟杨业刘彬和欧阳都很熟,对他们的称呼也都随她郑爸。

刘彬也拿出一个精致的大纸袋,递给鲁鲁:"鲁鲁,彬叔送你的礼物。"

"哇塞！全是盲盒！哇塞！最新款的小马宝莉！谢谢彬彬叔！"鲁鲁翻着一袋子的盲盒，眼睛发亮，高兴地说，"我一定能抽到隐藏款的，我们同学都没有呐！"

郑钦笑着拍拍鲁鲁，指着秦奋说："鲁鲁，一会儿再玩儿，先叫秦叔叔。"

鲁鲁歪头看看秦奋，有些认生。

秦奋大学毕业不久，赶紧摆摆手，脸红红的："哎哟郑队，不敢当。那个鲁鲁啊，叫我，叫哥哥吧！"

杨业瞧不上地瞅瞅秦奋，说："小秦，平白要给自己降一辈儿啊。那你喊欧阳'阿姨'？"

"少来吧你！"欧阳慧敏捶了杨业一拳。

大家说说笑笑，坐到客厅里。餐桌上已经摆满了牛肉片、羊肉卷、鱼丸、虾滑和蔬菜、水果，电火锅咕嘟咕嘟地冒着热气。

鲁鲁已经迫不及待地开始拆盲盒，边拆边乐呵。杨业坐在一旁，拿了两个山竹，大手一捏就裂成两半，小心地剥给鲁鲁吃。

刘彬文质彬彬，坐在桌旁闻了闻，说："熟悉的配方、熟悉的味道，还是郑队的手艺！"

郑钦从厨房端了一盘豆腐过来，把围裙取下来，说："嗨，火锅最简单，我就是自己炒个底料。"

欧阳慧敏问："郑队，小佩呢？"

郑钦还没回答，书房里就传来郑佩的声音："我在这儿呢，欧阳！"

"干嘛呢？"欧阳慧敏到书房一看，郑佩正蹲在地上，对着一个大快递箱子，在吭哧吭哧地拆包装。摆满零食的电脑桌上，电脑大屏幕还亮着，大茶杯里的咖啡还冒着热气，显然某网文作者刚才还在奋斗中。

郑佩从纸箱里拽出一个带包装的键盘，说："我的读者粉丝给我寄的礼物。寄了个键盘。"

欧阳慧敏接过键盘,放到桌上,问:"为啥送你键盘啊?"

郑佩低着头接着掏礼物,嘿嘿笑道:"我前几天偷懒嘛,断更啦,跟粉丝说我键盘不好使,才断更的。"

欧阳慧敏笑得不行:"所以他们就送你键盘啊?"

郑佩又掏出一个玩偶靠垫:"啊,这是我说椅子不舒服,断更一天。"

郑佩又掏出个大陶瓷杯和两个大柚子,还没开口,欧阳慧敏就说:"哦,这是你说杯子坏了,没水果吃,要断更吧?"

郑佩心理素质再过硬,也有一丢丢不好意思,嘿嘿一笑,说:"不是我偷懒啊,有时候要参加鲁鲁学校活动,有时候自己想打打游戏吃个鸡嘛!"

欧阳慧敏朝门外看看,客厅里郑钦和刘彬在摆放碗筷,杨业和秦奋在跟鲁鲁聊天。她压低声音,问:"佩,那个帅王爷的文,确保是 happy ending 啊?"

郑佩把箱子往墙角一搁,说:"我只能说,玻璃碴一地,不定期发糖!"

欧阳慧敏不高兴了,她偷偷追文刚入坑呢,说:"你可小心,虐太狠了,给你寄刀片儿。"

郑佩端起大杯子喝口咖啡,摆出网红作者的姿态:"欧阳,我给你说,嫌菜的才是买菜人!就我那篇封神之作,《病娇师兄望天尊》,那是一路写一路骂啊!实际上呢,收藏量多少高!哎,男主心痛我也痛,但是人间的真爱,不都伴随着伤痛吗?"

欧阳慧敏撇撇嘴,说:"反正,这个文我入坑了,你就弄个 happy ending!"

郑佩搂住欧阳慧敏的肩膀往外走,好言劝慰:"好,好,放心,在不锁文的前提下,我多开几回车。"

欧阳慧敏挑眉:"真的?"

郑佩拍拍胸脯,小声说:"放心。保证是型男病娇,脸红心跳,余音绕梁。"

欧阳慧敏白皙的耳根子泛起可疑的淡粉,闷闷一笑:"那行。吃饭!"

她俩来到餐桌旁坐下,大家端起饮料和啤酒碰杯开吃。鲁鲁的小圆脸红扑扑的,声音清脆:"干杯!"

刘彬不喝酒,斯文地端了杯果汁。杨业瞥了刘彬一眼,举着一大杯啤酒和郑钦一碰,豪爽地咕咚咕咚喝完,拍拍秦奋的肩膀说:"小秦啊,男人可以不抽烟,但是得喝酒。"

"对,对。"秦奋一杯啤酒下肚,脸色发红,嘿嘿傻乐。

刘彬淡笑着看向郑钦。郑钦无奈地冲刘彬摇摇头,两人相视一笑。欧阳慧敏也举起酒杯:"来,祝大家周末愉快,开开心心!"

鲁鲁凑热闹地喊:"祝小姑相亲成功!"

欧阳慧敏挑眉看向郑佩:"又要去相亲啦?"

郑佩看看大家关心又八卦的眼神,摆摆手说:"没办法,我二姨介绍的,说是个医生,长得特帅,我实在熬不过,见见再说。"

郑钦给妹妹夹了个她爱吃的虾滑,说:"你老在家窝着,去吧,就当交个朋友。"

郑佩翻翻白眼:"都怪你,天天忙工作,明明咱俩都单身,这火力全集中到我一个人身上了。"

大家哈哈大笑。室内欢声笑语,其乐融融。城市的另一端,却正在发生截然不同的事情。

弯月微黯,星辰半掩。

京海市新城区。偏僻的城乡接合部,待拆迁的楼房破旧无人,杂草横生。楼房不远处,临着一片湖泊和树林。十几架吊塔立在夜幕中,预示着未来的全新变化。

一处破旧的老房外,一个瘦小的男人,微曲着背快步走来。他背对着月光,熟门熟路用钥匙开门,进入老房。房内的家具陈设一应俱全,不过久无人住,全都蒙上了一层灰尘。男人环顾一圈,稳稳地走了进去。

"啪!"房门被他关上,隔绝了外面的世界,摒弃了所有光明。

男人进入卧室,环顾四周,目光定格在角落的木床上。他俯身挪开木床,露出落满灰尘的地面。他蹲了下来,伸出手抚过地面,似乎在寻找什么。

"哐当!"他手臂用力,将地面的一块掀了起来,露出地下的暗格。

他俯身探臂,从暗格里取出一个颜色暗淡的木箱。粗硬的手掌在木箱上抚摸,好像在回忆往事。他终于下定决心,打开木箱,取出一个厚实的油布包,一层层地揭开防潮的油布,最后揭开里层的油纸,露出物件的真容:一把老枪。

手枪款式已旧,看不出具体型号,也看不出是否是仿制,但历经多年的枪身依旧锃光瓦亮,不见半点尘垢。男人拿起老枪,熟练地打开保险。"咔啦"一声,用力拉开了套筒。

微弱的月光洒入房内,映射着飞扬的灰尘。持枪的男人脊背挺直,瞳仁阴狠,充满杀机。

危机,一触即发。

晚间九点,夜风凉凉。

云端别墅小区,是新建的高档小区,住户非富即贵,环境空旷清幽。

"走了,乖乖,带你散步去咯!"说话的是一个富态白胖的中年女人,牵着一条博美狗,从一栋别墅中走出,款款地开始每天晚上的遛狗散步。

她叫张惜,是新城区区委书记崔忠的前妻,因为男女问题和崔忠离了婚,现在孩子大了,独自活得颇为潇洒。张惜年轻时貌美如花,如今虽然发福,也还是养尊处优,衣着讲究。她踩着半高跟鞋,牵着心爱的博美狗"乖乖"溜达。

夜风微凉,张惜紧了紧身上的披肩,扭动着胖乎乎的腰身,跟着博美狗的牵引,走向小区的生态园。她没走几步,手机铃声响起。来电显示提醒是陆伟打来的。

张惜一看来电,不错的心情瞬间变得烦躁起来。她略微犹豫后,接通电话,质问道:"龅牙伟,这么晚打电话来,你是想怎么着?"

陆伟在电话那头,靠在床头抽着烟,笑嘻嘻地说:"惜姐,我想怎么着,你还不知道? 还不是那档子事。"

张惜听着陆伟的嬉笑,脸色阴沉,声音尖锐地说:"听你这口气,是给他们当说客来了? 我正遛狗呢,你就别磨嘴皮子了! 当初要不是我,能有你们的今天!"

张惜说着就想要挂断电话,陆伟赶紧说好话:"惜姐,您先别急啊,我这话都没说呢!"

张惜不耐烦地说:"有话快说,有屁快放!"

陆伟原本懒洋洋地靠在床头,此时坐了起来,表忠心道:"嘿嘿,惜姐您是知道的,咱们这些人里,除了死在床上的肥英,就属咱姐弟俩关系最铁,弟弟说啥也得跟着您啊!"

听到陆伟的话,张惜情绪稍缓,冷哼一声:"少提肥英那个蠢货,他死在女人床上也是活该。我早就提醒过他,色字头上一把刀。他就是不听,死了也是白死。"

陆伟跟着附和:"谁说不是呢! 他明知道赵小颖是姓方的儿媳妇,还贼心不死去勾引。这下好了,把命都给赔进去了。精虫上脑害死人啊。"

张惜面色缓和下来,得意地笑笑:"不过这样也好,本来就看方玉良这头老倔驴不顺眼,老跟我们不对付,找麻烦。现在他杀了人,早晚判死刑,倒也省了我们不少事。"

张惜说着话,逐渐走进了别墅区的生态园。

云端小区地理环境优越,占地面积广阔,设有专门的生态园,园内有许多名贵植物,四季绿意盎然,灌木郁郁葱葱,宛若湿地公园。近期生态园在做部分修缮,晚间路灯昏暗,几条林荫小径不见行人,显得阴暗幽深。

张惜无所谓地嘲笑着肥英,却不知道此时,有一双阴沉的眼睛,正在黑暗中注视着她。

她拉了拉狗绳,说:"肥英啊,自以为聪明,为个小骚货丢了命!切,色鬼一个,刚从老家回来就跑去开房,奔死呢!呵呵,也好,现在他死了,方玉良也被抓了,没人来找事儿,还少个人分钱。多好的事情,你可别想瞎了你的狗眼,想让老娘我吃亏。"

陆伟深深地抽了口烟,吐了出来,说:"弟弟来找你,也是想着这事,形势比人强啊,咱能咋办呢!"

张惜冷笑:"龅牙伟,话别说得这么好听!别以为我不知道,你是他们的狗腿子!你打电话过来,是为了探口风吧?那我就告诉你,这件事情不算完!老娘吃不饱,你们也别想好过。大不了鱼死网破,你们那些破事,老娘可都记着呢!"

陆伟给张惜打电话,就是想打探她的态度,给自己找个外援。看张惜这架势,是打算跟他们闹翻,尤其是当张惜说到"那些破事"时,他心里咯噔一下,语气变得冰冷:"惜姐,你想吃饱拿好处,弟弟是一百个愿意。不过,有些话可不能乱说,说多了会出人命的。"

张惜嗤之以鼻:"呵,老娘就知道你小子见人说人话,见鬼说鬼话,是个两面三刀的东西,那些破事你没少参与。"

陆伟掐灭烟头,从床上站了起来,沉默了一会儿,也不知在想什么。

他吐出一口浊气,神色阴冷:"惜姐,本来我来找你,是想帮你搭把手。既然你不相信我,我也没必要热脸贴冷屁股。别怪我没提醒你,饭可以乱吃,话不能乱说,小心有钱也没命花!"

听出陆伟的威胁,张惜柳眉倒竖,对着电话破口大骂:"哎哟,吓唬我?你们这帮乌龟王八蛋!怎么着,说到你痛处了?老娘就不信了,你们真敢把我怎么样!喂,喂?"

张惜话没说完,陆伟就挂断了电话。

"王八蛋!要不是老娘急着用钱,我稀罕理你?"她气得站在原地,握着手机跺着脚,恨恨地咒骂起来,却没发现狗绳那头的乖乖,已经挣脱开来,钻进了一旁的灌木丛。

夜风凉凉,生态园的树木草丛随风晃动,影影绰绰。张惜感到冷意,骂骂咧咧地要往回走,才发现她的博美狗乖乖不见了。

"乖乖,乖乖?"张惜四处张望寻找,叫着小狗的名字,以为它又钻进草丛里大便了,"又跑去拉粑粑啦?好了,赶紧从草里出来,回家啦!"

"乖乖,你跑哪里去了?乖乖?"张惜趴在灌木丛上往里看,只见草丛内一片寂静,不见狗影。

一阵冷风吹来,张惜脊背一凉,感到黑暗中似乎有双眼睛盯着自己。她打个寒颤,看看四周,只有一片昏暗。她有些害怕,想赶紧离开,但乖乖是她的心头肉,她不能丢下不管。

"乖乖,乖乖?"张惜边找边喊,拨开头上的树枝,走入草丛的深处。

"呱呱。"一片寂静中,突然炸响一声蛙鸣。一只蛤蟆窜了出来。

"哎呀!"张惜正弯着腰找狗,差点儿被癞蛤蟆窜到脸上,吓得她大惊失色,险些跌倒。

"吓死老娘了!看我不弄死你!"她心里升起无名怒火,利益分配的事情本就让她很不痛快,如今乖乖不知道跑哪儿了,连只癞蛤蟆都敢吓她,她岂能忍得了?

张惜几步追上那只癞蛤蟆,一脚重重踩下去,高跟鞋的后跟把它踩了个透心穿。癞蛤蟆还没死透,在她脚下不断挣扎。张惜跺着脚狠狠碾压,彻底把它碾死后,才解气地一脚踢开。

又一阵夜风吹过,空气中似乎有冰冷腥甜的气息。张惜下意识地抽抽鼻子,四处看看,却只见四周寂静林影。她喊着乖乖,沿着草丛继续寻找。茂盛的灌木花草让视线不明,她只能拨开灌木,走向园林深处。

京海秋季多雨。不知何时起,夜空乌云翻滚,丝丝细雨飘落。

"乖乖,下雨了,妈妈要回家啦!"园林深处气氛诡暗,秋雨冰凉落下,张惜觉得又冷又怕,就想回家了。

却不料她一转身,就看到不远处的树杈上,吊着一个东西,在风中晃动。

她缓缓地靠近那颗大树,心里浮起不祥的预感。等她来到树下,抬头去看那个东西,竟然是她的乖乖!狗脖子上套着尼龙绳,眼睛突出,舌头伸长,已经被吊死了。

"啊!"张惜双眼圆睁,目光里满是惊骇,喉咙里呜呜作响,只能发出沙哑的声音。

她终于意识到不对,被恐惧淹没,转身就想跑。可她才转过身,就停下所有动作,浑身颤抖,皮下油腻的冷汗从毛孔里渗出。

黑洞洞的枪口,直指她的眉心。

枪后站着一个男人,如同死神一般,全身掩在黑色雨衣中。雨衣连体的黑帽压低,暗夜中看不清面容,只有一双眼睛散发着戾气和杀机。

"砰!"

没给张惜反应的机会,更没等她出声求救或开口求饶,黑衣人就扣动了扳机。枪膛里火光迸射,传出轻微摩擦和弹药爆裂的声音。

子弹飞射,穿透脑门,打碎头骨,鲜血混合着脑浆溅射而出。

"轰隆隆",夜空风云突变,倾盆大雨随之而来。

黑衣人干脆利落地杀人,漠然冷静地收枪,杀人后却不急着离开。他裹紧了身上的黑色雨衣,把自己彻底包起来,背靠着身后的大树,双手环抱盘腿而坐。

倾盆大雨里,他微微佝偻的身影,融于夜色中。旁边的尸体横躺在地上,在雨水冲刷下,鲜血混入泥土。

今秋的寒意,比往年来得更早、更冷。

第四章　波谲云诡

清晨日升。暴雨过后,霞光挥洒,空气清新。

白云高端别墅小区。

早晨六点半,清洁人员准时开始打扫,并把各个投放点的垃圾运走。同时,小区物业的保安队长黄师傅带着保安例行巡逻,检查小区清洁和安全情况。虽然这样的高档小区,基本不会有什么问题,保安队还是认认真真地走过场。黄师傅带着两个年轻保安走到生态园时,黄师傅发现少有人至的林荫小径上,有一双明显的泥泞脚印。

"哎,贴了牌子不让进,还是有人进! 这边儿没修好呢,有什么好玩儿的?"黄师傅无奈地嘟囔着,沿着脚印走入园区深处,寻找那个违反规定的业主。

"什么味儿?"黄师傅似乎闻到一股腥味,边走边抽抽鼻子。

他绕过一层浓密的灌木林,往前一看,突然呆愣在原地,被眼前的一幕吓得脸色惨白,声音颤抖尖锐:"杀人啦!"

两小时后。

郑钦今天本来是休息的,接到消息后一刻未停,马上从家里驱车而来,还是在早高峰的拥堵中耽误了不少时间,驶入白云别墅区东大门。

案发现场位于生态园腹部,附近停着警车和新闻界的媒体车,还有一些物业工作人员和小区业主在警戒线外围观。三架无人勘查机已开始在空中盘旋,将现场实时画面传回刑侦智能云作战室。

郑钦对守卫的警员亮出警官证,进入警戒线内。有业主和媒体认出了他,纷纷议论:"那好像是公安的平安卫士。对对,好像是姓郑,郑队。"

有记者站在警戒线旁喊"郑队郑队",想要进行采访,都被警务人员劝开了。

一名曾在颁奖典礼采访过郑钦的女记者,对郑钦十分欣赏,拿着话筒对着摄像机,进行现场直播报道:"各位观众,我们在现场看到了平安卫士郑队长的出现,他是我们京海的平安守护者,相信由他亲自侦破这起案件,真相很快就会水落石出!"

郑钦听到了身后的声音,心里压着枪杀大案,仍大步向前,看到杨业已经到了,在和一位中年警察谈话。

杨业见郑钦,招呼道:"头儿,这是白云街道派出所的陈所。陈所,这是我们重案队的郑队。"

"陈所,我是郑钦。"郑钦点头示意,跟陈所长握手。

"郑队,有您来主持工作,我就放心了。"陈所年近五十,头发因为操劳白了不少,神情有些焦虑,"我们片区治安一直都很好,这个白云别墅区是前两年新建的,业主的经济条件都不错,很少有问题。物业保安做的也不错,外面人很难进来啊。这,突然发生枪杀案,确实是压力很大。"

"嗯,近三十年来,京海还没有出现过枪杀案。"郑钦深知相较于普通命案,枪杀案的性质更恶劣,社会影响更大。

陈所陪着郑钦和杨业往中心现场走:"死者叫张惜,五十岁,是南郊区区委崔书记的前妻,跟崔书记离婚好些年了。有一个女儿在国外读书,听说还是贵族学校。她是自由职业,平常就一个人住,东区 26 号别墅。"

郑钦问:"她是什么自由职业,能住在白云别墅?"

陈所对张惜有所了解,说:"她啊,算是我们这一片儿的名人。崔书记跟她离婚那会儿,还不是区委书记,财产按婚姻法分割,能有多少钱?但是她这些年来,四处折腾做点儿生意,确实赚了些钱吧,具体情况,我们也要进一步调查。"

"嗯,查清被害人的经济状况很重要。"郑钦从现场警员手里接过鞋套、手套穿戴好,走入中心现场。

生态园内植被茂盛,密集的灌木丛和树木相间,遮挡着阳光。偶尔树叶晃动,光线从缝隙里钻下来,折射在水汽蒸腾的雾气上。

中心现场的泥泞土地上,张惜的尸体被雨水冲刷浸泡后,变得肿胀发白,扭曲变形。在她额头上有明显的被子弹穿透后留下的炸裂性伤口,伤处皮肉向外翻出,能看到颅内红白组织,散发出血腥的味道。

欧阳慧敏在俯身检查尸体状况,对郑钦汇报道:"郑队,枪杀。死者头部开放性创口,射击残留物分布密集,双侧球睑结膜有出血点,初步判断死者是被近距离射杀,中弹死亡。根据尸斑判断,死亡时间大概在昨晚九点到十一点。"

"开了几枪,弹壳找到了吗?"郑钦蹲下身,观察着尸斑和喷溅血迹。

"一枪毙命,弹壳就在尸体右侧的草丛里,距离尸体大约3米。"欧阳慧敏清晰地回答道。

"有目击者,或是有人听到枪声吗?"郑钦抬头看向陈所和杨业。

陈所摇摇头说:"没有目击证人,小区物业说生态园还在修缮,这么深的地方很少有人来。而且昨天晚上打雷下雨,就更难发现了。"

郑钦看向大树的旁侧,吊在树杈上的博美狗尸体也被泡得发白了,随着似有若无的秋风微微晃动。狗脖子处有一道瘆人的刀口,割断了气管和大动脉,显然是被利器所杀后悬吊在树上。

杨业说:"头儿,物业的人看了,说这狗的主人就是死者张惜。"

郑钦目光下移，看到紧挨大树树根的泥地上，有一片浅浅的压痕。在压痕和尸体之间，有两组不同的鞋印，能看出一组是高跟鞋印，另一组则是男人的鞋印。

负责痕迹的秦奋走了过来，说："郑队，中心现场一共有三组足迹，比较远的是发现尸体的保安留下的。另外两组应该是一男一女，高跟鞋印应该是死者张惜的。"

秦奋站在大树旁边，比对着地上的鞋印，复原现场情况："根据足迹分析，张惜应该是从灌木丛后绕过来，来到树下。她很可能是来看树上的狗的，然后，转身想跑，中枪倒地。"

秦奋比比画画的，看起来有点搞笑，其实分析严谨，基本很接近事实。他继续说："另一双鞋印是个成年男性，鞋码43码左右，左脚鞋子的边缘位置，磨损多一些。这个人走路是左脚承力多些，个子应该比较高。他走到死者身后，在距离她五十公分处站住，开枪，射杀！子弹壳飞入后面的灌木丛。"

秦奋指着树下的压痕，说："这个痕迹，您看像什么？"

陈所问："是不是凶手带了什么重物，或者张惜的什么东西放在那儿，被抢走了？"

秦奋神秘地摇摇头，帅气地做了个骑马下蹲的姿势，说："根据这个痕迹轮廓，以及大小和深度来目测，应该是凶手行凶后，在这里坐下休息过！"

陈所大吃一惊："这不会吧！他杀完人，下着大雨，怎么会不赶紧跑路，还要坐下来？"

杨业也觉得匪夷所思，说："秦奋，就算是人坐下来形成的痕迹。也应该是凶手在杀人前，坐在树下等死者时形成的。枪杀案啊，杀人后不马上离开，不符合犯罪逻辑！"

秦奋虽然初出茅庐，却非常自信，说："杨队，我可是刑警学院痕迹专业成绩第一名毕业的哦！你看,压痕这个地方的泥土,比旁边的泥地要干燥一些。昨天晚上的大雨,是从九点多下到了早上四点多,也就是说,凶手是在雨停以后才离开的。所以,他是杀人后坐在原地,今天早上雨停后才离开。"

郑钦思索着说:"凶手会不会是受伤了,需要休息?"

欧阳慧敏轻轻摇头,说:"应该没有,死者身上没有抵抗伤,中心现场没有打斗的痕迹。"

秦奋补充:"对,从足迹分析,凶手是单人作案,杀完人后就坐在了树下,没有多余动作。当然了,我们还要把现场检材带回去验一下,有没有其他人的血液、毛发或者皮质。"

欧阳慧敏掀开尸体胳膊上的长袖,轻声说:"郑队,看看这个手镯,翡翠的。"

大家顺着欧阳的目光望去,只见死者手腕上戴着一支玻璃种的翡翠手镯,在阳光下熠熠闪光,显然价值不菲,但是毫发无损。

欧阳慧敏补充道:"死者的手机也留在现场,因为进水,不能开机了。手机和手镯都在,这不是侵财杀人,我怀疑是仇杀或者情杀。"

秦奋和欧阳的分析,让在场所有人都受到震动:凶手利刃杀狗,枪杀张惜后,不图财不抢钱,就在尸体旁,在大雨中坐了一个晚上。他为什么这么做?他是什么样的心理素质和内心世界?

郑钦看着大树下的痕迹,脑海里浮现出画面:一个杀手准确老练地枪杀张惜后,很冷静地坐在了大树下。暴雨中,他没有表情,没有动作,一动不动地和尸体共度一晚。

郑钦边往中心现场外走,边大声安排:"杨业,查一下小区所有监控录像,尤其是生态园和出入口。秦奋,跟我看一下凶手的外围足迹。"

"好。"杨业领命,大步而去。

"郑队,您跟我来。"秦奋沿着地上的男性鞋印,穿过灌木丛向外走去。泥地上,鞋印清晰地向外沿走,直到走出生态园,到一条林荫小路上。

秦奋指着林荫小路,被雨水冲刷过的干干净净的路面,皱着眉头说:"郑队您看,凶手的鞋印从中心现场,一直延伸到这条小路,一路都很清楚。就是在这儿,鞋印就消失了,凭空消失了!"

秦奋蹲在地上,再仔细地用他专业克金的眼睛看着花岗岩路面,也看不到任何鞋印。他摇着头说:"从这样的泥地走出来,肯定是满脚泥。按说在路上的鞋印应该很明显,偏偏干干净净,看不见了。"

郑钦看着小路的前后,沉默思索。这时,小戴慌里慌张地从旁边跑过来:"郑队!郑队,郭队来了。"

"郭队?"郑钦回过神来,转身往外拐了一下,看到警戒线外,见郭毅君带着指挥处小贲正走过来。

郑钦连忙跑过去,掀起警戒线:"郭队。"

"现场侦查怎么样了?"郭毅君雷厉风行。

郑钦汇报:"已经有了一些发现,还要进一步勘查。"

郭毅君走进生态园内,靠近中心现场时,小戴悄悄地凑上来,递上现场勘查三件套,低声说:"郭队,您,请您穿上这个。"

不等郭毅君说话,身为郭队联络员的小贲就不乐意地说:"郭队是来指导工作的,难道还会破坏现场吗?"

小戴年纪轻轻,当时脸就红了,被噎得说不出话。欧阳慧敏从中心现场站起身来,声音清亮:"郭队,不好意思啊领导,现场痕迹还在固定,辛苦您了!"

郭毅君微微一笑:"好!工作态度严谨,值得表扬。给我吧,好久没穿过了。"

郭毅君接过三件套,拿在手里看了看,便利落地穿在身上,走向中心现场。

"快,给我一套!"小贲见状,低声给小戴要了三件套,急忙穿上,紧跟领导。

郑钦和欧阳慧敏默契地交流了眼神,心里都沉甸甸的。他们都明白,以郭毅君的身份,一般的刑事案件都不必到现场,可他今天第一时间来了,而且还进入中心现场。毕竟,这是枪杀大案,又发生在郭毅君晋升的节骨眼上。估计市局甚至市委的主要领导,很快就会来问他情况,无论是破案不利还是对案情不熟,都是郭毅君作为刑侦队队长的严重失职。

郭毅君看了看地上的尸体,尤其是头部的弹孔,面色肃然。他看向郑钦:"这是改革开放以来,发生在京海市的第一起枪杀案,性质相当恶劣!我本来打算在派出所设立临时指挥部,亲自主持案情分析会,但是刚才陈局打电话让我去汇报情况。我在这儿时间不多,郑钦,你先讲讲情况。"

"是。"郑钦记忆力极佳,把刚才所了解到的情况简明扼要地作了汇报。

此时,杨业和陈所及两名警员在物业的监控室内,认真地看着案发时间段的监控录像。杨业经验丰富,说:"夜晚人流量和出入车辆都很少,节约时间,倍速播放,出现可疑就停下来。"

屏幕上各口监控录像在快速播放,杨业等人聚精会神看了一遍,却一无所获。小区内摸排的情况也回来了,同样没有发现。

杨业无奈地回到现场,汇报道:"郭队,郑队,监控录像和走访初步排查一遍,都没有发现可疑人员的踪迹,除了中心现场以外,没痕迹,没线索,就凭空不见人了。"

郭毅君稍加思索,说:"死者的前夫崔书记那边,我会单独沟通,一方面表示慰问,一方面也问问他的行程安排,免得你们为难。郑钦,让刘彬配合你,通过刑侦智能云系统,从白云别墅区的内部监控开始,逐步扩大监控调查范围,包括小区外围。杨业继续摸排走访,还是回到刑侦的基础工作,做细做扎实。"

郑钦说:"是!郭队,我想这毕竟是枪案,是不是联系特警队?特警支援我们,对附近进行地毯式搜索,万一有突发情况,也有充足的武器配备应对。"

郭毅君非常果断:"好!你马上联系市局特警队,扩大搜索范围。但是要注意,外松内紧,不要引起市民恐慌。"

"是!"郑钦领命。

"郑钦,有你主持侦破,我很放心。记住,从严从快,慎之又慎!"郭毅君郑重交代后,便带着小贲离开,前往市局。

中午,市区的一家咖啡馆。

郑佩穿着一身休闲的长衣长裤,头发扎成马尾,坐在雅座上,聚精会神地对着笔记本电脑打字。一个高高大大的身影走到桌前:"请问是郑佩吗?"

郑佩抬起头,看到面前的男人四十左右,儒雅温润,心里便少了抵触感,微笑道:"是,您是樊医生吗?"

"我是,叫我樊义怀就可以了。"樊义怀在对面坐了下来,略带歉意地笑着说,"不好意思,我上午门诊,下午还要到外地会诊,只有中午有时间,还麻烦你跑到我们医院附近。"

"没事儿,我在哪儿都能工作,很方便。"郑佩保存好文档,合上笔记本电脑,以示尊重,"我刚问了下,他们家的套餐好像还不错,你下午还要忙,要不?"

"好。服务生,点单。"樊义怀叫来服务员,和郑佩商量着点了两份套餐和咖啡。

郑佩看着温文尔雅的男人,决定开诚布公:"樊医生,我二姨给您说过我的情况吗?"

樊义怀喝了口柠檬水,点头说:"我们科护士长是您二姨的朋友,跟我提过,您是个作家,研究生,很优雅。"

郑佩笑笑,说:"我今年三十,硕士毕业后在单位上过班儿,辞职了,现在在家写网文。樊医生,我本来不打算结婚的,也没想相亲,但是最近想法有些改变,我需要一个婚姻。"

樊义怀静静地看着郑佩,愿闻其详的神态。

郑佩翻开手机,给他看了看屏保上自己和鲁鲁的合影:"她叫鲁鲁,今年八岁。她爸爸是我哥的朋友,几年前她爸妈都不在了,一直是我和我哥在照顾她。"

樊义怀笑道:"你很有爱心。"

郑佩也笑了,圆润的脸庞旋出两个梨涡:"谈不上,我其实很宅也很懒,看到街上的熊孩子就心烦,但是鲁鲁她不一样,她特别懂事儿,特别可爱。樊医生,鲁鲁的爷爷奶奶年纪大了,身体也不太好。如果,如果有什么情况,她就没有监护人了。我哥是单身,看样子也指望不上他结婚。我要也是单身的话,我们俩都没有收养资格。"

樊义怀略一沉吟:"所以,你想结婚?"

郑佩点点头:"对,希望你别介意。毕竟,没有多少人愿意接收对象带着一个养女。我二姨还特别嘱咐我,让我先别提鲁鲁的事儿。但是,我知道您工作很忙,就想把实际情况都说清楚,免得耽误大家的时间。"

樊义怀的手是外科医生的手,骨节分明,指甲修剪整齐干净。而郑佩的手则白皙小巧,皮肤细腻,左手无名指戴着一个没有镶钻的铂金戒指。樊义怀显然没想到女孩的坦诚和直白,拿起柠檬水瓶,给郑佩的杯子加了点水,说:"谢谢你这么坦诚。那我也坦白地讲,我很喜欢孩子。以我目前的经济条件,不敢说大富大贵,养两三个孩子是没问题的。所以,小姑娘我能接受。不过,我想问个问题,以你的个人条件,为什么会单身呢?"

樊义怀看了看郑佩左手的戒指,歉意地笑笑:"请别介意我说得直白,我是真觉得你条件很好。如果咱们有可能,我希望能好好过日子。"

服务员端上来了餐前的面包黄油和小点心,郑佩道谢后随手拿起一块小面包干,在粉白色的掌心中无意识地揉搓着,轻轻摩挲过无名指的戒指。她看向玻璃窗外的车水马龙,轻声说:"我以前有过一个男朋友,我们已经谈婚论嫁了,然后。"

她喉头酸涩:"然后,他死了。他是个刑警,在抓捕一个强奸杀人犯的时候,牺牲了。"

樊义怀面色一怔,抱歉地说:"对不起。"

郑佩眼角流光闪过,摇摇头说:"没事,你没有对不起我。对不起我的人是他,京海有四万警察,多他一个不多,少他一个不少。就他愣,非得往上冲,结果呢,抛下我一个。婚纱照的定金都没要回来,真是亏大了。"

樊义怀若有所思,说:"斯人已逝,我们总得往前看。"

郑佩点点头,把面包塞到嘴巴里,使劲儿咽下去。她愣了会神,说:"是啊!总得往前看!那樊医生,我二姨说您是离异的情况,您方便说一下什么原因吗?"

樊义怀似乎想到了什么,眉宇间有些凝重,说:"哦,前几年我在单位发生了一些事情,事业低谷,压力也大,家里就总是吵架。我前妻是生物学的博士,刚好有个国外博士后的工作,她就带着孩子去了。第二年,我们就离婚了。现在,她在国外已经再婚了,带着孩子过得还不错。"

郑佩理解地说:"他们过得好,你也放心些。你说得对,人总要向前看。"

樊义怀笑了笑,化解了眉间的沉重。

服务生端来了牛排等主菜,郑佩和樊义怀开始边吃饭边闲聊,气氛融洽。

派出所会议室。

作为枪杀案的临时指挥部,第一次案情分析会在此召开。陈所安排了工作简餐,招呼道:"郑队,大家忙了快一天都没吃饭,吃个盒饭垫垫再开会。"

"好,谢谢陈所!"郑钦道谢。重案未破,大家都心事重重,食之无味地扒拉几口盒饭。陈所没有吃盒饭,喝了杯麦片,到斜对面的办公室,拿出一个简易血压计给自己量血压。

欧阳慧敏坐在门口,看到了情况,问:"陈所,你血压高吗?"

陈所点点头:"老毛病了,刚才有点头晕!哦,没事,150、90。"

欧阳慧敏关心地说:"那还是高了,要吃降压药,注意休息。"

陈所掏出常备的降压药吃了下去,回到会议室:"我没事。郑队,咱们开始吧!"

大家囫囵吞枣地吃了盒饭,开始讨论案情。

郑钦主持案情分析会:"杨业先介绍一下排查情况。"

杨业打开白云别墅小区及周边地图,说:"好。别墅区共有两个大门,东门进,西门出。小区大门的安保很严格,外来人员出入,都有登记备注,登记本上没有发现。但是凶手潜入潜出,只能从这两个门,除非是翻越小区围墙。目前排查监控还有保安,包括小区外围,既没有看到可疑人员出入,也没有发现攀爬痕迹。"

"杨队,会不会是凶手还在小区里,或者就是某个业主或保安干的?"小戴举起手,弱弱发问。

杨业摇了摇头,否定道:"我们外勤探组联合派出所,排查过所有业主和执勤保安和物业工作人员,他们基本上都有不在场证明。而且我们今天搜索过整个小区,包括业主家、地下室、储物室等,还有小区各处的监控录像,都没有发现异常。凶手大概率是潜逃了。"

郑钦若有所思道:"凶手能来去自如,只有一种可能,那就是他熟悉监控,拥有反侦查能力。比如,借助监控盲区,利用进出车辆做掩护?"

郑钦说完这句话,顿了顿。他心里浮现出一丝异样,熟悉监控又有反侦查能力,之前抓捕的方玉良就是类似情况。方玉良已经落网,人在医院。但是最近,他怎么总遇到这样的案子?

郑钦把内心波动拂去,部署道:"杨业,陈所,你们配合一下,对24小时内出入小区的车辆进行全方位排查。凶手是个聪明人,不会长时间在小区内停留,进入小区后的24小时,是最佳行动时间。"

杨业和陈所点头:"好的郑队。"

郑钦接着说:"按目前的勘查情况,这个案子情杀或仇杀的可能性大。下一步要重点排查死者的社会关系,尤其是有没有跟人结仇,或是发生经济纠纷,情感纠葛。"

秦奋在投影仪上放出张惜别墅的照片,补充道:"是的郑队,死者家里门窗完好,没有发现异常,柜子里的几万元现金,还有一些贵重首饰都在。这些都不支持侵财。而且,痕迹显示,生态园内部的修缮还没竣工,中心现场周围就没发现其他业主的足印,这和物业的说法一致,平时大家最多在生态园周边逛逛,基本没有人会进这么深,尤其是晚上。那么,死者为什么遛狗遛到这么里面的林子去?"

欧阳慧敏说:"也许是被凶手引进去的?"

杨业说:"从监控看,昨晚9:08,死者牵着狗进了生态园,之后就再没出现过。"

郑钦想了想,说:"据邻居和物业介绍,张惜每天晚上八九点,都会出来遛狗。有可能凶手掌握了她的生活规律,潜伏在生态园里,用什么方式把狗抓走。先杀了狗,防止狗叫引来注意,等张惜进去找狗时,再持枪将其射杀。"

郑钦胆大心细,推理得基本接近事实。杨业说:"凶手这么熟悉死者,应该是熟人作案。"

秦奋说:"凶手把死者的宠物狗割喉了,还吊在树上。从现场痕迹看,张惜是先发现狗被吊死,再被凶手开枪打死的。这说明不仅是熟人作案,还是有预谋的报复杀人。"

欧阳慧敏听后,说:"我不这么看。"

郑钦看向欧阳慧敏,问道:"欧阳,你谈谈看法?"

欧阳慧敏展示出尸检和现场照片:"我认为,是雇凶杀人。首先,现场没有发现打斗痕迹,凶手是近距离开枪,头部中弹,射杀死者的。其次,凶手的鞋印始终没有越过尸体,说明他很有经验,知道死者是一枪毙命,不需要上前查看死者中枪后的状态。最后,能在尸体旁待一晚上的,恐怕只有职业杀手才有这样的心理素质和杀人经验。"

杨业摇摇头,说:"未必,如果真是职业杀手,应该清理现场,避免留下任何痕迹和线索。他怎么会丢下弹壳不管?"

郑钦问:"弹壳是什么型号?"

"在这儿。"秦奋拿出一个透明的证物袋,袋子里有一枚弹壳,递给郑钦。

郑钦目光犀利,看了一眼就说:"这是制式54手枪的子弹壳!"

秦奋点头:"是的郑队,虽然凶手将弹壳遗留在现场,但我也认为是雇佣职业杀手行凶。这个弹壳,准确地说,是7.62 mm的51式子弹。可是这枚子弹是从54式手枪,还是79式或85式冲锋枪中射出来的,要回刑技中心枪弹检验组做进一步检验鉴定。"

陈所一听,倒吸了一口气,只觉得头更晕了:"冲锋枪?那性质就更恶劣了!"

陈所低低叹口气,掏出降压药,端起水杯,又吃了一片药。

秦奋继续汇报:"这只是不能排除的可能性。目前看,这枚弹壳的抛壳挺、拉壳钩痕迹粗糙,说明枪支的撞针比一般的制式54手枪要粗。所以,也可能是仿制的54式手枪。"

杨业说:"用自仿的54手枪,那这职业杀手也太不专业了!自制枪不是打不响,就是走火,靠这个怎么闯天下?"

杨业顿了顿,说:"我觉得要尽快完成枪弹检验,看看到底是什么枪打出了这个子弹。另外,痕迹能不能根据鞋印,推断出凶手的身高体重等更多信息?"

"郑队,杨队,我们会尽力的。但是昨晚暴雨太大,鞋印痕迹被冲刷破坏过,确实有难度。"秦奋如实道。

案情分析会上的争论是很常见的,侦察员和痕迹法医意见相左,在讨论中擦出火花。关键时刻,需要案情主持者的决断。

沉默许久的郑钦,突然说道:"凶杀留下弹壳,一定有他的用意。"

这时,秦奋似乎想起了什么,又掏出个证物袋,里面装着一个金属标,虽然沾了些污泥,还是清晰可辨。秦奋说:"郑队,这是在中心现场发现的。"

郑钦一眼认出:"老人头皮鞋的商标?"

秦奋点头:"没错。现场的鞋印是男士大码尖头皮鞋。这个老人头的金属标,很可能是凶手留在现场的。问题是,他能在小区里凭空出现又消失,还在现场待了一晚,怎么会让自己留下这么多鞋印,还把鞋标都落下了?难道,这也是他故意留在现场的?"

众人脸色微变,如果真是这样,那么凶手这样做的意义何在?

"如果是故意留下的,凶手就是在示威,在挑衅警方。"欧阳慧敏说。

杨业不这么看:"我们京海的命案破案率是百分之百,他要敢挑衅,那简直就是找死。再说了,他杀人后留下这么多痕迹,不像是职业杀手的业务素质啊!"

郑钦听着大家的讨论,下意识地感到后背发凉,有种莫名的不确定袭来。他有种直觉,这些线索是凶手有意留下的,而且是针对他而来的,就像一个鱼饵,引诱他去咬钩。这种感觉一闪而过,却让他难以忽略。

他突然想到一个问题,问道:"杨业,死者进生态园的监控录像,再放一遍。"

"好。录像不清晰,只能看到大概。"杨业马上操作电脑,只见监控画面中灯光昏暗,摄像头只拍到一个黑乎乎的身影,牵着一个黑乎乎的小狗一闪而过。

"停!你们看,她是不是在打电话?"郑钦叫停录像,指着静止的截图,只见截图中,张惜模糊的身影隐约能看到头部有点发亮,似乎是手握手机正在通话。

"还真是,她进去的时候在打电话。"秦奋喃喃道。

郑钦说:"问题是,她在给谁打电话?"

欧阳慧敏道:"死者的手机泡水,我让人送回队里,交给电子物证室修复了,应该明天就会有结果……"

欧阳慧敏话音未落,众人耳边突然传来熟悉的声音:"不用等到明天,我现在就能查出数据。"

众人看向会议室门口,刘彬带着刑侦智能云的便携式终端设备,风度翩翩地走了进来。杨业问说:"刘彬?你不用在队里主持刑侦云吗?"

"谁说我来这儿了,就没法主持刑侦智能云了?"刘彬推了推眼镜,坐到会议桌前,打开设备,科技感爆棚。

刘彬对郑钦一笑:"郑队,郭队安排我来现场配合。"

郑钦点头,问刘彬道:"你已经查到死者生前的通话记录了?"

刘彬白皙修长的手指利落地敲打键盘,肯定地说:"是的,我通过移动运营商,查到张惜遇害前最后通话的人叫陆伟,他们通话了近半个小时。通过电话实名认证,找到了陆伟的照片。刚才排查外围监控时发现,今天早上七点,这个陆伟曾在青松路出现过,又给死者打过电话。"

"陆伟?"郑钦声音有些低沉,似乎想到了什么。

"陆伟,45岁,嘉扬贸易公司总经理。"刘彬手指翻飞,迅速将陆伟的身份信息调出,放映出来。

郑钦略一沉吟,马上拍板:"这样,下一步工作分成两条线同时进行。一条线从死者的社会关系入手,包括她在国外读书的女儿;另一条线继续深挖现场,尤其是查清近段时间有没有可疑人员过来踩点。杨业,刘彬,跟我一起去调查陆伟的情况。"

"是!"众人领命,各自执行。

南城区,凤凰小区。

一辆外形普通的房车驶来。这是刑侦队花了一笔可观经费,改装配备给刘彬的"专属车辆"。车内是一整套高科技设备,可以实时联动刑侦智能云作战室,相当于移动的刑侦智能云。

车内,郑钦和郭毅君通话后说:"张惜的前夫崔忠,昨天晚上在外地出差。他跟郭队明确表示,和张惜离婚多年,平时很少来往,对案件侦破没有异议。"

他问刘彬:"还有没有其他发现,比如陆伟的社会关系?"

刘彬道:"根据目前信息看,他像个混社会的生意人,接触的人三教九流,社会关系很复杂。根据户口信息,他家就住在南城区的凤凰小区6栋505号。"

刘彬的耳机里传来声音,他简单回应了几句,眉头一皱:"郑队,我们情报队联系了他所住辖区的派出所,本来想了解基本情况的,结果听派出所说,陆伟的妻子昨天到派出所报案,说陆伟三天前就失联了。"

杨业声音大了:"失踪了?他昨晚还在跟张惜通话,早上又出现在青松路,怎么会失联?"

刘彬看看电脑,说:"我提交一下申请,给陆伟的手机做个定位?"

郑钦说:"马上到了,先去家里看看情况。"

很快,郑钦一行来到凤凰小区6栋505号。

杨业按响门铃,陆伟的妻子葛二妮打开房门。葛二妮个子不高,皮肤偏黑,头发烫得焦黄,身上还带着市井的戾气。

她打量着杨业等人,警惕地问:"你们找谁啊?"

杨业亮出警官证:"我们是市公安局的,你是陆伟的妻子葛二妮吧?你报警说陆伟失踪了,我们过来了解下情况。"

听到杨业的话,葛二妮顿时脸色一变,瞬间嘶声哭诉起来:"哎呀你们警察可算来了!你们可要主持公道啊,龅牙伟那个没良心的,扔下我们娘俩跑了!这个混蛋啊,生个野种没屁眼的啊……"

杨业看着擦鼻涕抹眼泪的女人,只好说:"你冷静一下,能不能让我们进去,了解下情况?"

葛二妮止住哭泣,用刚才擤鼻涕的手,拽着杨业往里走。杨业尴尬地把手抽出来,葛二妮也无所谓,抽抽嗒嗒地说:"只要你们帮我找到龅牙伟,什么话都好说!鞋就不用换了。"

郑钦跟着走进去,弯腰想主动换鞋,被葛二妮拦了一下。他没有放弃,客气道:"我还是换鞋吧,带个鞋套也行,不然把你家地弄脏了。"

葛二妮也没说什么,带着杨业和刘彬去客厅。郑钦躬身打开鞋柜,仔细观察鞋柜里的情况。鞋柜里只有几双女士鞋和几双儿童鞋,角落里有一双男拖,却没有一双男鞋。难道陆伟不在家换鞋?

郑钦随手抽出两个鞋套戴上,来到客厅内。四室二厅的户型,装修得相当豪华,就是居家过日子的模样,只是见不到什么男主人的痕迹。客厅墙壁上挂着一幅婚纱照,照片中的陆伟干干瘦瘦,梳着三七分头,一口大龅牙。他穿着一身西服,脚上是一双老人头牌尖头皮鞋。郑钦目光在婚纱照上略一停留就移开了。

葛二妮拽着杨业坐下,继续哭诉:"龅牙伟那个渣男,天天不着家,就是嫌我年纪大了,没那个婊子好看!他怎么对得起我啊……"

杨业脸色沉下来,问道:"葛二妮,你报案时说,陆伟失踪三天了。现在口口声声说什么渣男婊子,到底是怎么回事?陆伟去哪儿了?"

面对质问,葛二妮恍然未觉,咒骂道:"龅牙伟以为我不知道,他天天在外面鬼混!他家也不回,公司也没去,连儿子都不要了,肯定在那个贱货家里……"

刘彬和杨业对视一眼,敢情陆伟不是失踪,而是出去跟情人鬼混了?

郑钦站起身,说:"请问卫生间在哪里,我想方便一下。"

葛二妮终于找到倾诉对象,正骂得起劲,随手指道:"就在那儿。"

郑钦看看杨业和刘彬,往内走去。刘彬坐到沙发另一侧,挡住了葛二妮的视线。

郑钦在几个房间转了一圈,儿童房,客卧,洗手间,都没有发现问题。他推开了主卧的房门,卧室有30多平方米,有独立的卫生间和衣帽间。郑钦重点看了看衣帽间,在下层的红木鞋柜里,发现了几十双男士尖头皮鞋,而且全都是老人头牌的。

郑钦目光闪动,看了看鞋柜和皮鞋上淡淡的一层灰尘,拿起两双鞋查看,果然是43码!

郑钦轻吸一口气,注意到鞋柜最下面右边位置,空出了一双鞋位。在这个空缺的鞋位上,明显比其他地方的落灰轻薄干净许多,说明这双皮鞋是前阵子被拿走的。从自家鞋柜拿走鞋的,应该是陆伟吧。

郑钦马上拨通秦奋的电话:"秦奋,我在陆伟家发现了好多双43码的老人头牌尖头皮鞋,怀疑跟现场的鞋印有关,你马上联系法制科,补上搜查令,把这些皮鞋带回去核查。"

"好的,郑队。"秦奋立即答应。

郑钦挂断电话后,离开卧室。可他刚回到客厅,葛二妮就瞪着眼睛,冲他嚷嚷道:"不对啊,你不是上厕所嘛,怎么这么长时间!你不会想顺走我啥东西吧!"

刘彬严肃地说:"葛二妮,警察怎么会拿你的东西!你刚刚说了这么多,其实陆伟根本没失踪!你这是谎报案情,是要负法律责任的!"

葛二妮虽然泼辣粗糙,却不是真的蠢笨,马上委屈地说:"电视上都说,有困难找警察,我才去找你们的啊!"

她的眼泪如同按了开关,哭诉道:"我就知道那个渣男,跟着婊子过去了。他不要我们娘俩了,这日子没法过了!"

郑钦冷声道:"葛二妮,你谎报案情,由派出所处置。我们是市局刑侦队,现在怀疑你老公陆伟可能涉及一起命案,需要知道他的去向,请你配合我们调查。"

"命,命案?"葛二妮止住哭声,整个人都呆住了。

第五章　狡兔三窟

日头偏西,京海市区的道路上车流往来,熙熙攘攘。

多功能现场指挥车内,郑钦静默一会,说:"葛二妮说陆伟近两年来,很少回家过夜。她知道陆伟外面有情人,但搞不清楚是谁。衣帽间的老人头皮鞋,都是他做生意赚钱以后买的,买回来时很宝贝,为什么会少了一双,什么时候少的,她也说不清楚。你怎么看?"

杨业说:"葛二妮文化水平不高,我们把事情的严重性说得很清楚,不报、瞒报或是通风报信就会涉嫌窝藏罪,我觉得她不敢隐瞒。如果她想包庇陆伟,估计就不会去派出所报案。"

郑钦点了点头:"那双空了的鞋位,上面也有一层薄灰,鞋子应该被拿走有段时间了。拿走那双皮鞋的,很可能是陆伟,但也不能排除有人利用那双皮鞋,栽赃陷害。这是枪案,郭队很重视,让情报队、法制科都提前介入。彬彬,我们要尽快找到陆伟,同时等痕迹现场勘查的结果。有必要的话,查一下鞋子的商家,看能不能查出点线索。"

"好的郑队,现在就安排。"刘彬答应一声,拿出电话部署起来。

郑钦闭上眼睛,思索着案件的来龙去脉,就听到刘彬说:"郑队,陆伟有消息了。"

郑钦马上清醒过来:"在哪儿?"

刘彬操控着车上的便携式刑侦智能云终端,快速说道:"应该在嘉扬贸易公司。发现今天早上陆伟在青松路出现后,我就安排人在跟踪监控,追踪他的去向。市区的交通很复杂,结果刚出来,陆伟是开着一辆牌照号为 A59488 的黑色奔驰,回了他自己的贸易公司,到现在还没出来过。"

郑钦问:"嘉扬贸易公司在哪里?"

"就在南城区,农业路上面。"刘彬给出位置,笑笑说,"法制科主动配合就是不一样,定位手机已经获得办案程序认可了。"

郑钦果断决定:"马上定位确认,咱们不回队里了,去农业路!"

车辆疾驰而去。

南城区属于老城区,农业路上建筑杂乱,狭长拥挤,基础设施老旧。同时,由于附近交通便利,租金便宜,人口密集,行人络绎不绝,车辆难以通行。

郑钦看看前方情况,说:"别打草惊蛇,我先下车,车停旁边。"

"我跟你去。"刘彬也起身下车。

杨业打趣道:"你也去?抓人这活儿,你们做技术的能行?"

刘彬一笑,有意无意地卷了卷袖子,露出一段白皙但肌肉紧实的手臂:"怎么不行!队里大比武,我们也没差过。"

杨业撇撇嘴,紧跟而上。

嘉扬贸易公司位于农业路中段,独立的四层楼。一楼是门市部,主要经营烟酒,尤其是名贵烟酒。公司门口的停车位已经停满,其中就有一辆黑色奔驰 A8。公司大门口有员工进进出出,搬运着货物,可见生意不错。

刘彬靠近郑钦低声汇报:"定位装置已经锁定陆伟的手机,他就在公司这个楼里。"

郑钦不动声色地点点头,抬起手腕看了下表,下午4:40。郑钦和刘彬杨业对视一眼,走进了门面店内。

店内一个负责人模样的中年男人正在抽着烟,翻看着货物清单,见三个硬朗的男人走入,打量一下后,走上前问:"几位,有事?"

杨业亮出警官证:"你是嘉扬公司的员工吗?我们是市公安局的,要见你们老板陆伟,请配合一下。"

一听是市公安局的,中年男人脸色突变,赶紧赔笑:"哦,原来是警察同志!我姓费,他们都叫我老费。我们这儿正忙着,不好意思啊!"

杨业面色严肃:"陆伟在哪里,我们现在就要见他!"

老费搓搓手,显得很为难:"这样,警察同志。陆总工作很忙,我就是个打工的,不知道老板在忙啥啊!要不,你们先坐下休息会儿,我这儿有好茶!"

杨业看了眼郑钦,见郑钦微微点头后,强硬地说:"不用了!我知道他在楼上,我们自己上去!"

杨业绕开老费,大步往楼上去。老费脸色突变,又不敢上去阻拦。此时,一个寸头男员工搬箱白酒从楼梯走下,老费瞟了眼杨业,给寸头男使了个眼色。

寸头男跟着陆伟有几年了,不是简单角色,立即心领神会。两人在楼梯拐角处错身而过时,有意搬着酒就朝杨业靠了过去。

"啪!"杨业走得很急,寸头男有意碰瓷,两人相撞之下,酒箱从楼梯掉到一楼,酒瓶破碎,辛辣的酒香四溢开来。

"哎!你怎么回事?赔我的酒!"寸头男伸手拦在杨业,不依不饶的样子。

杨业脾气耿直:"我是警察,现在执行公务,让开!"

"警察怎么啦?警察就能不赔钱了?你知道这酒多少钱?怎么,你还想打人吗!"寸头男和老费交换了一下眼神,越说越来劲,唾沫星子乱飞。

他这样一闹,加上老费频频使眼色,好几个青壮年男员工,从楼上楼下围拢过来。郑钦心里一沉,推开逐渐聚拢的员工,上到楼梯拐角处,对杨业说:"你把事情处理好,我们先上去。"

杨业马上明白,拽着寸头男说:"好!兄弟你就说吧,你这箱酒多少钱,我赔!"

郑钦和刘彬趁机越过几人,往楼上去。他们刚到二楼,就有两个染着黄毛的精壮男员工冲过来,拦住他们问:"你们干嘛的?啊?"

楼梯上的几个人继续往上围拢,嘴里不干不净地起哄:"赔钱!妈的!不赔钱谁也甭想走!""草!警察了不起啊!警察也得赔钱!"

郑钦厉声喝道:"我们是市局刑侦队的!都闪开!"

这些人被郑钦震慑住了,没有人再敢说话,但仍都围着他们不动。

此时,老费已经悄悄拨打了电话:"陆总,有警察来了……上二楼了……放心老板!"

老费挂断电话,假模假样一边上楼梯一边喊:"干嘛呢?干嘛呢?不用干活了是吧!"

七八个男员工面面相觑,寸头男嚷嚷:"费哥,他们把咱的酒给摔了!还想赖账!"

老费来到二楼,看了眼郑钦,语气不明地指着寸头男骂:"吵吵啥?有啥事儿,坐下来慢慢谈啊!"

这时,有几个来门店的男女顾客也凑到楼梯下,边往上看边议论:"咋回事儿啊?是不是真警察啊?"

寸头男得寸进尺,垂足顿首道:"大家评评理!警察打烂了公司的酒,不赔钱还要抓人,没有这么不讲理的!"

围拢的两个黄毛也明白过来,站在二楼上三楼的楼梯上口处,凶蛮地叫嚷道:"赔钱!赔钱!"

老费冷眼旁观,看似无奈实则怂恿,按陆伟的吩咐尽量地拖延时间。他左右看看,二楼一间库房的房门半开,货架旁放着一堆棍棒杂物,心里盘算起来。

郑钦眼看着杨业的眼神越来越凶悍,按捺不住怒火,连刘彬这文质彬彬的都握起拳头了,便当机立断,亮出一副闪着寒光的手铐:"酒可以赔,现在让开!警方办案,妨碍公务的人,马上带走!"

郑钦身材高大,气势凌厉,老费和寸头男等人都下意识地往后退了退。楼下的几个吃瓜群众,虽然还不明就里,也不敢再多说什么,场面顿时安静下来。

"站这儿堵我,怕我上楼是吧?"郑钦早看出两个黄毛挡在楼梯口的用意,更加确认陆伟的办公室在楼上,一把推开两人,大步上三楼,"跟我走!"

看着郑钦大步上楼的背影,老费额头沁出冷汗:他们这么闹腾也拦不住这几个警察,这才一两分钟,陆总如果逃不开,自己的饭碗也保不住。

老费咬咬牙,决定拼上一把,冲到库房抄起一根木棍,喊道:"什么警察?砸坏了东西也不赔!妈的,肯定是假警察来捣乱的!大家拦住他们!老子发钱!"

老费身先士卒地往楼上跑,两个黄毛本就是贴身跟着陆伟的,还有几个年轻员工,一听有钱拿,都跑到库房抄起木棍,紧跟着老费上楼。两个黄毛面容狠厉,脖子和手臂上雕龙画凤,嚷嚷着:"草!假警察!打死也不犯法!"

"郑队!"杨业断后,刚上三楼就听到楼下动静,喊了一声,"忙你们的,交给我了!"

郑钦和刘彬在走廊上站住,望向楼梯口,只见老费和七八个青壮男员工手握木棍,气势汹汹冲上来。

刘彬厉声道:"你们敢袭警!"

"假警察!打了就打了!"黄毛甲大喊一声,越过老费,挥起棍子就往上扑。

杨业离老费和黄毛最近,他双手一抬,脚下步伐一错,闪过棍子。杨业出手如电,右手直拳打出,重捶在黄毛甲的胸口。黄毛甲往后踉跄几步,摔倒在地,只觉得胸口剧痛,喘不上气来。

"嘿!"老费趁这个空当一把搂住杨业,想要将他绊倒。杨业下盘极稳,伸手揪住衣领往外用力一推,把老费甩了出去,撞在楼梯拐角的墙上,软软地瘫倒在地。

与此同时,黄毛乙挥舞木棍用力砸向杨业肩臂。杨业闪躲不急,被木棍砸了个结实,只听见"咔嚓"一声,手腕粗的木棍断成两节。

杨业浑然不觉般,猛地一脚踹出,正中黄毛乙的膝关节。"啊!"黄毛乙惨叫一声,跌倒在地,疼得龇牙咧嘴。

杨业看向剩下几个手持棍棒的年轻人,脸上浮现冷冷的笑意。几个年轻人已经有些胆寒,畏畏缩缩,但仍有个胆子大的小伙儿举起棍子冲上来,杨业一拳挥上去,打在脸上。小伙儿顿时被击中倒地,鲜血眼泪流成一团。剩下的几人一看,纷纷把木棍一扔,往楼下跑,其中一个跑得太急,还在楼梯上摔倒了。

短短一分钟,杨业就凭借过人的身手,解决了这些人。老费和两个黄毛都是混社会出身,平时好勇斗狠,横行惯了,但在杨业这样的强硬武力压制下,根本不在一个重量级,溃不成军。楼下围观看热闹的其他员工,早就吓得作鸟兽散了。

杨业回头嘿嘿一笑:"郑队,你们搜索,我看着!"

郑钦和刘彬在三楼走了一遍,推开两间没锁的房门,只看到货架上都是烟酒箱子。他们也注意到,老费是在防止自己上四楼。于是,郑钦和刘彬迅速来到四楼,只见走廊里像模像样地铺了红地毯。他们往里一走,很快找到总经理办公室。办公室门是虚掩的,推开门只看到一间装潢不错的房间,空无一人。茶几的茶盘上,还有半壶冒着热气的茶水,烟灰缸里的烟头散出烟草味。一个奔驰车的车钥匙和两盒软中华香烟散落在桌上。

郑钦马上拿起车钥匙,说:"他跑不远,应该还在楼里!刘彬,你继续搜!"

郑钦快步下楼,看向地上的老费,冷冷问道:"我只问你一次,陆伟在哪儿?"

老费疼得龇牙咧嘴,下意识地看向别处:"老板,老板去哪儿,我怎么、知道……"

郑钦直接对杨业说:"让派出所带人过来,把他们全带走!把假烟假酒的事儿问清楚!还敢公然袭警!"

原来郑钦早就看出店铺里的名烟名酒,不过是充门面而已,这里实际经营的大多是假烟假酒。无论是老员工打碎的茅台,还是刚才在库房看到的那些存货,都能证明郑钦的猜测。

"是!"听到郑钦的命令,杨业看了眼老费,掏出手机要联系派出所。

老费一看这架势,顿时也吓傻眼了,短暂抉择后,他咬牙道:"别、别啊,我说、我说还不行吗,我们老板他,他从楼顶走了!"

"楼顶?带我去!"郑钦疑惑不解,让老费前头带路。

老费不敢怠慢,扶着墙爬起来,一瘸一拐地带郑钦他们来到四楼。刘彬在四楼的办公室看了一遍,没有发现,便和郑钦一起跟着老费从消防通道楼梯,来到了楼顶天台。原来在楼顶天台有一座铁板楼梯,从建筑的侧面延伸,直通嘉扬贸易公司楼的背后。若非老费亲自带路,怕是没有人会想到。陆伟真是好手段,留了这样一条后路,难怪能在几分钟内金蝉脱壳。

郑钦脸色阴沉,边快步下楼边作出部署:"刘彬,马上安排调集监控,找出陆伟的动向！杨业,跟派出所交接一下情况!"

"是!"杨业和刘彬分开行动,郑钦则来到门面房前的停车位,绕着陆伟的黑色奔驰看了一圈,用钥匙打开车门,检查车内情况。车里散乱地放着些烟酒,还有一件西装外套,郑钦抬眼,看到前挡风玻璃后面有一张停车证。他把停车证拿在手里,看见上面是小区名字——兴业小区。郑钦挑眉:停车证不是陆伟家所在小区的,反倒是这个兴业小区。

几分钟前。

陆伟神色慌张地从后门快步走出,拐到另一条路后,拦下一辆出租车,钻进去后就大声催促司机:"开车,快开车!"

司机慢悠悠地松开刹车,问:"去哪儿?"

陆伟反应过来,从西服口袋里摸出了一沓百元钞票,扔到副驾驶座上:"今天你这车,我给你包圆了!跑起来,这些钱都是你的。"

司机一看那沓钞票,至少四五千! 司机眼睛一亮,瞬间做出选择,手上一挂挡位,右脚踩下油门,出租车如离弦之箭飞驰而去。陆伟松了口气,还是不放心地趴在后座,通过后挡风玻璃向往张望,看看警察追上来没有。

"妈的……"随着出租车绕开好几个路口,陆伟抬手擦了擦汗,终于放心下来。

司机左手握方向盘,右手把那叠钞票拢到自己身边,问:"老板,先上哪儿去啊?"

陆伟吐出一口浊气,不耐烦地说:"少啰嗦! 前面右转,先往环城南路方向开。"

出钱的是上帝,司机不敢顶嘴,默默地开着车,穿梭在晚高峰的车流当中。

此时,郑钦和杨业、刘彬聚集在多功能现场指挥车上。刘彬在车载电子屏上实时转播刑侦智能云作战室的屏幕情况:"情报队已经调集了四十分钟内嘉扬贸易公司周边的监控,这是附近的12个监控,分别在12个屏幕上,时间太紧,他们先以八倍速度快进。"

"好!"郑钦拿着那个兴业小区的停车证,对杨业说,"安排外联探组,去南城的兴业小区布控,同时走访看看陆伟跟这个小区的关系。"

"好的头儿。"杨业领命安排。

"郑队,陆伟找到了!"刘彬动作极快,兴奋地说。

郑钦精神一振:"在哪里?"

刘彬指着监控录像的截图,汇报道:"陆伟逃跑以后,在农业路和晨光路的交叉口,上了这辆牌照尾号9789的出租车,现在是交通晚高峰,他跑不远!"

"追!"郑钦当机立断。

杨业把警报器扣在车顶,沿着陆伟逃跑的路线,一路追击。

郑钦和刘彬紧盯着车载屏幕上不断切换跟踪的监控录像。刘彬皱着眉:"郑队,他好像……"

郑钦点头:"是,他在兜圈子!监控有滞后性,这样很难追上。刘彬,马上联系交警队,把出租车号以及陆伟的衣着相貌发给街面上的交警,让他们帮忙设卡拦截。"

"明白!"刘彬马上联系交警队请求协助,两线作战,有条不紊。

交警队收到信息后,第一时间通过交警智能终端设备把出租车号等信息发给执勤交警。很快,京海市区多处闪烁着交警的警报,气氛隐隐紧张。

陆伟很快发现不对。出租车刚绕到第三圈,他就看到前面路口处,有交警在设卡拦截。同时有警报声传来,陆伟听来如同催命符咒。

陆伟额头冒汗,对司机喊:"赶紧转弯!对!前面儿的那个小巷子!"

司机只好一踩刹车,猛打方向盘,拐进小路。可是从这条小路出来,又是一条主干道,路口也有交警盘查。陆伟惶恐地发现,那几个刑侦队的现在联合交警队,要把他瓮中捉鳖啊!

"往前!再往前!左边拐进去!对,再往右边拐!是右边不是左边……"陆伟指挥着司机频繁改道,只走没有关卡的小路。这也让他误打误撞,走的小路都缺少监控,让刘彬的监控追踪出现很多断点,只能根据手机定位系统,不断跟进追踪路线。

出租车行驶在一条窄小的巷子里,道路狭弯,开得很慢。陆伟舒了口气,掏出手机想打个电话。他把手机握在手里看了看,突然想到刚才这段时间里,好像自己走到哪里,交警就会在哪里设卡,会不会是被监控了?

陆伟倒吸一口冷气,赶紧把能删除的信息和APP全都删掉,然后拨通了一个电话,对方一接通,他就破口大骂:"你们怎么回事?昨晚给你交代的,不是说处理干净了嘛!为什么老子今天就被盯上了?"

对面愣了一下:"老板,这不可能啊!我们按你的吩咐,该处理的都处理了啊!"

陆伟一拍大腿,唾沫星子飞出:"老子信了你的鬼!赶紧再去检查一遍,不管用啥办法,今天必须处理干净!"

对面有些委屈:"好,我马上去!可是箱子里的东西,得你亲自来啊!"

陆伟愣了下,咬牙决定:"老子在路上了!真他妈是催命鬼!"

陆伟挂了电话,骂骂咧咧地靠在椅背上,催促司机:"前面再左转,对,走小路,去李家桥的加油站,那旁边儿,有个北乡饭店。"

出租车司机早就意识到情况不对,奈何自己拿人手短,已经上了贼船,抹了抹额头和鼻尖的汗珠,绕行小路来到了北乡饭店。

"你在这儿等着,我马上回来!你拿了老子的钱,要是敢跑,老子搞死你!"陆伟威胁了司机后,下车进了饭店。

司机手心全是汗,看着那叠钞票,心里发苦,却不敢有违。

多功能现场指挥车内。

"郑队,陆伟为了躲避交警关卡,只走弯弯绕绕的小路,这些小路缺少监控,现在我们先按手机定位跟踪。"刘彬看着陆伟的手机定位,很快,他惊喜地指着监控录像说:"郑队,目标已经确定了!陆伟刚才在西城区槐树路口的阳光会所下车,进去已经五分钟了,手机定位也一直在会所里!"

郑钦看到录像截图中,那辆出租车停在会所门口,出租车牌照能看清确认,还有陆伟匆匆下车的半个身影。他眉峰上挑:"阳光会所?"

刘彬马上通过天眼通系统调查阳光会所的信息,汇报道:"阳光会所是一家 VIP 会员制的高端会所。陆伟未必当得了 VIP 客户,可能是去藏身或者办事的。"

郑钦点头:"把会所附近所有监控头监视起来,我们开过去!"

夜幕初开,阳光会所在灯火闪耀中,气派尊贵。

这是京海市最繁华地段,背靠 CBD,可谓寸土寸金。阳光会所由三栋老洋房组成,在这样的地段坐拥一亩多的草坪,可见其奢华高档。

会所的装修是民国风格,整体以红木装潢。会所大堂内,硕大的水晶吊灯和经典的西欧挂炉,舒缓的爵士乐流淌其中,处处体现出低调的奢华。两个容貌外形不输模特的女迎宾妆容精致,立在大堂内待客。此时,墙上的古典挂钟,已指向七点半。

郑钦一走进来,立即有个高挑美丽的女迎宾走上前,笑着询问:"先生您好,请问有预定吗?"

郑钦直截了当,亮出警官证:"警方办案,陆伟在哪儿?"

女迎宾显然被吓住了,有些紧张:"先生,我们不认识陆伟啊!"

郑钦突然感觉哪里不对劲,问:"半小时前,有个穿棕色西装的男人进来了,他现在哪儿?"

两个女迎宾面面相觑,眼带疑惑。这时,另一个女孩轻轻地说:"你是说大海么?他刚才进来了,好像是穿了棕色西装,可是,他不叫陆伟啊。"

郑钦目光闪动,急问:"大海是谁?"

女孩似乎也很困惑,说:"大海,好像姓江吧,他是我们会所的厨师长。"

郑钦脑海高速运转,从发现陆伟的踪迹后,刘彬一直在严密监控,最后确认进了会所,现在怎么变成大海了?

郑钦马上说:"大海在哪儿?让他来见我!"

女孩声音弱弱地说:"好,我这就去叫他出来。"

女孩快步离开,郑钦马上打电话给刘彬:"刘彬,进会所的可能不是陆伟。他有可能在半路上金蝉脱壳逃跑了,你赶紧复盘一下监控,把他揪出来!"

"这怎么可能?我马上看。"刘彬吃惊地说,马上开始安排,重新检查各路监控录像。

几分钟后,大海站在了郑钦面前。他三十多岁,已经脱下西装,换上了后厨的工作服,神色间有些紧张。

"你叫江大海?"郑钦打量着身材结实的大海,眉宇和外形都跟陆伟相差甚远。

大海目光飘忽,点头承认:"是,我是大海。"

郑钦又问:"你认不认识陆伟?"

大海摇了摇头。郑钦早有所料,并没有感到意外,沉声再问:"如果我没有猜错,你上班来穿的西装,应该不是你的吧?"

大海心里愈加惶恐,郑钦目光锋利,直指他的内心深处,让他不敢直视。大海沉默片刻,低声道:"那个,不是我的。"

"是谁的衣服?怎么回事?"郑钦追问。

大海咳嗽几声,低声说:"我在会所上班攒了点儿钱,跟老乡合伙儿在外面开了个小饭店。下午我要来上班的时候,有个常来吃饭的客人找到我,给了我一万块钱,让我穿着他的衣服,带着他的手机,坐出租车来上班。其他的,我都不知道……"

郑钦心里一阵窝火,在自己眼皮底下跟踪的人,就这么被掉包了!俩人长得还一点儿都不像!

他压住火气,问道:"手机呢?"

"在这儿。"大海从口袋里摸出手机,交给郑钦。

郑钦接过手机:"你的饭店在什么位置?他走的时候穿什么衣服?"

大海老实回答:"北乡饭店,在李家桥的加油站后面。那个客人拿了我的厨师服,从后门走了。"

郑钦伸出手指,点了点大海,严肃地说:"这事儿保密,不要乱跑,后面会有人带你去做笔录!"

"是,知道。"大海看着郑钦大步离开的身影,只觉得腿肚子发软,后背全是冷汗。

郑钦和杨业回到车上,介绍了情况:"陆伟是在李家桥加油站后面换的衣服,应该是穿着厨师服从北乡饭店后门逃了。彬彬,以那个位置为断点,排查附近监控。他既然选在李家桥脱壳,附近肯定有鬼。"

刘彬追踪出错,心理压力很大,脸色阴沉地布置工作,让情报队所有人投入排查。

杨业人高马大,其实心思细腻。他不知从哪里变出来几个面包,递给郑钦一个:"头儿,肉松的,先垫垫。"

"谢谢。"郑钦接过面包,却吃不下去,握在手里出神。枪案发生后,他心里一直有种隐隐的忐忑,忽上忽下地说不清原由。

杨业看看刘彬的脸色,给他也塞了个面包,说:"老刘,你也别想太多了!这问题不在你身上,姓陆的小子在京海摸爬滚打几十年,实在太狡猾,太能蹿了!"

郑钦也意识到刘彬的自责,笑着劝道:"杨业说得对,你把心态放松些,查案子哪有一帆风顺的。"

刘彬性格内敛温和,其实极为执拗。他嘴角轻轻扯了一下,双眼不离屏幕,手指不断翻飞,眼观六路地进行排查。

郑钦深知刘彬的脾气,轻叹了口气没说话。这时,他的手机嗡嗡作响,接起电话,秦奋的声音传出:"郑队,枪弹检验结果出来了。可以确定,杀死张惜的枪是一把仿制式 54 手枪。还有那个弹壳,我们通过案件数据库,对比了京海周边省市近五年来所有涉枪案件,发现张惜案和这几起枪案,用的是同一批子弹。"

郑钦心里一震,案情越来越复杂了。他思忖片刻,问:"你的意思是,围绕京海地区,有个涉枪涉爆物品的地下交易网络?而且,很可能和枪杀案有关?"

"郑队,我认为,不排除这个可能。"秦奋语气郑重。

郑钦挂断电话,脸色愈发凝重。

此时,情报队有了进展。刘彬指着屏幕说:"郑队,我们分析断点,排查发现陆伟离开李家桥后,坐车去了望春工业区。工业区的监控拍到有个高个儿男的穿着白色厨师服,在监控里很显眼。不过,望春工业区的环境很复杂,厂房和小巷子多,监控覆盖得不够,再细就不好查了。"

郑钦看着监控中那个身影,喃喃自语:"你们说他兜这么大个圈子,为什么要去望春工业区?"

杨业想到秦奋刚才的汇报,说:"头儿,按痕迹的分析,陆伟不会跟涉枪涉爆交易有关吧?怪不得,他跑来跑去跑到工业园区。会不会是他交易涉枪涉爆物品的基地?"

刘彬一听,神色顿时严肃起来:"工业区位置偏僻,环境复杂,人群密集。现在又是晚上,可能更危险!"

郑钦思索片刻,冷静道:"我给郭队汇报,联系街道派出所和特警,让他们派人支援。咱们队里的骨干,带好武器装备过去。咱们先赶过去!"

望春工业园区。

此时已是晚上九点多,街道派出所负责刑事案件的马副所长,已经带着警员在此等候。

马副所长四十多岁,国字脸,大背头。郑钦等人一下车,他迎了上来:"郑队,您好。"

郑钦客气地递支烟,打招呼道:"马所长好啊。"

马副所长双手接过烟,寒暄道:"郑队,你现在是我们京海公安的名人啊!我一收到上级指示,马上把熟悉情况的兄弟们,还有我们分局的特警支队,全叫过来支援了。"

"感谢感谢!"郑钦扫视了下环境,发现这里整体偏僻,但工业区内依然灯火通明,机器声隆隆作响,许多厂家趁着夜间电费便宜,在连夜赶工。

马副所长干练灵活,拿出来一份工业园区的地图,介绍道:"咱们望春工业区是京海市的老工业园了,八十年代就开始运营了,园区是个田字型,东南西北四个区域,八个进出口。现在有三千多亩地,上千家厂房!生产什么的都有,不过都是些中小作坊,有杉杉服饰等品牌服装的代加工厂,还有些生产淋浴房,加工小五金的小工厂,规模不大,利润还可以。"

"郑队！头儿，我们来了。"刑侦队重案队的七八位刑警也驱车赶到，纷纷给郑钦打招呼。小戴跟在前辈们身后，头一次感受到荷枪实弹的大场面，神情激动又紧张。

众人围拢过来，郑钦指着地图，说："我们要追查的嫌疑人陆伟，现在应该就在园区里。如果咱们守住出入口，守株待兔，比较安全，但很可能错过调查的黄金时间，也保不齐陆伟还会出什么幺蛾子。如果我们现在进去大规模搜索，园区这么多工人，可能会引起人群不安，被他趁乱逃走，甚至伤人。"

郑钦顿了顿，看向马副所长："马所，您熟悉环境，有什么建议？"

"这个，"马副所长迅速组织了一下语言，说，"郑队，园区情况确实复杂，我们派出所掌握的信息也未必全面，最好再问问园区管委会的人。"

"管委会在哪儿？"郑钦问。

马副所长有些犹豫："都这个点儿了，他们都下班了。"

郑钦心里了然，马上做出决断，布置任务："好！现在我们双管齐下，两条腿走路。咱们重案队的小齐和小戴，配合派出所警力，把园区的八个出入口全都看住了！杨队，老彭，老白，你们经验丰富，装成保安，进入园区分片侦查！刘队，联系一下管委会主任，请他过来配合侦查。"

"是！放心！"大家纷纷领命。

多功能车是名副其实的多功能，刘彬在车上打印了许多张陆伟的身份证照片，一边分发给大家一边说："这是陆伟的照片，大家熟悉一下！"

郑钦看向马副所长，语重心长道："马副所长，拜托，出入口一定看住了，注意安全。"

"放心，保证完成任务。"马副所长朗声回应。

很快，侦查小组的几位都换好了保安服。郑钦帮杨业整理了一下翻卷的衣领，说："大家记住，一切以侦查为主，避免打草惊蛇，尤其要注意群众安全。明白吗？"

"明白!"大家异口同声。

"好,再检查一下配枪和通信设备,准备出发!"郑钦看了眼时间,"现在是9:28,一个小时行动时间,十点半我要知道结果!"

四个侦查员趁着夜色进入园区,开始摸排。郑钦和刘彬在原地一边观察监控,一边等待侦查员的消息,只要发现陆伟行踪,随时集中抓捕。

此时,在工业园区出口的灌木丛后,有双眼睛在暗处盯着他们。看到郑钦上车后,那双眼睛收了回去,快速离开。

眼睛的主人,是个穿着保安服的黑瘦青年,绰号小猴。

他在工业区里一路小跑,熟门熟路地穿梭其中。很快,他来到南区偏僻处的一栋单层厂房前,敲了敲紧闭的大门。

很快,大门露出一条缝隙,灯光从中洒出,形成一条光带。黑瘦的小猴从缝隙中钻入,进入厂房。厂房面积不太算大,占地一千多平方米,十几个男人正在忙碌。

厂房一侧有好几个集装箱,门口都安着电子锁,需要密码和指纹才能打开。如今箱门全部大开,能看到一部分集装箱装的是没有包装的烟草酒水,另一部分则是茅台酒和中华烟的包装盒。工人们进进出出地搬运着包装盒,一个个大麻袋沉甸甸的,分量不轻。厂房另一侧摆着十几个大汽油桶,几个工人正在布置成大火桶,旁边堆着搬来的麻袋,显然是准备焚烧包装用。

小猴避开那些工人,来到厂房的最深处,听到最里面的集装箱内,传来气急败坏的骂娘声:"他妈的就不能快点!条子马上就来了,要让他们发现这些包装,老子跟你们全完蛋!"

果然,小猴看到他的老板陆伟穿着白色的厨师服,有些滑稽地在指挥工人搬运。

"小猴,老子让你在外面盯着,你怎么回来了?"陆伟看到小猴,不满地骂道。

小猴凑过去,低声说:"老板,有点儿不对劲……"

陆伟眼睛一瞪,唾沫星子飞到小猴脸上:"怎么不对劲?"

小猴贼兮兮道:"就是,来了些警察,看起来都老凶了!但是他们没进来,都守在大门口,嘀嘀咕咕的,是不是要瓮中捉鳖……"

陆伟气得一脚踹在小猴屁股上,骂道:"捉你妈的头!管他妈干什么的,反正都是冲老子来的!你赶紧也去给我搬货!律师都说了,只要把烟酒包装全处理了,他们就是抓到老子,也得乖乖给我放出来!"

小猴疼得龇牙咧嘴,摸了摸屁股。他觉得自己尽心尽力地给老板跑腿,还要受这委屈,抹了抹发红的眼角,跟着工人们开始搬货。陆伟越看越着急,亲自上阵扛起大麻袋,紧锣密鼓,消灭证据。

郑钦这边在焦急的等待中,也终于有了消息。杨业在电话中汇报:"郑队,有消息了!我在南区和晚上巡逻的保安聊了会,套了话,陆伟应该就在南区。只是还不知道具体位置。"

郑钦马上说:"再确认一下,有八成把握,我就让所有人集中到南区。记住,见机行事!"

郑钦挂了电话,问刘彬:"管委会的人呢?"

"还要十分钟才到。"刘彬无奈地说。

十几分钟后,一辆帕萨特急匆匆开到园区外。管委会周主任下了车,一路小跑着过来。一位留守的派出所民警把周主任引到郑钦面前,说:"周主任,这是市局刑侦的郑队。"

周主任笑着伸出手:"郑队您好,我是望春工业区的管委会主任,周波。"

郑钦握了握手:"周主任,晚上还麻烦你过来。你知道园区有个叫陆伟的老板吗?"

周主任想了想:"陆伟?郑队,我们园区好像没有叫陆伟的老总,会不会是工人啊?"

刘彬把陆伟的照片递给周主任:"周主任,这是陆伟的照片,你看看有没有印象?"

周主任接过照片认真看看,似乎想起了什么,恍然道:"他就是陆伟啊!这个人我认识,我记得他。"

郑钦眼前一亮:"你认识他?"

周主任自信地说:"郑队,别看我们工业区有上千家厂房,杂是杂了点,乱是乱了点,但是这里每家厂房,厂房背后的老板,我们都是有记录的。这是区政府对园区管理的硬杠杠,不达标不行啊!陆伟这个名字我是没什么印象,但这个人我记得很清楚。"

周主任回忆了一下,说:"大概是五年前吧,有个叫孙峰的老板在南区包了家厂房,说是要做家具生意。他的手续都很齐全,我们也没太注意。但是他包下厂房以后,就没怎么出现过,反而是这个陆伟来搞装修什么的。他们的厂房装修时,超标做了违章建筑,被城管处理过。当时这个陆伟凶得不得了,差点儿就和城管动手了!不过还是被人劝住,把违建给拆了。"

郑钦一听就明白了:"看来那个叫孙峰的,只是挂名打掩护,其实厂方就是陆伟。"

周主任点头:"应该是,陆伟平时来的次数也不算多,不过我们管委会的人都对他有印象,怕他这种人,呵呵,容易闹事嘛!"

郑钦问:"周主任,陆伟的厂房在哪里?"

周主任干净利索:"郑队,他的厂房就在南区 268 号。我可以带你们去。"

"太好了!谢谢!"郑钦马上召集人手,前往南区厂房。

一行人在厂区内快速前行,郑钦手机响起。他边走边接,听到杨业焦急的声音从听筒里传来:"头儿!厂房失火了!"

"失火?"

南区,东西向的道路尽头,偏僻少人。

268号厂房外几十米处,杨业按照保安不太准确的描述,找来绕去,刚来到这附近,就看到一缕浓烟从厂房冒出。他心里一惊,马上给郑钦打电话汇报。早不失火晚不失火,在这个关键时候出事儿,这肯定是陆伟的窝点!

杨业挂了电话,浑身肌肉紧绷。他打开配枪的保险,拉开枪栓把子弹上膛,紧紧地握住钢枪,快步走向厂房。厂房大门紧闭,只从铁门缝隙内透出烟雾,能听到其中重物不断砸碎的声响。

杨业心思电转,倒退几步,猛地冲刺向前,利落地攀上高高的窗台。从模糊的窗玻璃看去,只见厂房内十几个大火桶内火焰燃起,工人们正不断把手里的纸箱和包装盒,扔到火桶里面焚烧。烟雾升腾,空气炙热。

陆伟穿着白色厨师服,正在指挥:"快点!快点烧干净!所有包装,半成品也烧了!瓶子砸碎!"

这时,郑钦带队匆匆而至。他们速度太快,周主任在路口指了指方向,就累得说不出话也跑不动了,掐着腰在原地大喘气。

杨业见到郑钦,眼睛一亮,轻轻跃下窗台,低声说:"陆伟在里面放火,在销毁什么东西。"

郑钦掏出配枪,说:"所有人注意,对方可能持枪,必要时直接击杀。老彭和勇哥带人,一左一右包围。杨业,破门!"

一分钟内,训练有素的侦查员和特警们各就各位。

"砰!"特警用工具撬开厂门。

郑钦一声令下:"突破!"

杨业快捷如豹,带人冲进厂房。

厂房门忽然大开,一队警察凶悍冲入,工人们都愣住了,站在原地不知所措。小猴正在往火桶里扔货物,吓得张着嘴,一动不动。

杨业持枪大喝:"警察!所有人,抱头蹲下!"

看到黑洞洞的枪口,工人们顿觉胆战心惊,战战兢兢地放下手里的东西,乖乖抱头蹲了下来。刑警和特警们分别控制住几处,警方迅速占据主动,预想中的恶战并没有发生。

郑钦几乎与杨业同时冲进来,锐利的目光扫过全场,却没发现陆伟的身影。厂房内烟雾缭绕,视线不太清楚,但仍能看到火桶旁的货物都是烟酒包装,集装箱里还有一些不带标识的烟酒半成品。没有枪支,没有弹药,没有危险品。

郑钦心里一顿:"杨业,把火灭了!陆伟呢?"

"谁知道陆伟在哪儿?"郑钦把蹲在地上的工人挨个看去,还是没有陆伟。

"咳咳!"工人们被烟雾呛得咳嗽,连一些警察也咳了起来,却没有人回答陆伟的去向。

郑钦走到小猴面前时,却见这个黑瘦的小伙儿微微抬头,看了看自己,又看向厂房东边最深处,目光颇有深意。

郑钦反应极快,立刻跑到厂房东面墙壁前,只见墙上刷着白底红字的"安全生产,责任到人"的大标语。郑钦仔细看去,靠近角落的墙面上,就在"安"字中间,竟然有一道缝隙!

原来,这是一扇跟墙壁相连的木门,因为紧贴角落,而且绘制了整幅标语遮挡。如果不是木门被人打开,很难注意到这儿有一道门,何况在烟雾弥漫中。

郑钦拉开门,夜色中,隐约能看到一个穿着白色厨师服的身影,拼命地向前奔跑着,已经跑到几十米外!

这人,可不就是陆伟嘛!

第六章　扑朔迷离

"警察！别跑！"

跑！快跑！我得赶紧跑！落在警察手里我就完了！

陆伟听到身后郑钦的喊声，满脑子都是快跑。他脚下狂奔，却听到身后郑钦的声音越来越近！陆伟慌乱中看到路边有桶酿酒的烂酒糟，估计是旁边小饭店没来得及收起来的。

他情急之下，端起酒糟桶就向身后的郑钦扔去。

郑钦的冲刺速度很快，虽然马上闪躲，还是被酒糟泼到身上。他的速度稍微一顿，陆伟趁机夺路而逃，奔向前方不远的望春路。

郑钦研究过地图，知道前面的望春路是工业园区对外的主要通道。他即刻意识到，陆伟一旦逃到车流量和人流量都比较密集的望春路，就很难抓到了，而且可能会引起群众受伤。

郑钦果断拔枪，大喊："陆伟！警察！别动！否则开枪！无关人员躲避！"

陆伟熟悉地形，当然知道自己只要逃到望春路，就有了生机。他用尽力气，只管奋力狂奔。

"砰！"郑钦当机立断，对天鸣枪示警。枪声炸响，如同雷鸣。

"啊！"陆伟听到枪响，吓得腿一软，脚下一滑，向前摔了个狗啃泥。

他鼻梁酸疼难忍,鼻血瞬间流出,忍不住痛叫一声。

郑钦和杨业迅速赶来,杨业压住陆伟给他上了背铐。

郑钦身上被酒糟泼得湿淋黏腻,一把揪住陆伟的头发,恨恨地说:"陆伟!你挺能跑啊!"

京海市公安局刑侦队。

审问室内,陆伟的鼻血止住了,脸上的血污也被欧阳慧敏简单擦了擦,白色厨师服上还是有斑斑血迹。他的双手被手铐锁住,紧固在审讯椅上,但也挡不住他的两条腿因为焦虑恐慌而不停地抖动。

郑钦来不及洗澡,换了身衣服就来提审,身上还带着一股酒糟味。他怕熏着杨业,边往审讯室走,边闻闻自己身上:"小叶,我这味儿不大吧?"

杨业爱屋及乌,睁着眼睛说瞎话:"不大!酒糟味儿挺好闻的!"

两人走进审讯室,陆伟虽不能动,仍尽量微微弓腰,笑道:"两位领导好!"

郑钦和杨业坐到审讯桌后,看到陆伟不停抖动的脚上穿的,正是双老人头牌的尖头皮鞋。

郑钦说:"陆伟,你挺能折腾啊!穿着双尖头皮鞋,跑得比我还快!"

陆伟假装无辜,因为鼻子受伤,说话瓮声瓮气:"领导,我犯哪条王法了?为啥追我啊?"

杨业厉声道:"都到市局刑侦队了,你做了什么,你自己不知道?"

陆伟开始耍赖,准备顽抗:"领导,我真的不知道啊!我这鼻梁骨都快摔断了,公安管不管赔啊?"

郑钦把陆伟的所有动作尽收眼底,心思转动:陆伟,到底是个油滑狡诈的老江湖,还是个冷酷无情的持枪杀手?

郑钦决定,单刀直入:"陆伟!老实说话!你睁大眼睛,看看这是哪儿？京海市公安局刑侦队重案队！你倒卖假烟假酒,数额巨大,证据确凿,还涉嫌袭警,妨碍公务！这些事儿,是事儿,但还到不了我重案队眼里。我们只查大案、命案！"

陆伟愣住了,顾不上偷奸耍滑,喃喃道:"什么命案？我没,不对,假烟假酒我也没卖过啊！领导你要调查清……"

郑钦一拍桌子,厉声道:"还耍滑头！老实交代,昨天晚上你人在哪儿？你跟张惜是什么关系？"

陆伟又愣了愣:"张惜？那个肥婆？这……昨天晚上,我,我跟她打过电话,怎么啦？"

杨业问:"你叫张惜肥婆,你们很熟吗？"

陆伟自知说漏了嘴,哼了哼说:"就是,就是认识。前两年,她听说我在做烟酒买卖,就开始给我介绍业务,我给她拿回扣。也不是很熟,她那么胖,大家都喊她肥婆。"

郑钦看着陆伟,略微沉默,说:"说说吧,你为什么要杀了张惜？"

"什么？她死了？"陆伟吃惊地往前一冲,又被手铐禁锢在审讯椅上,顿时疼得嘶嘶抽凉气。

杨业拿出一张现场的尸体照片,在陆伟面前晃了晃:"陆伟,看到她的照片,你不害怕吗？"

陆伟细小的双眼骤然睁大,脸上满是惊恐:"她,她真死了？什么时候？"

杨业追问:"什么时候？这应该我问你！你们昨晚通过电话,还见过面吧？"

陆伟的额头和鼻尖流下冷汗,把头凑到颤抖的双手边擦了擦,深呼吸几下说:"我,我就给她打了个电话,压根儿没见人！"

郑钦问:"你先说说,打电话说了什么,说了几十分钟？"

陆伟见警方连自己给张惜打了多长时间电话都查出来了,迟疑了下,说:"就是钱的事儿,她去年找我借了二十万,一直没还。我打电话找她要债,扯了半天。"

杨业紧跟着追问:"张惜住的是别墅,为什么找你借钱?"

陆伟哼了一声:"切,她早就欠了一屁股债!光是银行的信用卡,就办了一堆。还住别墅,她就是打肿脸充胖子,本来就是个胖子……"

陆伟油滑势利的性子已经深入骨髓,没说几句话就开始刻薄。他突然意识到张惜已经惨死,自己还在警局,便猛地刹车,闭上了嘴。

郑钦问:"你说你昨晚上没见她,那你今天早上为什么出现在青松路?就在她家旁边!"

陆伟抽抽鼻子:"哦,就是为这二十万。我想找她面谈,到她家了,电话又打不通。我公司有事,就先回去了。"

郑钦顺着他的话,说:"你回到公司,下午知道我们找你,就让手下人打掩护,你自己跑掉!陆伟,你在京海市面儿几十年,也是老吃老做的朋友了,你就不知道袭警是重罪吗?宁肯袭警也要逃跑,你心里有鬼!"

"我,我没有,是老费,是那帮家伙犯蠢,我可没让他们打警察……"陆伟被噎住,支支吾吾地狡辩。

杨业又拿出两张现场痕迹照片,放到陆伟面前:"这是张惜遇害的地方,凶手留下的鞋印,43码的老人头牌尖头皮鞋。"

杨业指指照片,看向陆伟脚上:"你看看自己脚上穿的是什么?我们在你家找到65双老人头皮鞋,全是43码的!"

陆伟顿时明白了,原来警察抓他根本不是因为假烟假酒,而是把他当杀人凶手了。

陆伟脸色剧变,冷汗透背,哭丧着脸喊:"这不是我,真不是我啊!我就做点儿烟酒生意,我哪儿敢杀人啊!这鞋,这鞋我穿了十来年,它跟杀人有啥关系啊!肯定,肯定是碰巧了,要不就是有人要冤枉我!有人陷害我!"

杨业厉声道:"陆伟,你还不老实!什么叫巧合?到现在,你都说不清楚昨天晚上在哪儿,你还敢说被陷害?谁会陷害你?"

陆伟脸色变幻,低声说:"我昨晚上,在女朋友那儿。"

郑钦问:"你女朋友叫什么?住在哪里?"

陆伟回答干脆:"她叫谢婷,住在兴业小区6栋306号。你们可以调查,我整晚都在她那儿。"

郑钦想起奔驰车上的那张停车证,就是兴业小区。难道昨天晚上,陆伟真在兴业小区?

见郑钦和杨业没说话,陆伟试探道:"我这,算配合吧?"

"陆伟,你说的情况我们会核实。至于其他的,你再好好想想,想明白了主动坦白!"郑钦站起来,走出审讯室。

刑侦楼的审讯室位于地下一楼。地下一层有三十个房间,包括多个审讯室、羁押嫌疑人的留置室、审讯监控室、辨认室、案情分析室等。

杨业也走出审讯室,安排警员将陆伟带到留置室。他追上郑钦,说:"头儿,天一亮我就去查兴业小区的监控。还有他那个女朋友。"

郑钦看向杨业,说:"死者的通话记录,现场鞋印都指向陆伟,如果他的不在场证明成立,案子就要从头捋。而且,太蹊跷!"

杨业微微愣神:"总不成,真有人栽赃他?他就是个卖假酒的不法商贩……"

郑钦说:"我们先不推测,和刘彬碰一下,把陆伟交代的情况,用刑侦智能云印证一下。"

这时,缉毒队队长王小利和副队长钱茂盛从留置室出来。四人在走廊上不期而遇,王小利意气风发的样子,扯扯嘴角:"郑队,杨队,也加班儿啊!"

"王队,钱队,你们也在熬大夜。"郑钦和杨业走过来打招呼。郑钦看了眼留置室。几个被羁押的涉毒嫌疑人,垂头丧气地蹲在地上,手都被铐在栏杆上。

王小利顺着郑钦的眼睛看了看,把留置室的门砰地关上,笑道:"没办法,忙啊!盯了两年,总算收网了。抓了二十多个涉毒嫌疑人,还有几个贩毒团伙的高层。"

郑钦也笑道:"王队指挥得当,劳苦功高。"

王小利笑容可掬:"运气,纯粹是运气。领导指挥,线报及时,我们干活儿。"

钱茂盛三十出头,光头锃亮,结实干练。他是王小利的铁杆儿,故作惊讶地问:"郑队,听说出了枪杀案?京海几十年没有枪杀大案了,市局压力很大吧?"

王小利看看钱茂盛,说:"老钱,不好这么说话。郑队是平安卫士,公安标兵,有郑队在,枪案也不算事儿。"

杨业早就不乐意了,瞥了眼钱茂盛的头顶,说:"老钱,忙完就赶紧睡吧,少逼逼,少熬夜,熬夜对毛囊不好!"

钱茂盛剃光头,就是因为他二十多岁就开始谢顶,比王小利的地中海发型还不如。为这事儿,他找对象都耽误了好几年。发型是钱茂盛心中的痛,杨业却总拿这个戳他,是可忍孰不可忍!

钱茂盛当时就糙了,一摸光头,瞪着眼骂:"杨业,你讲话注意点儿!少扯淡!"

杨业捋捋自己虽然很短但还蛮茂密的头发:"我注意啥?谁扯淡谁秃顶!"

钱茂盛心头火起,指着杨业:"你不要以为在队里我不敢揍你!今年大比武,你可别跑!"

杨业轻哼一声,挽起袖子:"你散打先进半决赛!杨哥我等着你!"

两个三十岁的大男人,缉毒队副队长和重案队副队长,互相不忿许久,现在就为了毛囊问题你一言我一语的互怼开了。

"行了行了,都是刑侦队的兄弟。"

"走吧走吧,我们要团结。"

郑钦和王小利虽然心里也都有气,但毕竟是一把手队长,得考虑影响。两人各自劝着,把杨业和钱茂盛拉开。

钱茂盛被王小利拉到案情分析室内。

他摸着光头,在原地转了一圈,气呼呼地说:"什么玩意儿!"

王小利靠在墙边,幽幽地说:"耍嘴皮子有什么用?我们还得靠真本事。"

王小利接着说:"现在,咱们工作的重点一定是要把公安部督办的案子收网。"

"没错。来日方长。"钱茂盛深觉有理。

王小利伸了个懒腰,把多日加班的疲惫稍微缓解一下,一语双关地说:"走,连夜提审。我就不信,干不过他!"

清晨。朝阳初升。

"叮咚!"郑钦家的门铃响起。

郑佩熬夜赶稿子后,没睡多久就挣扎着起床,给鲁鲁做了烤面包和煎蛋早餐,又把鲁鲁送到校车上,才回到家准备睡个回笼觉。她换上软萌的绒线睡衣,戴上大眼熊猫眼罩,刚躺到床上,就听见门铃声,气呼呼地去开门。

"快递。"快递小哥面无表情,递上一个包裹。

"谢谢。"郑佩随手接过,心里想着是自己剁手的哪件宝贝到了。

她瞥了眼快递单,上面写着收件人郑钦:"咦?居然是哥的快递,他啥时候会网购了?"

郑佩好奇心起,拿起剪刀拆包裹,拆了两层才拆开。

"呀!"郑佩脸色一变,下意识地把手里的包裹扔了出去。包裹里面装着的,竟然是一双沾满泥污的黑色尖头皮鞋!

半小时后。

郑钦带着杨业和秦奋匆匆来到家里。一进门,郑钦就问:"小佩?你没事吧?东西在哪儿?"

郑佩没再睡觉,也睡不着了。她指着客厅地上还没完全脱离包裹的皮鞋,说:"哥,我没事儿。在这儿。我拆开后,就没碰过它!"

郑钦迅速和杨业、秦奋交换了眼神,大家面上不显,其实都是心里一沉。秦奋提着现场勘查箱,马上开始对这双皮鞋进行痕迹取证。

"我到外面看看。"杨业给包裹拍了照,就出门到楼道和小区看看有没有什么特殊情况。

郑钦到各个房间看了一圈,回到客厅,问:"快递来的时候,鲁鲁上学了吧?"

郑佩点头:"还好她不在,我当时都吓一跳。"

这时,秦奋已经做了初步的检验。他戴着手套,拿起皮鞋,说:"郑队,黑色尖头皮鞋,43码,皮鞋上主要是泥点,左脚鞋的边缘位置磨损严重。基本可以确定,就是现场那双!"

饶是郑钦久经风浪且已有心理准备,此时仍觉得后背发凉。这个凶手不仅枪杀人命,误导警方,还把皮鞋送到自己家里,他这不仅是挑衅,更是威胁!

郑佩忍不住地担心:"哥,到底出什么事了?"

郑钦平复一下心情,看看面露忧色的郑佩,说:"小佩,这事儿你别管了,也别多想。最近晚上不要出门,先别带鲁鲁出去玩了,知道吗?"

郑佩点头:"放心,哥,我明白。"

郑钦看看秦奋,他已经把皮鞋和包裹都放进勘查箱中,便对郑佩说:"我先回队里了,你把门窗看好,不认识的人都不开门!鲁鲁上下学,你都要接送,有事随时打我电话,打不通就打给小叶、彬彬……"

郑佩作为年轻的资深公安家属,心理素质还是可以的。她挥挥手,笑道:"放心啦哥。我心里有数,你怎么跟祥林嫂一样。"

祥林嫂的孩子被狼叼走了,长期在刀尖行走的刑警都很忌讳这些丧气话。郑钦眉头一皱,说:"说点儿吉利的,福大命大。别乱说话!"

"放心放心,你们赶紧忙去吧!"郑佩吐了吐舌头。

"走了。"郑钦笑着揉揉妹妹的头,和秦奋离开。

郑钦一出门,脸上的笑容迅速消失,面沉如水。他和秦奋到了楼下,迅速和杨业碰头,上了车。

杨业坐在驾驶座上,眉头皱起:"头儿,我看了小区的监控,就是早上来了个快递小哥,其他没什么异常。"

郑钦坐在副驾驶位,有些烦躁地搓了搓脸,说:"秦奋,把皮鞋和包裹进一步检验,半个指纹都不能放过。小叶,按照快递编号,查一下寄件人。"

秦奋上次来郑钦家还是高高兴兴地吃火锅,这次居然是来提取枪杀案的证物,心里忐忑不安。他摸了摸现场勘查箱,郑重地说:"放心郑队,我尽快。"

杨业发动汽车,想了想,说:"头儿,他知道你家地址,这太不安全了。要不,让小佩和鲁鲁搬到我那儿住几天?"

郑钦眉头轻锁,摇摇头:"你跟我一样长期不着家,这样搬一下意义不大。我去给队里申请,让派出所加强小区巡逻,小佩她们也少出门,再观察一下。"

杨业跟郑佩和鲁鲁最熟悉,心头沉甸甸的,低声道:"妈的,最近走背字儿啊！老钱那个大光头倒是好,抓了那么多毒贩也没见血,我们这枪案还真是邪门儿。"

郑钦听了这话,心里一动,眼中闪过狠厉。

京海市北城区。城区摩天大楼林立,高架环绕,郊区有一小块城中村,因为种种原因,还没有被规划开发。

城中村又名孙家村,村内建筑杂乱,道路逼仄,鱼龙混杂。这里的环境脏乱差,但麻雀虽小五脏俱全,成为很多人,尤其是城市边缘人群的蜗居暂住之所。

城中村东头的老常家,经营着快通快递的站点,每天进出大量快件。就在刚才,又有几百个快件卸货进来,老常带着两个快递小哥,忙得焦头烂额。

杨业来到快递点门口,对老常出示了一下警官证:"我是市公安局的,你是快递点的老板?"

老常一愣,擦擦汗:"是我。"

杨业把手机里的照片给老常看:"这个包裹,是昨天从你这儿寄出去的?"

老常看看照片,认出了那个地址,点点头:"对,警察同志,有啥事?"

杨业看看四周:"你这店里没监控? 你还记得寄件人什么样吗?"

老常搓搓手:"嗨,城中村哪有那么多讲究? 不过,这个人我还真记得。"

杨业眼睛一亮:"他多大年纪? 有什么特征?"

老常眯眯眼,说:"那个人啊,说不上是二三十还是四五十,嘿,啥也看不清,就是可吓人!"

昨天下午。

夕阳斜照,老常坐在靠窗的工作台后面,晒着太阳,对着电脑和货单核对当天的快件数目。老常看得正认真,突然感到头顶的光线被挡住了,一阵瘆人的凉意袭来。他抬起头,只见一个戴着檐帽和口罩、穿着深色衣裤的男人,站在自己面前。虽然看不清模样,老常却能感到男人身上若有若无的冰冷气息。

老常看看在门口忙碌分件的两个小哥,心里定了定神,反应过来:"你拿快递?"

"寄东西。"男人声音沙哑,喉咙被刀划过般粗粝。

男人把一个用胶带封住口的黑色塑料袋递给老常。老常接过来掂了掂,分量不是很重。

"寄的什么?"老常想要看看塑料袋里是什么,却发现被封得严严实实。

"啪!"男人粗壮的大手猛地按住塑料袋,把老常吓得一哆嗦,急忙丢手。

"日用品。"男人缓缓说了三个字,帽檐下露出的眼睛紧盯老常,带着一股狠戾。

老常咽了咽唾沫,用快递专用袋把黑色塑料袋装起来,封好,问:"寄到哪儿,平邮还是速递?"

男人从口袋掏出一张纸条:"越快越好。"

老常接过纸条,发现上面的地址就在京海市东城区,距离并不算远。他不敢多说,低着头录入地址,把快递单贴在了包裹上,低声道:"本市快递费,只需要十……"

老常抬头,才发现男人已经不见了,工作台上有一张50元绿钞。他起身跑到门口张望,外面的街道上人来车往,却不见那个深色衣服的男人身影。

老常摇摇头,把那个包裹放到了马上急送的快件堆里。

十六楼,刑侦队队长办公室。

郭毅君看着包裹和黑色尖头皮鞋的照片,浓眉皱起,一拍桌子:"太嚣张了,竟然敢明晃晃地威胁刑侦队!你放心,我马上联系分局,安排下去,加强安保!"

郑钦感谢领导:"谢谢郭队!"

郭毅君问:"那个陆伟,查得怎么样?"

郑钦神情凝重地说:"到兴业小区查了大门和电梯的监控录像,也问了值班门卫,他前天晚上还真在兴业小区待着。他那个情妇也带回来了,杨业在审,问来问去就是俩人一起过了夜。这女的以前在夜场做,跟了陆伟一两年,她也只知道陆伟是卖假烟假酒的。目前看,线索又断了。不过,我总觉得陆伟没有完全说实话,准备再撬撬他的嘴。同时,深挖他的社会关系,尤其是和张惜的往来情况。"

郭毅君点头,说:"多条腿走路。既然不是劫杀,重点排查死者的社会交往、经济往来,还有两性关系。这个凶手有枪,身手利落,还敢挑衅你,不是一般人!关注两劳释放人员,还有当过兵、从过警的。"

"是!"郑钦听到这话,略一沉吟,说,"郭队,有句话,不知当讲不当讲。"

"说,你跟我还见外?"郭毅君喝口茶。

郑钦斟酌道:"这个枪案,我总觉得蹊跷。凶手用的是仿54手枪,这种枪,一般都是毒贩子用的。而且这个凶手不仅杀人,还挑衅警方,威胁我的家人。我怀疑,他跟我有仇,故意报复。"

郭毅君靠在椅背上,看着郑钦,没有说话。

郑钦轻咳一声,道:"我本来没往这个方向想,但是缉毒队刚抓了一批毒贩,也没听说上缴武器。如果张惜这个案子破不了,对谁的好处最大?利高者疑……"

郑钦说得隐晦,但是郭毅君岂会不明白?郑钦是怀疑枪案背后有王小利的身影,甚至和毒贩达成某种交易,坐收渔翁之利。

郭毅君当机立断,严厉地说:"郑钦!你昏头了?在胡说些什么!身为重案队长,你怎么能怀疑队里的同志?你的理性和原则到哪儿去了!"

郑钦心里怒火翻腾,强压着说:"我就是提出一种可能性……"

郭毅君声音也大了起来:"可能什么?你给我记住!不管凶手是谁,或者他背后有什么人,你只有把他抓捕归案,我们才有主动权!没有证据的怀疑和揣测,只会干扰你的侦察思路,影响队里的团结和谐!"

郭毅君放缓语气,说:"我知道,你担心家里人的安全。放心,我会亲自安排,妥善保护。现在是非常时期,所有领导都在看着刑侦队。你要记住,没有作为就没有地位,也要懂得,什么可为什么不可为!"

"好的郭队,我明白了,不好意思,是我……"郑钦目光微动,还想说什么,郭毅君的电话响起,他拿起手机看了眼,隐晦地皱了皱眉,抬眼望向郑钦。

"谢谢郭队。我先回去。"郑钦心思通透,站起身来离开。

郑钦走出办公室,站在门外停顿了一会儿,心里无比懊恼和焦躁。他从警十多年,多少次流血受伤,多少次出生入死,但从来没有遇到过这样的压力:一个枪杀案的冷血凶手,在赤裸裸地威胁他的家庭。

无论是作为一个刑警,还是作为一个男人,一个父亲,这都是对自己的最大挑衅和报复。郑钦承认,他因为过度的焦虑,有些不冷静了,对王小利的怀疑,确实缺乏依据。而且他忽略了最重要的一点,就是郭毅君的利益和态度。

郭毅君虽然和自己是亦师亦友的关系,政治脉络上也是一条线上的,但是,郭毅君始终是刑侦队队长,王小利也是他的下属。如果王小利真的犯下和毒贩交易策划枪杀大案的罪行,郭毅君作为刑侦队一把手,势必要承担管理不力的责任。这样的话,郭毅君和夏政委都不可能当上副局长,只会让其他人渔翁得利。

刚才郑钦一看郭毅君的反应,就意识到了这一点。他知道,郭毅君肯定心生不满了。可惜话已出口,他现在也只能抓紧破案,通过枪杀案的顺利告破,稳固自己和郭毅君的胜利态势,也修补改善两人的关系。

郑钦大步走下楼梯,下定决心:迅速突破此案!

刑侦楼一楼。

西侧走廊的尽头,是一间面积不小的库房。库房内贴墙摆着一排档案柜和一排资料柜,里面装着刑侦队的陈年案卷资料和老旧装备。墙角还推挤了一些食之无味、弃之可惜的家具杂物。库房唯一的小窗户前,放着一个小木桌和一张办公椅,看起来都有年头了。

刑侦队的库房管理员韩勇,正坐在小桌前,认真地翻看着一叠卡片。纸质卡片的边缘微微泛黄,看得出有些年头了,但张张立挺,字迹端正分明,看得出得到了精心保存。

韩勇四十六七岁,高瘦精壮,短寸头发中夹杂着银丝,警裤皮带上系着个玉石貔貅,手腕上盘着根十八子手串。他把这叠卡片翻好,小心翼翼地放入资料柜中,合上抽屉。

他姿态闲适地坐回桌前,看看窗外的蓝天绿树,心里美滋滋的,靠在椅背上哼唱起来:"几度风雨几度春秋,风霜雪雨搏激流。"

此时,走廊上传来嗒嗒嗒的高跟鞋声。虽然距离还远,声音不大,韩勇很敏锐地听到了,眉头一皱,停了哼唱。

果然,没一会儿,政治处主任卫萍推开门,看了一圈库房情况,才问韩勇:"韩勇,队里准备把库房搬到地下室,你赶紧把东西清理出来,明天搬好!"

韩勇坐在椅子上,抬眼看向卫萍。他的五官体型都端正而又普通,只有一双眼睛锐利分明,看人时锋芒闪现。卫萍迎上他的目光,心里莫名地虚了一下。

韩勇站起身,不冷不热地问:"好好的,为什么要搬?地下室没这么大面积的房间啊!"

卫萍早有准备,指了指资料柜和角落的旧家具:"这个房间面积合适,队里研究决定,要给情报队做办公室。地下室的房间面积是小点儿,但你这库房也没多少东西吧。你抓紧时间,把东西都归整归整。除了队里的案卷资料,其他没用的都处理掉。"

韩勇慢悠悠地又坐了下来,瞥了眼卫萍:"我要是就不搬呢?"

卫萍看到韩勇那个又闷又拽的样子,心里就来气,冷哼一声:"韩勇,你也是队里的老人儿了,组织上定下来的事情,肯定要执行!这房间你搬也得搬,不搬也得搬!我刚好下楼办事,顺便通知你一声。小张一会儿就来换钥匙。我们把案卷一拿,那堆破烂全扔了!"

卫萍说完,踩着高跟鞋嗒嗒嗒离开。

韩勇气闷地一拍桌子,站起来拉开资料柜的一个抽屉,轻轻摸了摸,温柔地说:"心肝宝贝儿,放心,谁都不能扔了你们!"

他猛然抬头,黑白分明的眼睛闪出锐利:"谁动你们,我动谁!"

刑侦队的门卫室,是里外两间。

外间是临门的窗口,平时保安师傅坐在桌前看着,进行外来人员登记等。里间的保安室面积不大,一柜两桌,几把椅子,一个老款的台式电脑勉强能用,日常不开机。

负责保安室的蔡斌,刚泡好一杯热茶。他五十多岁,中等微胖,两鬓斑白,面容和善。他端起茶缸,闻闻茶香,吹开浮沫,趁热喝了一小口,眯起眼睛:"嗯。"

茶香醇厚,蔡斌心情不错,戴上老花眼镜,翻开桌上的繁体《紫微斗数》。这本书已经被磨平了脚页,字里行间还有蔡斌的标注和笔记,显见的是常看常钻研。

"嘭!"房门突然被推开,韩勇旋风般冲进来。

蔡斌正用水笔在书上写着极小的楷书,受此干扰却纹丝不动,上身微俯,字迹依然稳健俊秀:"天行健,君子自强不息。"

韩勇冲着蔡斌的后背,就大声说:"蔡老,政治处要我清理库房,让给情报队那帮小子,这算怎么回事儿!"

蔡斌笃笃定定地写完这几个字,把笔放下,扭头道:"搬库房? 搬到哪儿?"

韩勇从桌上拿起茶壶,给自己也倒了杯茶,咕咚咕咚喝了两口,也不嫌烫。

他擦了下嘴,气冲冲地说:"还能去哪儿? 地下室都是审讯室、监控室、留置室,就剩走廊头儿那个杂物间了呗! 屁大的地方,根本装不下我的资料柜! 蔡老,你是知道的,除了案卷就是我的宝贝,谁也不能动它们!"

蔡斌慢慢地说:"这是政治处说的?"

韩勇在狭小的保安室里原地转了两圈,说:"就是姓卫的那个马屁精! 反正库房不能让出去,尤其是不能让给情报队那帮小子。蔡老,你是大师兄,带我去找郭毅君说道说道。"

蔡斌站起来,拍拍韩勇的肩膀:"你先别急,咱们再想想办法。十六楼安了门禁,你进不去,我也进不去啊。"

韩勇性子暴烈,拽起蔡斌的胳膊就往外拉:"他那是办公室,又不是皇宫大内! 走,今儿他不给个说法,咱就赖门口不走了! 我就你这个老师兄了,你可得挺兄弟一把!"

蔡斌是老痛风,腿脚不好,但还是一瘸一拐地跟着韩勇出了保安室。两人来到大厅,走到电梯门口,恰逢电梯门打开,卫萍带着干事小张走出电梯。

韩勇一见卫萍,顿时脸色沉下来。卫萍对韩勇的脾气也知道的,一看他俩这架势,面色就不善了。

她先声夺人,声音尖利:"哟!巧了!正说找你们呢,趁着人都在,赶紧把库房钥匙一换!"

"换什么钥匙,我不搬!"韩勇大手一挥,毫不买账。

卫萍绕过韩勇,嗒嗒嗒地往库房走,边走边说:"你少给我打马虎眼!通知我给你发过了,今天你搬也得搬,不搬也得搬,没有你反对的份儿!"

韩勇人高腿长,三两步追上来,瞪着眼说:"卫萍!你别太过分了!当年你就拿着鸡毛当令箭,非说老子有警风问题。有个屁!我干了半辈子刑警,我问心无愧!前阵子市领导来刑侦队,你又巴巴儿地把我和蔡老撵出去!出什么外勤任务?就几份破材料,让我们俩把京海跑了一圈儿,送四五个地儿。就你这点儿手段,你真当我看不出来?算了我都忍了,但是你要动我的库房,扔我的资料,我决不答应!"

卫萍听到韩勇旧事重提,心里既发虚也发恼,细眉挑起:"韩勇,你不要东拉西扯,个人主义!你知不知道,这次为了破案,情报队全都上了!用两间库房,那也是工作需要。你也说自己是老同志,你知不知道轻重?知不知道牺牲奉献?"

韩勇一听卫萍提到牺牲奉献,把自己当坏小孩一样数落,真是怒火冲天。他撸起袖子就要冲上去,被蔡斌一把抱住。韩勇怒道:"我个人主义?老子提着脑袋干活的时候,你还不知道在哪儿贴发票呢。现在给我要什么官威!"

蔡斌看韩勇都要动手了,急忙抱紧韩勇,扯出笑意对卫萍说和道:"韩勇,有事儿说事儿,激动啥?卫主任,您也知道,库房里的东西,不单是队里的案卷资料,还有特情科几十年的积累。地下室空间太小,他没地方安置啊。"

政治处小张是个年轻小伙儿,本来吓得不敢吭声,被卫萍斜着眼一瞪,赶紧跨步,挡在自己的领导卫主任身前。

卫萍也有了底气,手指着蔡斌和韩勇,打断道:"什么特情科?都是老黄历了!现在是信息社会,破案全靠监控手机和网络。跟你们说也说不通!队里的工作千头万绪,领导们多辛苦啊。你们帮不上忙就算了,就不能少添点儿乱?小张,去喊几个同志下来,搬库房!"

韩勇猛地挣脱开蔡斌,张开双臂拦在走廊上,大喊一声:"你敢!今天谁敢动库房,我就敢跟谁拼命!"

韩勇脸红脖子粗,有着虎落平阳却余威犹在的气势。小张正准备领命行事,也被吓得愣住了。

卫萍脸色都有些发白,手指哆哆嗦嗦地指着韩勇:"你,你想干什么!"

他们四个人站在大堂往走廊方向的路口,声音越来越大,打破了刑侦楼平日的肃穆安静。值班的保安伸着头往外看了看,轻轻摇摇头,不敢说话。

就在这时,刘彬和小戴等几个情报队、刑侦队的年轻刑警从外面办事回来,进入刑侦楼大厅。刘彬心思通透,在门口就大概听了几句,再一看这架势,就明白了事情原委。

他快步走上前,温言劝道:"卫主任,韩老师,你们都消消气!这事儿都怪我,情报队的准备工作没做好,给队里添麻烦了。卫主任,库房资料也很重要,要不咱先不急着搬,从长计议?"

刘彬是年轻有为的情报队副队长,在萧书记和陈局面前刚露了脸,前途无量。眼见大厅里这么多人,刘彬又给了自己台阶,卫萍心里松了口气,嘴上却强硬道:"刘彬啊,这是队里的决定,你也不要和稀泥……"

刘彬斯文俊秀,温和一笑:"谢谢主任,支持我们情报队工作啊!我是做情报信息的,我很清楚,特情科给咱们刑侦队立下过汗马功劳。把资料归整好,也是需要时间安排的。我们情报队在会议室里挤挤,也能先腾出一块地方干活。起码一个礼拜没问题,主任,韩老师,蔡老师,您看这样好不好?"

蔡斌急忙笑道:"好好!卫主任,你放心,老郭那里要是催你,我去给他说。我好歹是他师兄啊!"

卫萍脸色缓和,就坡下驴道:"既然刘彬这么说,那就一周后吧!你想办法把你那些东西塞一塞。小张,把地下室 A25 的钥匙给他。"

卫萍狠狠剜了眼韩勇,转身嗒嗒嗒地小碎步离去。小张哪敢把钥匙给韩勇,只好塞到蔡斌手里,赶紧跟着卫萍回政治处。

韩勇狠狠地瞪了眼卫萍,又瞥了眼刘彬,说:"小刘,说半天也还是让我搬嘛,我可不会谢你!说到底,还是你们情报队要占我的地儿。你不杀伯仁,伯仁因你……"

"呸、呸、呸!"蔡斌赶紧捂住韩勇的嘴,气得脸都红了,"阿勇啊!咱干刑警的,能说这不吉利的话?你再别说了。走吧走吧,搬哪儿不是干活儿?咱们啊,都得好好活着!"

蔡斌冲刘彬笑了笑,连拉带拽地把韩勇往库房拉。韩勇也知道刑侦队工作十分危险,大家对生死之言都很忌讳,又想到曾经牺牲流血的战友,还有那些惨死的线人。他抿了抿嘴,紧绷的肩膀慢慢塌了下来,沉默地跟着蔡斌离开了。

刘彬看着蔡斌和韩勇的背影,曾经的刑侦双雄,现在一个是一瘸一拐还微微驼背,一个虽然高瘦结实却带着萧索无奈,缓缓走进走廊尽头的阴影中。

他垂下眼眸,顿了两秒钟,又扭头看看旁边几个大眼瞪小眼的年轻人,淡淡一笑:"走吧。按路上商量的,都赶紧干活儿。"

"好的刘队。"大家纷纷答应。毕竟是纪律部队人员,心里有八卦魂,身体一转就走。

小戴边走边回头,好奇地看看库房方向,大大的眼睛充满疑惑。

重案队办公室。

小戴把手头的材料整理好,抬头看看正在电脑前忙碌的杨业。他思忖了会儿,看到杨业拿起水杯喝水,杯子却空了,赶紧颠颠儿地拿起电热水壶,跑去倒水:"杨队,喝水!"

"谢了。"杨业口渴了,端起茶杯吹吹,喝了一口,看看仍站在自己面前的小戴,"有事儿?"

小戴往杨业身边凑凑,低声说:"师兄,我刚在楼下看见卫主任和那个看库房的韩老师吵架呢!还有保卫室的蔡老师,说什么搬库房的事儿。欸,那韩老师可厉害了,把卫主任气得脖子都红了!"

杨业心底了然,看看小戴求知若渴的小眼神,准备给他普及一下刑侦队的八卦,哦不,是刑侦队的人事情况和历史知识。

他又喝了口茶,说:"韩老师,大名韩勇,绰号阿勇。你可不要因为他在库房工作就小看他,他不是一般人!勇哥从小就记忆力过人,绝对的神童,还进了少年班。后来,他被刑警学院特别招录,毕业后到咱们队特情科工作,二十多岁就是特情科科长,负责全市的线人管理。那时候没那么多监控和手机,很多破案线索要靠特情线报。你想想他有多威风,黑白两道通吃,京海鼎鼎大名的勇哥!"

小戴不解地眨眨眼:"那后来怎么了?"

杨业回忆着自己听说的和见到的故事,也有些心潮澎湃,说:"勇哥,少年才子,年轻得势,本事人品都没话说。就是心软,冲动。他那个工作,要成天和线人打交道,跟那帮社会人吃吃喝喝,打成一片。后来形势变了,特情科慢慢被情报科,也就是现在的刑侦智能云取代,领导也没那么重视了。那时候卫萍刚来政治处当主任,看他经常在外面跑,就参了他一本,说他警风有问题。本来我们都以为他要当情报队队长,没想到让小白脸刘彬压了一头。"

他刚说完这话,郑钦就快步走进办公室,绷着脸问:"小叶,说什么呢?"

杨业埋汰刘彬是小白脸,有点心虚,低头喝茶不吭声。

小戴结结巴巴地说:"郑,郑队,杨队给我讲,队里的历史呢!"

郑钦把手里的卷宗往桌上一放,抬眼看看他俩,沉声说:"小戴,学习历史,如正衣冠。你是重案队的人了,真想知道勇哥的事儿,我给你们讲,他给队里做了那么多贡献,不可能因为考勤喝酒这种事儿出问题。真实的原因,是因为他死了个线人。"

杨业也是一愣,拿起热水壶给郑钦倒了杯水,问:"有这事儿?"

郑钦点头:"这个事情知道的人不多,希望你们也保密。勇哥有个线人叫大昌,在一个贩毒集团当马仔。靠着他的线报,队里把那个贩毒团伙给端了。可惜,有漏网之鱼。那个团伙的二头目逃了出去,一年后返回京海,把大昌和他老婆孩子全都杀了。刘彬那时候刚到情报科,用监控和手机定位了那个畜生。勇哥坚持去一线抓捕,结果……"

郑钦顿了顿,说:"当时我已经把那小子铐住了,勇哥突然冲上来,一脚把他鼻梁骨踹碎了!勇哥想给大昌一家报仇,他当时是真动了杀心,掏了枪出来,子弹都上膛了,要打死他。我硬生生给拉住了,但是旁边好几个人都看见了,瞒不住。后来那个混蛋在医院里抢救了几天,判了死刑。但是,郭队和夏政委都认为勇哥太冲动了,加上政治处煽风点火,就给了他一个处分。然后,他主动辞去特情科科长的职务,去了库房。"

小戴听得荡气回肠,百感交集,脱口而出:"这,这真是太不公平了!"

杨业虽然年轻有为势头大好,但作为重案队的青年老刑警,心里也有一股兔死狐悲感。他感慨道:"哎,其实蔡老也是!他是郭队的师兄,刚来刑侦队就是技术骨干,在手印足迹方面,绝对的第一把好手。因为工作量太大,一身职业病,你没看他只能穿软底鞋。哎,传统刑事技术那一套,也慢慢被边缘化,他也是主动退居二线,去了门卫室。"

郑钦看看杨业,有些欲言又止。他知道蔡斌的境遇变化,与郭毅君有很大的关系,但是郭毅君对自己有提携之情,即便是对着杨业,郑钦也不愿多说什么。

郑钦只好拍拍杨业的肩膀,又拍拍面色茫然的小戴,鼓励地说:"行了,警察就是一份普通的工作。哪个行业都是金字塔,大多数人勤勤恳恳工作,平平淡淡退休。咱们都得保持平常心,想想烈士陵园刑警墙上的前辈,能像勇哥和蔡老这样,安安稳稳地从一线退下来,也不错!"

杨业点头,憨憨一笑:"头儿说得对,生有所值,死得其所,我看行!"

谁能想到,一语成谶。

王小利刚走出刑侦楼,就停下了脚步,眼睛迎着光线,微眯着看向一辆红色奔驰跑车。

跑车刚停在刑侦楼前,车门打开,走下一个光鲜亮丽的女人。她身材高挑,风姿绰约,熟龄女性,更显美艳风韵。

她就是王小利口中的卿姐,黄卿卿。她早年就职于京海市歌舞团,现在是有名的女企业家,网络上的知名大V,京海市俗称的"名媛"。两年前,黄卿卿受夏政委之邀,担任刑侦队的警风警纪监督员,成了刑侦队的座上宾。

王小利热情地上前打招呼:"卿姐,您今天怎么得空过来?"

黄卿卿风情万种的眼睛看来,只见王小利的地中海发型在阳光下折射亮光,便认出他来。她矜持一笑:"王队长啊,我来找夏政委,有点事情。"

"哎呀,欢迎欢迎,您一来,我们队里蓬荜生辉啊!"王小利笑着走上前,想跟黄卿卿打听一下平安卫士的投票问题。

他还没开口,黄卿卿就看看手腕上的百达翡丽手表,点点头说:"不好意思,夏政委还等着呢,我就先失陪了。王队再见啊。"

黄卿卿的声音悦耳磁性，举止得体，却总散发着一股高傲矜贵的气息。她身姿娉婷地走进刑侦楼，王小利看看她的背影，冷哼一声。

刑侦楼十六楼。

黄卿卿熟门熟路地站在门禁系统前，通过了人脸识别，来到政委办公室。

她走进办公室时，夏一攀刚对着镜子整理了一下自己的发型。他一见黄卿卿便露出笑容："卿卿来了啊！"

黄卿卿巧笑嫣然："夏政委，让您久等了。"

夏一攀拿起桌上的紫砂壶，给黄卿卿倒茶水："我知道你是大忙人，无事不登三宝殿。说说吧，有什么事儿？"

黄卿卿坐姿优雅，眸光闪烁："领导快人快语，那我也开门见山了。我是受人所托，想看您什么时候方便，一起吃个便饭。"

"谁能劳你的大驾啊？"夏一攀靠在椅背上，望向黄卿卿。

黄卿卿轻松一笑："我呀，先卖个关子。到时候您就知道了，不过我可以告诉您，田局和几位领导也会去的。"

所谓人情世故，无非就是吃饭和办事。有人请吃饭，说明肯定要办事。夏一攀不怕办事，但要知道办什么事，给谁办事，总不能不清不楚地去吃饭。

他略一斟酌，笑道："违反纪律的事情可不能做。"

"放心，领导。"黄卿卿笑得愈发灿烂。

第七章　阴魂不散

刑侦楼,法医解剖室。

解剖室内,充斥着浓烈的消毒水味,刺激着人的鼻腔神经。不锈钢解剖台上,张惜血肉模糊的尸体被固定在台面上,已经完成解剖。

欧阳慧敏穿着一次性的蓝色解剖服,戴着医学橡胶手套,站在解剖台前。她抬起死者的手臂,对郑钦介绍尸检情况:"死者张惜,尸体长158厘米,尸斑呈暗紫红色,分布于尸体背部及未受压的低下部位,双手四肢没有抵抗伤。解剖见胃内有约600克糊状内容物,可分辨出菜叶、米饭等成型物。根据体表尸斑和胃内容物判断,死亡时间在9月26日晚上九点到十点之间。胃内容物的毒化检验报告已出,没有中毒的情况。"

"死者致命伤位于头部,因颅脑碎裂大出血而死亡,颅内残留一枚弹头,弹头因受挤压而变形。根据弹头能分辨出是54式子弹,因弹身残留轻微螺旋纹,区别于正规的制式54手枪,结论与痕迹基本一致。"

郑钦看向尸体的头部,颅骨已被开颅器锯开,能看到头骨的碎片嵌入大脑深处。

欧阳慧敏脸上带着连夜工作的疲累:"尸检情况和我们现场判断的差不多,死者是在意识清醒、没有抵抗的情况下,被一枪毙命的。所以我坚持自己的看法,职业杀手,雇凶杀人。"

郑钦问:"还有没有其他发现?"

欧阳慧敏摇头道:"尸体被雨水泡得太久,冲刷掉很多东西。我只能根据着弹点和射击姿势,推测凶手的身高在 170 厘米到 180 厘米,指纹、DNA 这些都没有发现。"

重案队办公室。

郑钦从法医解剖室刚回来,给郑佩发了个微信:"家里还好吧?"

郑佩回复得很快:"放心吧哥,我去接鲁鲁放学。"

这时,刘彬提着两个物证袋进来。他刚知道郑钦家的事情,关切地问:"我刚给小佩发了个信息,让她有事随时联系我。我在东城区有套房子,离鲁鲁学校不远,装修得还可以。要不然让她们住过去?"

郑钦笑笑:"谢谢了,郭队联系了分局和派出所。队里新来的李娜,这几天先过去看一下,应该没问题。"

"那就好,听说小李是刑警学院女子散打的冠军,巾帼不让须眉!"刘彬记得李娜,刚从刑警学院毕业不久,做事胆大心细。

他总算放心不少,递上证物袋说:"郑队,昨晚我跟马所长他们排查到刚才,没有发现枪弹买卖的线索,倒是发现了这些……"

"假茅台香吗?"郑钦接过证物袋,里面是一瓶茅台酒和一个被烧毁损坏的账本。

刘彬一笑,俊秀的脸上旋出两个圆窝:"我又不喝酒咯,你还是厉害,一眼看出假酒。这都是在厂房里发现的,这瓶茅台的酒瓶和包装,跟陆伟公司的应该是同一批。这个账本上是他们的流水,从没烧掉的几页看,月流水有上千万。"

郑钦满脑子都是枪案,对假烟假酒一点儿兴趣都没有。他意兴阑珊地把那两个袋子还给刘彬:"这么大规模的造假,不是陆伟一个人能吃下的。你联系下经侦的戴富队长,他们会把案子接过去。"

"我刚联系好了,戴队说他们顺藤摸瓜,能彻底打掉这个团伙。"刘彬在郑钦面前自然放松,伸了个懒腰,颀长的身体微微后仰。

郑钦拍了拍刘彬的肩膀:"你辛苦了,回去眯一会儿。不过,刑侦智能云调查张惜和陆伟背景的工作,还是不能停啊。"

"嗯,你也睡会儿。那我先回去了。"刘彬疲乏地笑笑,离开办公室。

郑钦独自靠在椅背上,脑海中回想着陆伟的种种表现,凶杀案现场的奇怪迹象,还有杨业查到的那个寄快递的神秘人。眼前似乎云雾缭绕,遮蔽着血淋淋的真相。

杨业大步走进办公室,黑着脸说:"头儿,白云别墅区24小时内的车辆、人员进出情况,已经排查完了,没有任何线索。还有那个快递站,城中村啥监控都没有。那个老板问了半天,只说人捂得很严实,中等个儿,声音沙哑,也说不清年龄身份。"

虽然郑钦早有所料,但是还是心里一沉。他皱起眉头,觉得必须干点儿什么,猛地从座位上站起来,朝办公室外走去:"走,找线索去!"

白云别墅区,围墙围起的封闭式小区,周边设有高压电网,随处布有监控。生态园北边有一片湖泊,可与外界相连,原计划修建游艇码头,因为工期原因还没有开放。

郑钦和杨业绕着湖边走了一圈,除了杂草和植被外没有发现。湖边到处泥泞,如果凶手从这里出入,不可能没有痕迹。

郑钦回到生态园,来到张惜遇害的现场,警戒线还在。他掀开警戒线进去,站在幽静密林里,闭上眼睛。耳畔微风拂过,鼻尖萦绕植物腐朽的气息,空气中飘荡的水雾,打湿了他线条坚毅的额头和下颌。

郑钦回到了案发的时间,化身为张惜,来到生态园深处寻找小狗,发现博美狗被杀,惊慌失措地转身逃离,却遇到黑洞洞的枪口。

"砰!"一声枪响,张惜倒地。

他又转为凶手,冷静自如地杀人后,坐在大树下、尸体旁,任由雨水滂沱,血水流淌。

一夜雨后,天快亮了。他从树下站起,向外走去。

郑钦抬眼,沿着那组最可疑的泥脚印,穿过灌木丛向外走。和现场勘查时一样,他走到了生态园外围的小路前,脚印正是在这里失去踪迹的。靠近小路外侧有一个监控摄像头,但是当时查看过监控录像,黑暗中看不清灌木丛的情况,小路上也没有看到可疑的人影。

他向四周观望着,沉默地一动不动。杨业也不说话,静静地站在他的身边。

出了凶杀案的生态园这些天更是人迹罕至,周围也没有人影和车声。时间仿佛凝固了。

不知过了多久,突然有声音响起。

一辆电动三轮清洁车,嗡嗡嗡地沿着小路开了过来,停在小路旁的垃圾箱旁。

一个清洁工大姐从车上下来,把垃圾箱里的垃圾清理了一下。清洁车上的清洁箱不大不小,约有两个立方米,半米不到的开口,就在箱顶部。因为人很少了,垃圾箱里没啥东西,但大姐还是尽职尽责,将枯叶草根之类的垃圾倒入清洁车中。清洁工大姐背对着郑钦和杨业,加上清洁车遮挡,没有注意到他们,干活干得很认真。

郑钦抬眼看向那个最近的摄像头,发现清洁车的车厢刚好遮挡住了摄像头照向灌木丛的方向。他脑子里突然电光火石闪过!

他沿着凶手的鞋印,靠近小路,身手迅捷地大跨步,一脚踩到清洁车上,顺势攀上车箱顶部,轻巧地钻进清洁箱中。

郑钦忍着垃圾箱内的潮腻和腐臭,手脚蜷缩在狭窄的箱里。清洁工大姐又兜了一些烂树叶,扔进箱里,撒在郑钦头上身上。杨业站在一旁,目瞪口呆地看着。清洁工大姐从容上车,开去下个垃圾箱。

杨业远远地跟在清洁车后,只见清洁工大姐忙忙碌碌,兜兜转转快半个小时后,终于忙完了。她开着车来到西大门,跟保安打了个招呼:"小武!"

"马大姐!"保安小武笑嘻嘻地挥挥手,抬起升降杆。

电动三轮清洁车晃悠悠,嗡嗡嗡地开出了小区。

"大姐,等一下!我这儿还有点垃圾,我自己扔进去。"杨业小跑着追上来,拦住清洁车,把手上不知从哪儿顺来的一袋垃圾晃了晃。

"扔进去吧,谢谢啊!"清洁工大姐看对方是个很客气的年轻人,就没下车。

"欸,谢谢!"杨业说着走到车厢一侧,看着郑钦身手矫健地从车厢里出来,轻巧跃下,才把那袋垃圾扔了进去。

清洁车嗡嗡嗡地开走了。郑钦大口呼吸了几下新鲜空气,捋掉了头上的脏絮絮。

杨业说:"头儿,我刚联系了情报队,他们马上调取了那条小路上的监控。角度本来就偏了,加上清洁车一挡,根本看不到你上了清洁车!"

郑钦赞赏地说:"可以啊小叶子,你现在闻一知十,深知我心啊!"

杨业帮郑钦把衣服上粘的菜叶子草根子拿掉,憨憨一笑:"那是。我一看你上车,就知道你要查什么了。头儿,这个凶手真是有两把刷子……"

郑钦看向小区门口,浓眉拧起:"清洁车出入小区,不用登记检查。摄像头刚好照不到那段小路。他真是下了功夫!不过,我们起码知道他是怎么出去了,再狡猾,也没那么遥不可及。"

"没错!必须的!"杨业也很高兴,又给郑钦抻了抻上衣的皱褶。

郑钦自己都觉得身上气味难闻,有点儿不好意思:"哎,我身上臭得很,别熏着你!"

杨业嘿嘿一笑:"一点儿也不臭!"

这时,郑钦的手机震动起来。他接起电话:"小贲,好,我马上回来!"

郑钦挂了电话,转身就走:"回队里。陆伟的律师来抗议了。"

刑侦队重案队。

郑钦和杨业匆匆赶回,在走廊上就看到指挥处的小贲迎面过来,低声道:"郑队,陆伟的律师找到队里了,抗议我们刑拘陆伟,还要求跟郭队见面。"

郑钦停下脚步:"人呢?"

小贲闻到了郑钦身上的莫名味道,不由自主地捂了捂口鼻。

杨业不高兴地瞪了小贲一眼,低声嘟囔:"又不臭,捂什么鼻子,矫情!"

小贲也意识到不妥,想到现在还要靠郑钦解决困境,又赶紧把手放了下来。他尴尬地干咳一声,看了看接待室:"接待室等着呢!这几个来者不善,据说是华科律师事务所的金牌律师,还是市人大代表。领导拗不过面子,让我先接待。他们提出的要求,我哪儿敢答应。还得您亲自处理。"

郑钦心里明白,普通律师是很难这样随便进入刑侦队的,华科律所是京海市最大的律师团队,有五位金牌律师,在市里甚至国内享有盛名,能够直达郭毅君这个级别的领导。

"我洗个手。"郑钦走到旁边的洗手间,用了不少洗手液,把手和脸快速一洗,再把湿漉漉的双手往短发上一抹。镜子中,映出一个短发利落、剑眉星目的英挺男子,身上散发的也是洗手液的柠檬香味了。

杨业得意地看了看其貌不扬的小贲,翘着嘴角说:"要论公安形象,谁能比得过我们郑队!"

"那是那是。"小贲从善如流。作为直男,他也得承认郑钦长相出众,风采过人。

郑钦失笑,拍拍杨业的肩膀,冲小贲点点头,沉稳地走进刑侦队接待室。

接待室内,坐着两个西装革履的男人,见到郑钦进来,领头的中年男人站了起来,伸出手:"郑队是吧?你好,我是华科的合伙人常孝,这是我的助手王博。"

郑钦面无表情地和常律师握了握手:"你好。这是我同事杨队。"

常律师和杨业也打了个招呼,年轻的王博律师则略带倨傲,只点了点头。

常律师开宗明义,说:"郑队,我们作为陆伟的律师,对重案队在证据不足的情况下,刑拘陆伟的事实表示抗议。华科律师希望重案队尽快释放陆伟。"

郑钦不急不躁地说:"常律师,您也说了,是重案队抓了陆伟。我们在侦破一起性质恶劣的凶杀案,陆伟是案件的关键人物,目前还不能解除嫌疑。"

常律师态度客气,语气坚决:"郑队,没有证据证明我当事人有重大嫌疑的情况下,我们还是要求释放当事人,否则将依法到检察机关去申诉。"

双方你来我往说了几个来回,律师们态度强硬,坚持要求放人。

王博律师洋派地耸耸肩,摇着头说:"警察同志,不知道你们在警校学没学法律?我是国外名校法学院毕业的。我们在学校就知道,公安机关要依法执法,警察更要懂法守法。"

杨业一听暴脾气就上来了,眼睛一瞪,嗓门也高了:"我们是中国刑警学院毕业的,刑法诉讼法全通!你既然是刑辩律师,更要搞清楚,这是命案!陆伟是最后和死者通话联系的人,这算不算关键人物,你难道不知道?"

"王博。"常律师一愣,不满地看了看王博律师。王博学历高却太傲气,对重案队队长出言不逊,缺乏专业素养,这让他既感到秀才遇到兵,也觉得有些气短。

郑钦见状,直接对常律师说:"常律师,今天先这样吧。你的意见我们收到了,这起案子不是假烟假酒,是引发全市讨论的枪案。如果处理不当,对公安机关和律所都可能造成负面影响。我们需要一些讨论和安排的时间。怎么样?"

"好吧!我们会随时关注当事人情况的。"常律师也知道见好就收。说了些场面话后,他就带着还在不服气的王博律师匆匆离开。

郑钦送走律师,并没有觉得轻松。他皱眉愣神了一会,只觉得四面楚歌,自己只能进,不能退。

这时,小贲悄悄提醒说:"郑队,郭队组织开案情分析会。"

会议室。

郭毅君主持会议:"张惜这个案子性质相当恶劣,相比其他刑事案,枪杀案的社会危害和影响更大。现在,各种小道消息在自媒体上疯传,白云别墅一些业主连夜搬走,舆论压力非常大。市局领导高度重视,要求尽快破案,还要用线索和证据说话!"

郭毅君看向郑钦:"郑钦,距离案发时间,已经一天半了,说说你们的发现吧。"

郑钦沉着地介绍了最新进展:"好的郭队,刚才我和杨业跑了一趟现场,发现凶手是通过清洁车进出小区的……"

郑钦汇报后,欧阳慧敏和秦奋又汇报了尸检情况,现场鞋印对比,枪弹检验报告,以及电子物证检验室对死者手机电子信息的检测结果等。

杨业说:"寄皮鞋的快递店在城中村,没监控,没留痕。只知道是个中青年男人,帽子压得很低,看不清脸,声音沙哑,快递点老板也不确定是不是陆伟。我们追踪了城中村出入口的监控,没有找到符合快递店老板描述的人。这家伙,反侦察能力很强。"

刘彬也汇报了陆伟组织生产、加工、兜售假烟假酒的情况,补充道:"陆伟的银行账户里只有8万存款,他名下有两套房产也都抵押出去了。他老婆那里查到10万左右现金,情人谢婷的银行账户里有100多万。据陆伟自己交代,他的现金都扑在货上了,但我觉得他的经济情况肯定有隐瞒。我会继续调查,把这些线索和疑点一并移交经侦队。去年9月13日,陆伟银行转账给张惜20万,张惜又把这笔钱转给了在国外的女儿。张惜名下的信用卡,不是陆伟说的十几张,是25张。而且,基本都刷爆了。"

郑钦说道:"案发当晚,陆伟一直在情人谢婷那儿,谢婷和小区保安还有监控,都证明他没有作案时间。但是,现场鞋印和他的尖头皮鞋,又指向陆伟,这说明凶手是有意为之,想要误导警方。"

郭毅君思索后,郑重道:"继续排查张惜的社会关系,调查陆伟的背景。刘彬,联系分局和派出所,在全市范围内大清查,排查所有宾馆尤其是黑旅馆,还有出租屋,追查可疑人员。"

郭毅君目光灼灼地看着郑钦:"不管你们用什么办法,必须要在五天内破案!"

会场所有人看向郭毅君和郑钦:五天内破案,真的太难了!

郑钦心里一紧,面色无波:"好的,郭队。"

东城区。天色渐晚。

郑佩牵着鲁鲁的手,和李娜一起步行,往小区大门走。

她抱歉地对李娜说:"不好意思啊,李老师,没想到鲁鲁今天被留下来排练节目,让你也跟着等这么久。"

李娜高挑利落,短发飒爽,笑道:"小佩姐,叫我李娜,小李也行。您别客气,放心,我这几天都会常来的。"

鲁鲁好奇地看看李娜,问:"姐姐,你这几天都要陪我上下学吗?你不用上班啦?那我郑爸为啥要天天上班啊?"

李娜哈哈一笑,摸摸鲁鲁头上的彩色发圈:"对啊,我最近放假,就来找你们玩啊!你郑爸是领导,领导干部不休假的。"

鲁鲁转转眼珠:"也对哦,当干部就是累,这次彩排节目,老师就让我们中队长留下来做道具,多干活了。"

郑佩心里虽然担心,也还是表现得轻松,笑着问:"鲁鲁宝贝儿最能干了,你们排练什么节目啊?"

鲁鲁兴奋地比划着说:"老师说是大型歌伴舞,小姑,我还是领唱呢!到时候,你和郑爸要来看我们演出啊,姐姐也来!"

李娜警惕地看着小区门口的周围环境,笑道:"好啊!"

鲁鲁越说越高兴:"大家都要来啊!还有小姑男朋友!"

郑佩咳嗽一声:"小姑没有男朋友。"

鲁鲁人小鬼大:"你上次相亲认识的那个医生叔叔,我看他总给你打电话嘞!"

她们三人说说笑笑,走进小区。却不知道街对面的角落里,藏着一双窥视的眼睛,在偷偷地看着她们。

忙碌数日,已是深夜。

刑侦队队长办公室。

郑钦和刘彬、杨业作为最核心的骨干,在向郭毅君汇报案情进展:"重案队联合各区分局、街道派出所,出动所有可用警力进行排查。每个小时都有很多信息交来汇总,再抽丝剥茧寻找线索。但是直到今晚,就捣毁了一批卖淫窝点、聚众赌博的小赌场,没有发现跟枪杀案联系的线索。对陆伟的审讯工作也没有放松过,但一直没有问出有用的东西。"

郭毅君眉头紧锁,没有说话,显然很不满意。

郑钦稍一踌躇,下决心说:"郭队,我想走一步险棋,有可能尽快破案。"

"什么险棋?"郭毅君抬起眼皮。

郑钦声音不大,却掷地有声:"放了陆伟。"

郭毅君没说话,目光锐利地看向郑钦。

杨业显然没想到,惊呼一声:"放了他?"

郭毅君也是老刑警,很快猜到郑钦的想法:"你是想放线钓鱼,用陆伟做诱饵钓出凶手?"

郑钦点了点头:"凶手留下鞋印,让我们找到陆伟,必然是有所图的。既然如此,我们就把陆伟丢出去,看看他有什么反应。"

郭毅君略一沉吟,说:"杨业,刘彬,谈谈想法。"

杨业还没想通:"郭队,我就是担心,这陆伟比泥鳅还滑溜,放出去不一定收得回!"

刘彬扶了扶眼镜,有些担忧:"这确实是一步险棋,案情复杂,要是陆伟放出去后,出什么问题,可能麻烦更大。"

郑钦明白他们的顾虑,仍是心一沉,说:"我知道风险很大,但我们现在的处境,已经是箭在弦上了!全市这么多双眼睛盯着,如果重案队再没有作为,恐怕危险会更大。"

郭毅君皱起眉头,陷入思索。郑钦的想法太过冒险,无论凶手嫁祸陆伟是出于何种目的,只要把陆伟放出去,凶手就很可能有下一步行动。到时的结果,可能是趁机抓住线索,钓出大鱼;也可能是失去控制,陆伟出逃,甚至发生更糟糕的情况。在这个仕途关键时期,案情的进展固然重要,但是案情的影响才是他更看重的。

郭毅君斟酌半晌,看向郑钦:"你要走这步险棋,不是不可以,不过我有个条件……"

"什么条件?"郑钦精神一振。

郭毅君喝了口茶,缓缓道:"郑钦,我在你这个年纪,也是重案队队长。那时候,没有这么多刑事技术的支撑,各种离奇的重大、特大案件还很多。刑警破案,全靠刑侦基本功,靠敢干事儿、敢扛事儿!不谦虚地说,我那些年,没有一个案子失手。当然了,如果失手,我担全责。"

郭毅君说完,也没有看郑钦,而是将目光看向窗外。

办公室内,静默到呼吸可闻。杨业和刘彬只觉得替郑钦捏一把汗,因为那无形的压力,正向郑钦双肩压下来。

郑钦明白了郭毅君的意思,咬咬牙:"郭队,我可以立下军令状,如果出了问题,我负全责!"

他从桌上拿起纸笔,当场写下军令状,签上自己的名字,递给郭毅君:"郭队,请您放心,保证完成任务!"

郭毅君看看自己正值盛年、英气勃发的下属,叹道:"郑钦,知道我为什么总跟你说,没有作为就没有地位吗?你这样冒险,何苦呢?唉!既然你已经决定了,我也没什么好说的,回去布置吧!"

"好。"郑钦站起身,带着杨业和刘彬离开,马上回重案队布置这步"险棋"。

郑钦等人离开后,郭毅君看向那张军令状,若有所思。他站起身,看向窗外。

此时的京海,夜色如水,灯火辉煌,不知又是多少人的不眠夜。

次日清晨,朝阳冉冉。

刑侦楼沐浴在灿烂的阳光下,庄严肃穆。

一个形容狼狈的龅牙男人,从刑侦楼里晃晃荡荡地走出,显得有些不和谐。他正是刚被重案队放出的陆伟。

陆伟数日不见阳光,眯着眼看看天空,正想骂句脏话,就看到两个办公的刑警踏上台阶。他本能地一哆嗦,也顾不上过嘴瘾了,只想赶紧离开这个"鬼地方",加快脚步,走出大院。等他走出大院,站在门口扬招出租车时,才回头看看刑侦楼。

陆伟终于忍不住,朝地上吐了口唾沫,小声骂道:"啊呸!真他妈晦气!"

他挥手拦下出租车,上车后说:"去城南农业路!"

出租车疾驶而去。路边停着的一辆民用牌照的桑塔纳轿车,也很快启动,不远不近地跟在出租车后。

四十分钟后,农业路。

出租车来到陆伟公司门外。陆伟下车,看了看被贴上封条的公司门面,面无表情。

他叼着根烟,晃晃荡荡地来到停车场,开走了他的奔驰A8。奔驰车一路未停,驶入兴业小区的地下停车场。

桑塔纳轿车很快也来到兴业小区门口,却被保安拦了下来:"地下车库只给业主用。外来车辆进不去。你停地面辅路吧。"

小戴和老彭负责跟踪,不便亮明身份或者硬闯,只好先把车开到6号楼下。

地下车库,不是上下班时间,很少有车辆往来。

陆伟停好车,晃晃悠悠地从驾驶座下来,刚走到车道,就被一束强烈的探照灯猛然照在脸上。

"卧槽!"陆伟下意识地用手捂住眼睛。一辆黑色宝马X5从车道另一端疾速向他冲来!

陆伟顿时吓得转身就跑,可是无论他怎么跑,宝马车都紧随他身后,如同附骨之疽。他很快就跑不动了,脚步踉跄。宝马突然刹车停下,一个脖子上文着青龙的壮汉和一个瘦高个儿男人下了车,一左一右拽住陆伟的肩膀,将他拖到宝马车后座上。

陆伟心惊胆战:这停车场好像只有出入口有监控,自己就这么被抓走也没人发现!没想到他家都不敢回,在女朋友这儿还是被抓住了!

陆伟胡思乱想间,被狠狠地扔到后座上。他还没反应过来,就被人大力掐住了脖颈,一把按在车窗上。随之,一把黑色54手枪,顶在了他的额头上。

一个面目狠戾的光头男人,正拿着枪,阴森森地盯着陆伟:"龅牙伟,你长本事了!见到老子都敢跑!"

陆伟的脑门传来冰冷的感觉,黑洞洞的枪口如同深渊,吓得他浑身颤抖,冷汗涔涔。陆伟哆嗦着说:"九,九哥,我错了!我再也不敢了,你就饶了我吧!"

光头男人九哥脸上有一道刀疤,从右眼角处延到左脸耳根,左边半个耳朵被砍掉了,只留下半个肉球,平添了几分凶狠。他冷哼一声,用枪敲了敲陆伟的脑门:"你害得老子损失惨重!胆儿挺肥啊,敢拿我的东西打砸烧,连机器设备都给端了,你还有脸求老子!"

陆伟快吓尿了,声音带上了哭腔:"老大,真的不怪我啊!警察找上门来了,我要是不砸不烧,我就要坐牢啊!"

九哥抬手就给了陆伟一耳光,怒道:"怕坐牢你就害老子!你不知道警察盯上我了?你这两天在局子里,有没有乱放屁?"

陆伟被打得脑袋嗡嗡响,忙说:"没有!我啥都没说!九哥,我就想赚点儿钱,不想把命赔进去啊!"

九哥狰狞一笑,目光闪过杀意:"想挣钱,还不想蹚浑水,哪有这么好的事儿?你不想玩命,那你就敢做假账,吞老子那么多流水?"

陆伟骇然失色,不敢说话,没想到对方已经知道自己做假账的事情。

九哥用枪死死顶着陆伟的脑袋,阴森威胁道:"别怪老子不给你机会!要命,就把钱给老子吐出来;要钱,老子现在就毙了你!"

陆伟想都没想就呼喊着哀求:"要命!我要命!我给钱!"

九哥面色稍缓,松开了陆伟脑袋:"算你小子识趣。老子给你两天,两天见不到一千万,肥婆就是你的下场!"

陆伟的瞳孔惊慌放大:难道张惜是他杀的?杀人放火的事,他不是没有做过。可是他杀死张惜后,为什么要陷害自己?难道,他想独吞?

陆伟惊恐万分,话音都在颤抖:"老大,肥婆是你……"

九哥笑得更狰狞:"是我做的又怎么样!要不是工地快开工了,警察又盯得紧,今天就该结果了你!我知道你小子能跑,你可以试试看,这次跑不跑得掉!"

九哥的手段,陆伟很清楚:随便找个吸毒仔,都能结果了自己,死都不知怎么死。陆伟被恐惧淹没,身体如筛糠般颤抖。

九哥打量着他,把枪一收,冷笑道:"老子就纳闷了,你师父那个软蛋,都敢去杀人放火;你跟老子这么久,怎么还这样没用!没用的东西,还不滚下去!两天内见不到钱,别怪老子心狠手辣!"

车门被青龙壮汉拉开,陆伟浑浑噩噩地被丢了下去。他下车后,双腿一软,差点就栽倒在地上,后背更是冰冷一片。

他该怎么办呢?认命,还是逃跑?

次日。刑侦智能云作战室。

刘彬在主控台上操控系统,大屏幕上的九个分屏,显示着兴业小区大门及停车库出入口等处。

杨业说:"做了全方位布控,陆伟出去这两天,一直躲在兴业小区里,不见有动静。"

郑钦看着屏幕,目光闪动:"昨天陆伟回到兴业小区,在地下停车场待了十几分钟才出来,小戴他们在楼下等,差点儿都要下去找他了。老彭在地下车库看了,陆伟的奔驰有固定车位,停车出来最多五分钟。地下车库没有监控,但肯定有问题。"

刘彬指着兴业小区大门外的分屏,向郑钦汇报:"郑队,这辆套牌的黑色宝马,从昨天上午开出地下车库,一直停在小区门口。"

刘彬纤长的手指翻飞操作,很快把这个宝马车的监控录像快速播放出来:"这辆宝马车的牌照是假的,套牌车,而且查不出源头。郑队你看,车上有人,晚上还在车上抽烟守着,好像在小区外监控什么人。会不会是……"

郑钦和刘彬有一样敏锐的职业嗅觉,立刻意识到同样的问题:"宝马车昨天开出车库的时间,和陆伟从车库出来到楼里的时间差不多。他们的目标就是陆伟!"

杨业激动地说:"撒出鱼饵钓上鱼!头儿,把他们扣了吧?"

郑钦摇摇头:"先别急,宝马车里面是什么人,背后是不是枪案凶手,我们都不确定。继续严密监控!彬彬,这是不是陆伟的女朋友谢婷?离开京海,已经到明州海曙区了。"

郑钦说着,突然注意到6号楼门口的监控出现一个女人。他忙问:"彬彬,这是不是陆伟的女朋友谢婷?"

刘彬迅速截屏放大,只见屏幕上的谢婷依然身材火爆,相貌妖娆,提着PRADA坤包从楼门洞出来,进入地下车库。很快,一辆红色MINI从车库开出,开车的正是谢婷。

郑钦急忙下令:"老彭,小戴!谢婷开着红色MINI出来了!你们兵分两路,一路跟上谢婷,另一路继续留守。"

一辆桑塔纳轿车很快就跟上了谢婷的小红车,一路随着她,开上了高速公路,两小时后来到了明州市。

明州市紧邻京海,经济发达,往来交通便利。

谢婷将车开到了明州市郊的别墅区,熟门熟路。小戴跟踪拍摄,及时将信息传送回京海。郑钦他们看到谢婷走进一栋独门小院。她向四周看了看,确定安全后,才推门走了进去。

郑钦看着屏幕上的照片,说:"陆伟在银行只有8万块钱存款,还放在工、农、建、交四张卡里。谢婷卡上倒是有100多万。"

刘彬点头:"根据智能云对谢婷的分析,她平时很多支付都是用现金,生活奢靡。"

郑钦掷地有声道:"陆伟狡猾爱财,肯定留有后手。谢婷去明州,很可能和钱有关。"

刘彬马上组织数据信息的研判,很快得出结论:"郑队说得不错,经过大数据信息研判,陆伟在明州应该有藏身窝点,而且有经济行动!"

郑钦当机立断,作出部署:"小叶,安排侦察员到明州布控。兴业小区附近加强蹲守。陆伟肯定是要逃的,但他不管逃到哪儿,都在我们的掌控中。"

"是!"杨业领命,马上安排。

郑钦静静看着屏幕,等待着陆伟的出现:这件案子,就要有结果了。只要抓住凶手,他想要的一切,都还是他的。

夜幕降临,华灯初上。

正如郑钦所预料的,陆伟走出房门,开着奔驰驶离兴业小区。

晚高峰的车流中,陆伟开着车在街道上穿行。他不时看向后视镜,看见车后不远处的黑色宝马X5,轻声地骂了声娘。他再看向斜后方,一辆民牌桑塔纳也不远不近地跟着,怎么甩都甩不掉。

陆伟暗啐一声:"妈的,都把老子当唐僧肉了,个个都跟着老子,要啃一口!到明州拿了钱,老子往山里一钻,你天王老子来了也没用!"

他边骂边抽出一根烟,在车载点火器上点燃,狠狠地吸了一口,脚下一踩油门,向高速路驶去。只要他上了高速,不管谁想要抓住他,都没有那么容易!

现场指挥车上。

郑钦等人通过车载刑侦智能云终端系统,观察着奔驰车及其后的黑色宝马车。

杨业摩拳擦掌:"头儿,警力分成十个小组,布控在京海到明州沿途,包括所有服务站点。咱们什么时候收?"

郑钦略微思忖,拿起通讯电台,联系桑塔纳的侦察员:"老彭,你们先不跟陆伟了!撤掉跟踪,给他们空间。发现问题,及时收网!"

老彭接到命令后,在一个红绿灯慢行后被隔开,距离陆伟的奔驰车越来越远。

郑钦拿起电台命令其他小组:"各小组注意,按计划各就各位,外松内紧!盯住所有可疑人员,切记保持距离,免得打草惊蛇!"

高速路入口。

陆伟打转方向盘,准备上高速,看看后方,桑塔纳竟然不见了,只剩黑色宝马车了。他得意地笑起来:"哟呵!连老天爷都帮老子!警察抓不了我,你也别想。老子可不会像肥婆那样,死到你手里。"

陆伟想到自己的精心安排,得意地打开车载音乐。

"套马的汉子,我威武雄壮!"他哼唱起来,奔驰车在高速公路上疾驰。

半个小时后。

"刺啦!滴滴!滴滴!"

车辆突然发出刺耳的摩擦声。表盘上的胎压报警快速闪烁起来。

陆伟还来不及反应,就发现方向盘开始不受控制地摇晃起来,车身抖动颠簸,车速越来越慢。

陆伟连忙脚点刹车,慢慢踩住刹车,将车停在了路边。他惊魂未定地喘着粗气,平缓了几秒后,才打开车门下车查看。

陆伟看到右后车胎已经瘪了,忍不住破口大骂:"早不坏晚不坏,偏偏这个时候坏!"

他向左右看看,隐约看到百余米外,那辆黑色宝马车似乎也停下来了。夜色已深,高速路的路灯只能让他模糊看到车上的瘦高个儿似乎下了车,在远远观察着这边。

陆伟骂归骂,还是认命地蹲下去检查车胎情况,准备自己换胎。

此时,一道黑影立在了他的身后。陆伟突然感到背后一阵凉意,内心惶恐地转身,向上看去。他脸色猛然变得煞白,极度恐慌下双膝一软,跪在地上。

陆伟嘴唇颤抖,语无伦次地求饶:"别,别杀我!求求你……"

冰凉的枪口塞进陆伟的口中,顶住了他的两颗大龅牙,无情地堵住了求饶的声音。

"砰!"

一公里外。

郑钦坐在车中,面色严肃。自从上高速路后,他强烈预感到距离幕后凶手越来越近了!看来他这步险棋,还真的是走对了。

"砰!"隐约传来一声枪响。

郑钦的神经猛地紧绷起来,问:"你们有没有听到枪声?"

"枪声?"刘彬在操作刑侦智能云,杨业在开车,都还没反应过来。

郑钦再凝神细听,只有高速路车辆偶尔穿梭的声音了。

他心里一沉,闪过了一丝恐慌。

奔驰车旁。

陆伟倒在血泊中,满嘴血肉模糊。子弹从他后脖颈穿过,留下一个血洞。鲜血汩汩流淌,不断漫开,血腥刺目。

陆伟双眼圆睁,死不瞑目。直到最后那一刻,他全都明白了。

可是,有什么用呢!

第八章　快意恩仇

数日前。夜晚,朗月当空,月华如纱。

老城区,待拆迁的一条老街。房屋破旧,街道狭窄,车辆来往,行人零落。

老街偏僻的一处门面房,开着家不大的汽修店。店门口空空旷旷,店内陈设杂乱,看得出平日里生意清淡。白炽灯管的光线有些惨白,墙角的电视机正在播放新闻。汽修店老板五六十岁,头发已经半白,脸上刻着岁月的痕迹,正独自在店内忙碌。

一个戴着帽子口罩的男人,独自走到店门口,静静地看向店内。

店老板的目光从地上的汽配件上移到店门口,看见男人时,显然有些意外。他愣了愣,站起身,目光复杂而又感叹:"来了?东西都准备好了,进来坐坐吧!"

男人声音沙哑低沉:"不进了,拿了东西就走。"

店老板没有强求,转身走进店内的里间去拿东西。男人站在门口,一动不动,看着破败的汽修店。

电视新闻在播报枪杀案的进展,女记者站在白云别墅区门口报道:"据本台最新消息,白云别墅区发生的恶性枪杀案,经过警方全力侦查,已经有了初步进展……"

男人的目光看向电视,闪过讥讽和不屑。

店老板拿着一个沉甸甸的小工具箱出来,递给男人,说:"你要的东西,全部都在里面了。"

男人接过工具箱,在手里掂了掂分量。他掏出一沓钞票,大概两千元,给店老板递过去。

店老板连连摆手:"这钱我不能收,我跟你师父……"

"拿着吧!"男人打断了店老板,强硬地把钱塞过去,转身大步离开。

昏黄路灯下,男人的背影略有些佝偻,渐渐走入黑暗,直至消失不见。

"唉!还真是他的徒弟,都驴性得很……"店老板看着男人离开的背影,再看看手里的钞票,摇着头感慨一声。

店老板慢悠悠地回到店里,在布满油污的椅子上坐下,看着冷清破旧的老街,给自己点了一根红双喜。

他能帮的,只有这么多了。

南城区,农业路。

嘉扬贸易公司的停车场四周,共有四个监控摄像头。

男人站在角落的阴影中,看向停车场里侧,陆伟那辆显眼的黑色奔驰车。不到50米的距离,他已经琢磨出一条特定路线,恰好在四个监控摄像头的交接死角内,可以完美躲开监控,不留丝毫痕迹。

夜已深沉,沿街店面基本都关门了,路上几乎不见行人。男人走出角落,沿着既定路线,一步步靠近奔驰车。

他走到奔驰车后,缓缓蹲了下去,融入车身后的黑暗中。

新城区,仍是那处偏僻的城乡接合部,楼屋破败,遍地杂草。不远处的吊塔和盖建中的高楼,与这片断瓦残垣形成鲜明对比。月光照射在北侧的湖泊,波光粼粼。

男人又来到那栋老房前,拿出钥匙开门。他没有开灯,凭着微弱的月光,自如地走到凳子前坐下,惬意地舒展了一下酸痛的胳膊,缓解长久的压抑和疲惫。

男人回过头,看着身后的桌案。桌上竟立着四张牌位!昏暗中,看不清牌位上的名讳,只能看到男人阴冷的眼神中,闪过瞬间的柔和与湿润。

不知过了多久,男人收回目光,按开了一盏半旧的台灯,把那个汽修店老板给他的工具箱放到桌上打开。工具箱里有常用扳手、钢钎等汽修工具,还有一台能精确测算压强的压力器。他又打开一幅京海市地图,连接周边的城市,路线一目了然。

男人如同钟表修理师一般仔细斟酌,精密计算,在地图上的兴业小区作了标记,然后不断延伸到通向明州的高速公路。在高速路的一个位置偏僻的匝道口上,他画了一个红圈,然后开始计算从兴业小区到此处的距离。他操持起桌上的工具,扶起地上的汽车轮胎,将不同长度和数量的钉板插入轮胎后,开始反复实验,计算轮胎失去机动功能的损耗时间。

男人目光专注,在长时间的重复计算和劳作中,始终保持着高度的严谨,如同心怀朝圣的匠人,将实验数据的误差缩减到最低。

数日后。兴业小区,地下停车库。

男人穿着一件物业水电工常穿的深蓝色工装,帽檐压低,提着工具箱,顺着安全通道来到了地下车库。他谨慎而又轻巧地弯弯绕绕,回避了出入口的监控摄像头,在一个隐蔽的角落潜藏起来。

陆伟的奔驰车终于出现,九哥的宝马车也开始行动。男人默默窥探着一切,始终一动不动。如同一只猎豹隐藏在丛林中,窥探自己的猎物,等到合适的时机,给它致命一击。

陆伟被人从宝马车上扔下来,胆战心惊地离开车库后,男人从角落走出,来到了奔驰车前,在右后轮胎旁蹲下,将一小块不起眼的钉板放在了轮胎前。然后,他从容不迫地离开停车场,在小区附近稍一走动,看了看警方的桑塔纳,又看了看宝马车的盯梢,冷哼一声。

次日傍晚,陆伟开着奔驰车驶离兴业小区。男人站在车库附近,冷冷地看着车尾,旋即转身来到附近的街巷,把他早就看中的那辆摩托车骑走。等棋牌室里正在搓麻将的车主反应过来,他早已不见踪影。

男人骑上摩托车,在晚高峰的车流中穿梭,走最近的小路,果然比陆伟先达到预定的那个位置。他在路边的绿化带里,胸有成竹地等着。他太了解陆伟了,知道陆伟一定会开到这条路上。

果然,奔驰车没多久就出现在了高速路上。男人骑着摩托车,在与高速公路并行的乡间小路上跟随。他跟得并不费力,因为苦心实验的成果很快就呈现在眼前,奔驰车开始降速,越来越慢,直到紧急刹停。后方跟踪的宝马车不明所以,也停了下来。男人路过时,看了眼宝马车下来的瘦高个儿。只见瘦高个儿面色不定,往前方看了看,便急不可待地拿出一张锡纸,靠在车身上,面朝绿化带开始吸毒了。

男人本来考虑过,宝马车甚至是警察的盯梢要一并处理,做好了最坏的打算。没想到,警察还没跟上来,而宝马车的盯梢是个瘾君子。真是天助我也!他兴奋地心跳加速,知道机不可失的时间窗口就在眼前。他以最快速度冲过去,一把丢开了摩托,迅速爬上绿化带。

陆伟毫无察觉,蹲在汽车轮胎前骂娘。男人双目如狼,从怀里拿出手枪,对准陆伟。

"砰!"

西郊区。偏僻的大型绿化带,灌木丛荫,遮天蔽日。

绿化带外车来车往，绿化带里别有洞天。一棵粗壮的树木下，有个用三合板和塑料布搭成的窝棚，看起来是拾荒者的避风港湾。

男人帽檐低压，拖着疲惫的身躯，手上抓着一瓶二锅头，弯腰走进窝棚。他坐在木板做成的"床"上，看着窝棚内的树干。树干上用钉子挂着一张挂历纸，纸上贴着六张拼凑起来的儿童识字贴画。每张贴画都是一只动物，分别是母狗、公狗、肥猪、老鼠、猛虎和大鳄。在母狗、公狗、肥猪的贴画上，都有红笔画的大大的叉。

男人怔怔地看着贴画，提起酒瓶痛快地喝了一大口白酒。

"啧……"他畅快地哈口气，拿起红水笔，在老鼠贴画上用力地画了个大叉。

他移动目光，斜睨着看向旁边半块脏兮兮的镜子，轻轻地呵了一声。他又拿起酒瓶，咕咚咕咚地喝了整瓶。他满脸通红，手脚轻微发颤，很快就感到一股暖流升腾上来，流遍他的四肢百骸，让他痛快不已。

人生多苦，百般煎熬。快意恩仇，不过如此。

清晨，东方既白。

距离陆伟被杀，已经过去6个小时。

刑侦楼，法医解剖室。现场勘查已经结束，陆伟的尸体被固定在解剖台上。欧阳慧敏正全神贯注地进行尸体解剖。

她用电锯切开尸体的头颅，伴随着嗡嗡的电锯转动声，齿轮分开皮肉，切碎头骨。暗红的血液和细小的皮肉碎块飞溅出来。

郑钦站在解剖台一侧，面色阴沉，几近麻木地看着解剖过程。杨业和刘彬站在他身旁，同样的神情晦暗，眉目焦灼。

郑钦立下了军令状，本以为层层布控下，跟踪陆伟是万无一失的，没想到在阴沟里翻了船。陆伟在重案队的眼皮子底下被杀了，还是枪杀！

此事一旦爆出，对郑钦甚至是郭毅君的仕途影响都极大。如果处理稍有不当,上级必然要追责,必然要有人承担处罚。

"郑钦!"解剖室的门被大力推开,郭毅君面沉似水地大步进来,怒喝郑钦的名字。

小贲手里拿着几页材料,紧随其后来到门口。他进退两难,只好悄悄地站在了门边,不动声色地捂住口鼻,悄悄给刘彬和杨业使了眼色,意思是"都别掺和"。

欧阳慧敏也停下了手里的电锯,回头看向郭毅君和郑钦。

郭毅君失去了一贯的稳重沉着,怒气冲冲地逼视着郑钦。郑钦惭愧无言,沉默地看着自己的上级。解剖室内,血腥浓厚,氛围压抑,一触即发。

片刻对峙后,郭毅君打破沉默:"郑钦,这就是你的计划!这就是你的险棋!这就是你的布控!这就是你给我的结果!"

郑钦心里清楚,是自己贪功冒进,指挥失误,才造成了如今局面。他只能硬着头皮道歉:"对不起,郭队,让您失望了!"

"一句对不起,就想蒙混过关?"郭毅君怒火冲天。他不需要无用的道歉,他只需要有用的作为。

郭毅君一把从小贲手里扯过郑钦的军令状,举在郑钦面前晃晃:"看看这是什么?这是你写的军令状!你是怎么跟我保证的?"

郭毅君怒气冲冲地把军令状往旁边一扔,不巧扔到了解剖台上,血污迅速浸染了纸张。

杨业有点儿受不了了,开口道:"郭队,郑队他……"

杨业话没说完,就被身旁的刘彬拉住,示意他不要再添乱。

郭毅君看向杨业:"他什么?他还有理了?!"

郑钦声音低沉,一字一句地说:"郭队,是我指挥失误,我愿意承担全责,请再给我一次机会。"

郭毅君冷笑一声,打断郑钦:"再给你一次机会?你已经失败了,让我拿什么相信你?"

郑钦沉默了,牙关紧咬,憋住情绪。世人都说,不以成败论英雄。但郑钦很清楚,如果没有成功,谁会当你是英雄?

欧阳慧敏站出来,汇报道:"郭队,解剖结果出来了。陆伟的死因,是子弹穿透颅脑而死。凶手把枪管塞在死者嘴里开枪,打碎他的门牙和口腔,这种枪杀形式,有行刑惩罚的意味。我认为,凶手是报复杀人。"

欧阳慧敏见郭毅君脸色阴沉,却并没有提出反驳,继续道:"秦奋做了枪弹痕迹对比,确认杀死陆伟和张惜的,是同一把仿黑星手枪,子弹也应该是同一批的。另外,我们在现场路边的绿化带里,发现了摩托车的痕迹,很可能是凶手骑来的。"

杨业补充道:"我们在枪杀发生后几分钟就赶到现场,马上沿着车印跟踪,但是,只在荒郊野外找到了摩托车。通过车牌联系车主后,车主说昨天晚上摩托车被人偷了。跟踪陆伟的那辆宝马车是套牌车,陆伟停车后也停下来了,开车的人毒瘾犯了,被我们现场抓住了。"

刘彬说:"他叫侯力,绰号猴子,因为吸毒被打击过,是个混社会的。可惜他被捕的时候就吸毒过量,到现在一直昏迷,在医院抢救。"

郑钦抬眼,看向郭毅君:"凶手反侦察能力强,目前看,他事事先我们一步,先杀张惜,再杀陆伟,而且有明显的报复行为。我认为,凶手和两个死者之间一定有深层的关系,只是我们还没有发现。"

郭毅君深吸一口气,尸体的血腥味和解剖室的消毒剂味混合在一起,刺激着他的鼻腔,也压抑了他的怒火。他在心里提醒自己:陆伟已经死了,现在也不可能临阵换将。要把对自己的不利影响减到最低,只能靠郑钦和重案队情报队,尽快抓住凶手。

郭毅君从暴怒的主官意识中抽离,迫使自己回到侦察思路,说:"张惜和陆伟的社会关系,从横纵两条线深挖。横线,就是查清陆伟和张惜以及他们全家人、所有情人、所有生意伙伴的外联关系。竖线,就是时间上往前追查!"

刘彬目光微动,说:"郭队说得有道理!陆伟说,他是两年前让张惜帮忙卖烟酒的。我查了他们的通讯往来,确实是两年前开始经常联系。他们的通话记录等信息,我也只查到两年前。"

杨业也点头道:"张惜是京海本地人,年轻时嫁给崔书记,生活稳定优渥。陆伟是外地县城的,二十多年前来京海打工,然后在社会上混。我们在走访过程中,也了解过,没发现他们俩早期有啥交集,所以也没有深挖。"

郑钦立刻汇报:"郭队,这也是我的责任。一般查案,对嫌疑人和死者的社会关系,是查到交集和矛盾点就可以。这起枪案,我也只追溯到前两三年。"

郭毅君冷哼一声:"你是重案队队长,当然是你的责任。都少废话,抓紧查!郑钦,两天内,我需要你明确的回复!"

"是。"郑钦低沉应道。

小贾作为郭毅君的小助理,最善于察言观色。郭毅君刚转身离开,他就小跑到解剖台前,冲郑钦尴尬地笑了笑,伸出两根手指,拈起带血的军令状,紧跟郭毅君而去。

郑钦跟欧阳点点头,带着杨业和刘彬转身大步离开。

几个月前。夜晚。

重案队办公室。郑钦坐在办公桌前,认真地写着材料《工作亮点总结》。按照郭毅君的建议,将自己多年刑侦工作最突出的部分进行提炼,准备用于平安卫士的宣传和竞争。

窗外明月当空,窗内忙碌安静。郑钦的电话响起,他看到黄卿卿来电,便接了起来:"喂。"

黄卿卿话未到笑先到,娇俏而又矜贵的声音传出听筒:"郑队,我黄卿卿啊。"

郑钦微笑:"黄总您好,有什么指示?"

黄卿卿笑道:"郑队这么客气啊?我现在你们刑侦楼下,要来谈工作的事情,有位警察同志不让我进去呢。稍等,你跟他说两句啊。"

郑钦很快就听到了蔡斌的声音:"郑钦?是我。"

郑钦大概猜到了什么情况,低声说:"蔡老啊,这位黄卿卿黄总,是刑侦队的警风警纪监督员,让她进来吧。"

刑侦楼的门卫室外,黄卿卿妆容精致,旁边站着一位西装革履的中年男人,两人均面色不善。蔡斌穿着半旧夹克和软底布鞋,把一个神情憋屈的保安师傅护在身后。

蔡斌性格外软内倔,瞟了眼黄卿卿,说:"我知道,夏政委给她颁过聘书,还叮嘱过保安室放行。但是,这位黄总还带了个人,说是律师,要去重案队找你。这一没预约二没公函,又这么晚了,怎么能随便进呢?保安多问了几句,他们就骂开人了。你说说,李师傅也五十多岁的人了,人家认真工作,怎么能骂他呢……"

蔡斌话没说完,手机就被黄卿卿一把夺走。黄卿卿身材高挑,穿上高跟鞋比蔡斌还高,气势凌人地拿到电话就说:"郑队,我是来谈平安卫士宣传工作的。有位我熟悉的律师,刚好想跟您咨询点事情。我白天在公司忙,晚上加班来给刑侦队的平安卫士帮忙,你们总不能不让我进门吧?"

郑钦揉揉疲累的眉头,笑道:"黄总太客气了。这么支持我们工作,欢迎都来不及。麻烦让我跟蔡老师说两句。"

黄卿卿瞥了瞥蔡斌,把手机打开免提。她用做了精致美甲的玉手握着手机,在蔡斌面前晃了晃,却并不给他。

郑钦低沉的声音传出听筒:"蔡老,队里很重视平安卫士的工作,请他们进来吧。"

蔡斌听出了郑钦声音里的疲惫和无奈,压了压心头的郁气,说:"好,他们可以进去,但是,外来人员登记是队里的规定,他们得先跟李师傅道歉!"

黄卿卿一听,柳眉倒竖:"什么?"

那个中年男人是在社会打滚多年的律师,加上今天来刑侦队确实有事相求,赶紧站出来打圆场说:"好!我道歉,这位师傅,不好意思,刚才我说话急躁了。先让我们上去谈事情,我下楼时会补充登记,好吧?"

李师傅是个认真而又实在的保安大叔,见状也就不在意刚才被骂过了,便看看蔡斌。

蔡斌对着手机说:"郑钦,他们上去了,你注意安排吧!"

郑钦在电话那端忙说:"好!谢谢蔡老!"

黄卿卿挂了电话,傲慢地看了看蔡斌,转身袅袅婷婷地离开,带着那个律师去乘电梯。

几分钟后,重案队接待室。

郑钦静静地看着面前的黄卿卿和中年律师,说:"宋律师,你要咨询的事情,是方志强案的证物情况?"

宋律师拿起桌上冒着热气的纸杯,呵呵笑笑:"方志强死亡当晚,下过一场大雨。公安机关要查明真相,需要关键性证据。现场地上有个扳手,那上面的指纹和 DNA 信息很关键啊!"

郑钦目光锐利:"你是朱英的律师,朱英是方志强案的嫌疑人。我是负责侦破的重案队长,你确定,你要问我案件的证据信息?"

宋律师一听脸色肃然变化,不由看向黄卿卿。

黄卿卿正靠在沙发上,用护手霜细细地涂抹着双手。她抬起眼,看看宋律师:"宋律师,刚才路上喝咖啡粘在手上了吧?要不,先去洗手间整理一下?"

"哦,好的。"宋律师马上站起身,跟郑钦点点头,走出接待室,关上房门。

郑钦看向黄卿卿,沉声道:"黄总,咱们认识时间不长,我很感谢您的支持和帮助。不过,宋律师这个案子是命案,我绝不会和嫌疑人的律师做控辩交易。"

黄卿卿眼波流转,说:"郑队,这次平安卫士的评选,市里很重视。"

郑钦坐在黄卿卿对面,表面上不动声色,内心却波涛起伏。

黄卿卿看出了郑钦沉默背后的担忧,妩然一笑:"我个人是觉得,平安卫士应该是您这样有能力的人。我呢,在具体操作的过程中,也是可以有一点导向的……"

郑钦眼中闪过锐意,说:"黄总,平安卫士的事情,我会尽力而为。但是刑侦破案的原则底线,是不可能突破的。"

黄卿卿靠在沙发上,淡淡地说:"郑队,这怎么是突破原则呢?我也听说了,方志强案发生后,他的家属一直在闹。分局搞不定了,才交给市局刑侦。你们重案队也调查好几天了,没有发现什么直接证据,证明朱英杀人吧?总不能有人胡搅蛮缠地闹一闹,就把杀人犯的帽子扣在朱英头上吧?难道说,你们重案队跟医院一样,害怕医闹吗?人家医生是穿白大衣的知识分子,你要是也害怕,可就担不起平安卫士的英雄称号咯!"

黄卿卿看着郑钦显然思索的神情,继续说:"还请郑队多关心一下。"

郑钦浓眉微挑,拿起桌上的杯子,喝了口热茶。滚烫的茶水已经温吞下来,舌尖上的涩味弥漫在口腔。

黄卿卿猜到了郑钦的顾虑,了然地笑笑,说:"虽然说,我和夏政委熟悉一些,但是,我黄卿卿有自己的立场和态度,我也希望郑队能给宋律师提供一些咨询帮助。"

郑钦放下茶杯,问:"黄总,你是女企业家,京海社交圈的名人。方志强是个机械厂的工人,朱英虽然有钱,但他只是个灰色地带的生意人。你为什么会这么关心这个案子呢?"

黄卿卿的眉心快速地跳动了一下,稍纵即逝。她望着郑钦,语气带出了凌厉和傲气:"我在生意场上经营,各行各业的朋友都要有。宋律师和我关系不错,能帮就帮一下。"

郑钦沉默片刻,沉声说:"刑侦工作,最重要的就是程序正确,流程完善。如果查出来朱英有罪,那绝不能姑息。但是,如果全面调查下来,证据确实不足,我们也不会冤枉无辜的人。"

黄卿卿粲然一笑:"郑队,我就知道您是有大智慧的。放心,咱们互相支持,互相帮助。你呀,以后也别叫我黄总了,那么见外!我虚长你两岁,你要不嫌我托大,就叫我卿姐吧!"

郑钦为人端方,说不来肉麻的场面话,加上心里正乱,便笑了笑,没有接话。

黄卿卿情商极高,站起身来:"行了,我就先回去了。说不定啊,今年是平安卫士,明年你就搬到十六楼刑侦队长办公室啦!"

郑钦忙道:"欸,哪里哪里。我们就是好好工作,听组织安排。"

"等好消息哦!"黄卿卿一语双关。

她眨眨眼,一副"放心吧,都懂"的神情,脚步轻快地离开了。

郑钦独自在接待室站了会,点燃一支烟,沉默地抽了起来。

一支烟的时间过去。郑钦大步离开,来到 DNA 检验室。

检验室内窗明几净,一排高端仪器设备前,欧阳慧敏穿着白大衣,戴着口罩,正在忙碌加班。

她看到郑钦来了,眉头微颦,说:"郑队啊,我知道你急着看 DNA 结果,我也急啊。再急也得让仪器跑完,才出结果啊!"

郑钦微笑:"欧阳辛苦了,你也知道,方志强是在厂房的硫酸池出的事儿,现场被破坏得很严重。最可能的凶器,应该是那个扳手,但是扳手上没发现有效指纹。现在,只能靠汗液 DNA 检测了。"

欧阳慧敏深吸一口气:"你越说我越紧张了!我也希望能检出 DNA 啊,那就能证明朱英说谎了,方志强不是失足跌落硫酸池,而是受了伤才掉下去,甚至是受伤后被扔下去!"

郑钦看了看电泳仪的红色显示灯,问:"结果还要多久出来?"

欧阳慧敏看了看计时器,说:"马上就出来了,3 分钟!"

此时,检验室外间的办公电话响起。

欧阳慧敏走到外间,接起电话:"喂?秦奋,对,复勘现场还是没有痕迹线索,哎,这个案子麻烦……"

欧阳慧敏背对着郑钦,在电话里和秦奋讨论着现场勘查的结果。

郑钦站在电泳仪旁,紧紧地盯着开关键,双眼闪烁着异样的光芒。黄卿卿的一席话,在他心里投下一块大石,激起层层浪花。此刻,一向冷静从容的郑钦,觉得浑身燥热,心如鼓槌。

他透过玻璃门看了看外间,欧阳慧敏还在背对着自己接电话。郑钦的右手微不可察地抬起来,颤抖着伸向开关键。

在检验过程中,只要迅速关掉电泳仪的开关,再马上打开,就能神不知鬼不觉地破坏检验结果。检验室内没有监控,欧阳慧敏在外间且背对着他,电泳仪跑不出阳性结果也很正常。没有人会发现,没有人会怀疑。

郑钦的右手已经触碰到按钮,只需要轻轻地按两下,就能得到他想要的。他郑钦十八岁入警,身上有多少伤疤,流过多少血汗,那些荣誉和认可,都是他应得的!

他头上沁出汗珠,脑海里人神交战,闭了闭双目,准备按下去。

"嘀嘀嘀!"计时器的铃声乍然响起。

郑钦迅速收回右手,欧阳慧敏闻声也扭头看了看,对着电话说:"结果出来了。我去看看啊。"

欧阳慧敏对郑钦极为熟悉信任,根本没看出他的异样。她挂了电话,回到里间按下计时器,然后迅速操作电泳仪,开始读取结果。

郑钦沉默地站在一旁,只把右手背在身后,掩盖手指的颤抖。

很快,欧阳慧敏抬起头,看向郑钦:"结果出来了,检验无效。"

郑钦心中陡然一松,面上不动声色:"太可惜了。"

欧阳慧敏转过身道:"郑队,要不请刑警学院的DNA专家来技术攻关,再试一试?"

郑钦修长的指节在桌面上叩了叩,说:"咱们京海的刑技中心水平,在全国是顶尖的。如果我们的DNA技术都检验不出来,请专家的意义不大。郭队要求快侦快破,我们先把这个结果报上去吧!"

欧阳慧敏有点意外,争取道:"可是,我觉得还是可以再努力一下……"

"结果已经出来了,我去给郭队汇报一下。"郑钦打断欧阳慧敏,快步离开。

"你呀!你怎么测不出阳性结果啊!你看把郑队给气的!"欧阳慧敏嘟着嘴,气愤地拍了拍电泳仪。

她拍完又马上后悔,赶紧抚摸着电泳仪说:"别生气啊,我知道你们也尽力了!"

郑钦隐隐听到了欧阳的自言自语,心知她对自己没有半分怀疑。他内心五味杂陈,走得越来越快。他大步走着,内心做出了抉择。

深夜,刑侦楼的走廊上,只有郑钦一个人的身影,走进阴暗中。郑钦的耳边,传来不同的声音:"郑队,按您说的疑罪从无原则,朱英等人以过失致人死亡定性,快速宣布结案。"

"郑队,朱英被判缓刑,当庭释放。"

"郑队,方玉良的老婆李美兰在法庭上突发心梗,没救过来。"

"郑队!郑队!"

第八章　快意恩仇

时间回到现在。深夜。

"郑队！郑队！"刘彬的声音传来。

郑钦猛然回神，才发现自己靠在办公椅上，竟然似睡非睡了一阵。他搓搓脸，把那段他不愿想起却又不得不面对的回忆，压回心里，抬头看向刘彬。

刘彬和杨业都加班整晚，正挤在桌前，指着电脑，对郑钦说："郑队，有发现！"

郑钦忙站起身，问："怎么样？"

刘彬说："我把背景调查的时间线拉到了25年前，那一年陆伟来了京海。根据走访记录和大数据分析，陆伟先在一家酒店当保安，后来到工厂做学徒。那家工厂，是振联机械厂。"

郑钦一愣："振联机械厂？"

杨业点头，有些不好意思地说："陆伟自己也供述过，他原来在工厂做学徒，还当过销售部主任，后来工厂效益不行，他就开始做生意。走访他亲友时，也提到过他是在机械厂干过，十二三年前开始自己做贸易。可惜，我们主要关注的是他和张惜的关系，没发现他俩的交集，就没有注意……"

郑钦的思维出现短暂恍惚，问："那张惜呢？"

刘彬指着电脑屏幕里崔忠的履历，说："问题就在这儿了。振联机械厂位于新城区的工业区，张惜的前夫崔书记，十多年前在新城区工作，时任新城区分管工业的副区长。很可能，他们当时就搭上关系了！"

郑钦口中又冒出了那种压抑感，他觉得自己似乎触摸到了某个关键点，但那团迷雾后的真相，又让他不敢靠近。

他定定神，说："既然张惜和陆伟都跟振联机械厂有关系，那凶手可能也有关联。如果我们追查陆伟在振联厂期间，跟谁结过仇，或者和张惜有什么利益纠葛，很可能有突破。"

刘彬看向郑钦,有些担忧:"郑队,二十年前的案子,网络数据很有限。而且,我有种不好的预感,凶手接连杀了张惜和陆伟,如果真是寻仇,会不会还有受害人出现?"

其实,刘彬说出了郑钦内心的隐忧。郑钦想了想,说:"是,不排除这种可能!所以,我们要抓紧时间,一会儿我去给郭队汇报,以振联厂为中心,排查所有可疑人员。"

杨业说:"头儿,就等你一声令下。"

郑钦看看窗外,天光微亮。

他站起身,说:"你们睡两个小时再忙,我去趟医院。"

京海市第一人民医院。

走廊尽头,方玉良的单间病房外,站着两个值班的民警。郑钦透过玻璃窗看进去,普通病房内只有52床一张病床,旁边摆着输液架,对着病床的墙上,有一个警方安装的摄像头。方玉良穿着病号服,半卧向内躺在病床上睡觉,能看到消瘦发黄的侧脸,还有短寸头上的白发。

郑钦观察了一会儿,无论是方玉良还是病房环境,都没有任何异常。

他问民警:"他从重症监护室出来后,有没有什么异常行为?或者什么特殊情况?"

年轻的民警认真想了想,说:"没有!他一直都在病房,除了吃饭上厕所,就是躺在床上睡觉休息。基本没出来过,反正洗手间也在病房里。他身体恢复得不错,科里知道他是重点监管对象,也尽量减少医护人员和他接触。平时就是樊教授来检查配药啥的,护士们能不进病房就不进。"

民警压低声音,说:"虽然说,医生护士都是白衣天使,但是科里住着个杀人犯,谁不害怕?晚上值夜班的护士姑娘,都不爱往走廊这头儿来。这咱都能理解。再说了,病房来往的人越少,就越安全。郑队放心,他肯定没跟其他人接触过。我们一直是不间断地看守,病房的监控直接连上刑侦智能云。要有什么风吹草动,肯定瞒不住!"

"好,辛苦了!"郑钦点点头,驱散了内心隐秘的直觉:张惜和陆伟被枪杀,可能跟方玉良有关。

他转身往外,走到科室门口,碰到了匆匆而来的樊义怀。樊义怀穿着绿色的手术衣,外面套着白大衣,看到郑钦停下脚步:"郑队,来看52床?"

郑钦客气地和樊义怀握手:"樊教授您好,我过来看看方玉良。他情况还好吧,什么时候能出院?"

樊义怀点头:"他恢复得不错,基本没有出现排异反应,比我们预想的还要好。不过安全起见,还是在我们科再观察一段时间稳妥。"

郑钦朝病房方向看看,说:"好吧,听专家安排,还是您水平高!对了,给他捐肝的那个小六子,恢复得还好吧?"

樊义怀一笑:"他是捐献者,恢复得快,术后一周就出院了。我也嘱咐他定期来复查了,问题不大。"

"好的,谢谢!那您先忙!"郑钦向樊义怀道别,向电梯走去。

"郑队!"樊义怀喊住了郑钦,似乎想问什么。

郑钦看向他时,他又笑笑说:"您工作学辛苦,也要注意休息。"

"哦,谢谢!保重!"郑钦淡淡一笑,大步离开。

樊义怀看着郑钦的背影,似乎在思考什么。

病房里,闭目睡着的方玉良,嘴角缓缓地咧开,像在无声地嘲笑。

寒露时节,傍晚气温已降。

北城区,孙家村。城中村沿街的铺子里,环境乌烟瘴气,人群龙蛇混杂。逼仄的道路上,一个戴着帽子口罩的男人独自穿行其中,避开来往的行人,每一步都小心而又精准。

他路过老常的快递店时,看到老常和两个年轻人正在搬运新送来的包裹。他眯了眯眼,脚步未停地离去。

老常抱着一个大包裹直起身,看了看男人的背影,觉得有些眼熟,又一时想不起来。他摇摇头,继续忙活自己的营生。

男人在曲巷小路上熟稔地穿行,十几分钟后,站到了一条斜坡的高处。

他环顾四周的环境,目光定格在斜坡尽头的一块开阔地。开阔地的中央,矗立着一座古老建筑——孙家祠堂。

祠堂门楣上悬挂着"孙家"的匾额,两旁是一副对联,上联为"中边关和睦,风调雨顺春情秋韵",下联为"会氏族祥和,文韬武略尽出贤德"。古香古韵,陈旧厚重。祠堂前有正厅,后院共有两进,左右各八间厢房。后院除了孙家子弟,外人不得靠近,显得有几分神秘。

此时,祠堂后院的一间厢房内,灯光昏黄,老式的红木桌椅摆放其中。高壮的九哥坐在椅子上,身旁立着那两个壮汉。九哥的光头映出几分油亮,一向凶悍的脸上竟然有几分犹豫。他想了想,还是拿出手机拨通了一个电话。

"对不起,您拨打的电话是空号,Sorry……"电话里冰凉的机械女声响起。

"操!"九哥暴躁而又焦虑地低吼一声。

他站起来转了两圈,咒骂道:"姓付的,你够狠!还敢给老子玩儿卸磨杀驴!"

那个挟持过陆伟的粗壮脖子上文着青龙的壮汉,看看九哥,试着劝道:"九哥,肥英死了,连肥婆和龅牙伟都死了。咱们,咱们得早做准备啊!"

九哥一巴掌拍到青龙壮汉头上,骂道:"你还有脸说!老子让你们盯着龅牙伟,你怎么安排的?猴子那个傻逼,天天就知道溜冰,干啥啥不行！给你们说过多少回，干正事儿的时候别嗑药！就管不住！现在好了，龅牙伟在我们眼皮子底下让人给崩了！猴子也折到警察手里了！他要敢把老子供出来，我就阉了他再大卸八块！"

青龙壮汉心虚地不敢多说，嗫嚅道："老大，你放心，猴子也不是头一回进去，他指定不敢胡说八道！再说了，龅牙伟被枪杀了！就是我去，也得让崩了！"

九哥心里明白这些，便摸了摸光头，龇着牙说："肥英是管不住裤腰带，活活浪死的！肥婆那个德行，仇家不知道多少！但她就是给欠一屁股债的老娘们儿，老大没必要出手做掉她。龅牙伟是个奸猾的怂货，这小子就是太贪，什么钱都敢拿！命都玩儿没了！我跟了姓付的这么多年，想从他手里抠钱，那是找死！"

青龙壮汉是九哥的心腹，说："九哥，老大不是说过，少个人分更好么？要是人都不在了，钱就都是他的了！"

九哥怎么会不知道自己那个老大的心狠手辣？他也有种兔死狗烹、后脖悚然的感觉。他烦躁地说："审批手续还没好，又是匿名信，又是工人联名举报。听说，那什么督导组都来了，真闹大了，谁都好不了！"

青龙壮汉挠挠头，说："九哥，老大说过，只有死人，才永远开不了口。他要是想灭口……"

九哥一巴掌打到青龙壮汉脑袋上："老大说，老大说！我才是你老大！老子要死了，你们都得给我垫背！老子可不是肥婆、龅牙伟那样的软柿子。姓付的真想动我，我咬不死他也得让他扒层皮！你去把兄弟们都叫回来，在村里给我守着。不管是警察还是谁的人，都给我看紧了。有不长眼的，直接给我干！"

青龙壮汉领命："放心吧九哥！我去叫兄弟们。"

九哥阴沉着脸，狠戾地点点头，盘算着下一步的打算。

九哥不知道的是，此时此刻，厢房外、墙角下、阴暗中，一个男人正死死盯着窗棂上他晃动的身影,如同死神盯上了他的性命。

夜晚,八点半。

东城区,郑钦家的窗帘透出橘色的灯光。

鲁鲁乖巧地早早上床睡觉,郑佩穿着绒绒的家居服,摸摸鲁鲁的头:"睡吧乖,晚安!"

"晚安小姑。"鲁鲁甜甜一笑,乖乖闭眼睡觉。

郑佩关上卧室门,看到客厅里的李娜,穿着一身简单的运动服,正在做高难度的击掌俯卧撑。汗水沾湿了她的短发,滴落在客厅的瓷砖上。

李娜看到郑佩出来,赶紧从地上起来,拿两张纸巾擦擦额头的汗,脸红扑扑地冲郑佩笑笑。

郑佩小声说:"没事儿,你练你的。"

李娜摆摆手,又用纸巾擦了擦地面,低声道:"鲁鲁睡了,别吵着她。"

郑佩进了书房,坐到电脑前,喝了口咖啡,掰掰细长的手指,准备开工。

李娜悄悄地凑了过来,小声说:"小佩姐,你开始搞创作啦?"

郑佩坐在旋转椅上转过来,挑眉笑道:"存稿箱都给你看光了,实在没有存货啦。"

李娜这几天和郑佩鲁鲁朝夕相处,不但混熟了关系,还成了郑佩的新书粉。她一口气把郑佩新开的文《帅王爷错撩渣公公》几十章看完,还磨了两章存稿,依然追文追到心焦。

李娜不好意思地嘿嘿一笑:"佩大,我这不是刚入坑嘛?你知道我为啥喜欢你写的文吗?"

郑佩虚心求教,听取粉丝反馈:"为啥啊亲?"

李娜凑近,小声说:"因为你写的作品贴近生活,人物形象就在我们身边。"

郑佩一愣:"哦?"

李娜眼睛亮亮的:"男主高大威武,气质冷峻,作风强硬,这多像郑队啊!"

郑佩呆住了,张着嘴:"我哥?"

李娜越说越兴奋:"另一个男主呢,就温润如玉,心思敏锐,清秀腹黑,这这这,这完全就是刘队啊!"

郑佩下巴都快掉了:"刘彬?"

李娜星星眼地看着郑佩:"还有男三号那个铁血将军,眉间一道刀疤,我的天哪,可不就是杨队嘛!佩大,我太佩服你了!以前在警院在队里都太忙了,没看过网络小说,这几天一看啊,可真好看!我觉着自己看完这故事,都没法儿再面对郑队和刘队杨队了。可是,我又好想早点儿回队里,最好是跟他们仨一块儿开会,嘿嘿嘿。"

郑佩完全没有想到,自己在网文里写的人设,居然被看出亲哥和刘彬、杨业的影子。

她忍住内心的崩塌,勉强扯扯嘴角:"不可能吧,我是纯属虚构的架空文,你别随便代入啊!欧阳是我的老读者了,她可从来没说过这个。"

李娜神叨叨一笑:"欧阳老师多聪明的人啊,看出来了也不说,偷着乐!"

郑佩端起咖啡杯喝了一大口,压压惊,正准备翻出文案给自己辩解一下,手机微信响起。她看看手机,抬起头说:"樊医生到小区门口了,说要来看看我。"

李娜的脸色马上严肃起来:"你要见他吗?"

郑佩想了想,说:"樊医生人蛮好的,最近他约我吃饭,我因为安全问题都没去,跟他说我感冒了不太舒服。他可能是想来看看我,要是不见人,有点儿不近人情。"

李娜点头,迅速恢复工作的警戒状态,整个人气质都凌厉起来:"好,你跟他说,我是你的朋友,刚好来你家玩。我下楼接他,看看情况。"

几分钟后,李娜和樊义怀走进家门。樊义怀把一袋水果递给郑佩,抱歉地说:"不好意思啊,初次登门,很匆忙,还这么晚打扰。"

郑佩也有点不好意思,笑道:"樊医生客气,不好意思啊,最近比较忙。小娜是我的闺蜜,我也要陪陪她。"

樊义怀在客厅坐下,客气地跟李娜点点头:"我看你最近忙,没时间出去吃饭,就想来看看你。今天手术结束晚,紧赶慢赶也八点多了。孩子是不是都睡了?"

郑佩看他对鲁鲁挺关心,给他倒了杯茶,笑容更和煦了些:"鲁鲁刚睡,不然让她见见医生叔叔。"

樊义怀摆手笑道:"嗨,我这岁数,孩子得叫我伯伯了。小佩,你哥哥年龄比我小吧?"

郑佩靠在沙发上,从容惬意:"嗯,我哥三十五六了,比你小一点儿。"

樊义怀端起茶杯,在手里转了转,说:"说起来,我认识一位警官,跟你长得有点儿像,也是三十多岁,不会是你哥吧?"

郑佩和李娜对视一眼,说:"真的假的?你认识的警察叫什么名字啊?"

樊义怀看向郑佩:"他叫郑钦,重案队队长。"

郑佩和李娜都有些惊讶:"呀,郑钦就是我哥!你们怎么认识的?"

樊义怀微微一怔,笑道:"郑队因为工作关系,来我们科办事,就认识了。今天上午,我们刚见过面,我看他的长相跟你有些像,而且郑钦郑佩,很明显了。就是没想到,这么巧。"

郑佩关心地问:"我哥还是很忙吧,我都好几天没见他了。"

樊义怀点头:"刑警很辛苦,好像加班比医生还多。"

樊义怀似乎有些心事,略聊了会家常,就站起来告辞。他看看李娜,便看着郑佩说:"今天太晚了,我该告辞了。方便送送我?"

郑佩猜到樊义怀是有话跟自己说,心里竟然有些微跳。她跟李娜对视一下,尽量大方落落地说:"好啊。"

樊义怀笑笑,很有风度地为郑佩拉开房门。两人搭乘电梯,来到楼下。夜色朦胧,樊义怀温润如玉,郑佩秀美灵动。

樊义怀望着郑佩澄澈而又略带羞涩的目光,舌根泛起苦涩,低声说:"郑佩,这段时间,和你相处得很愉快。希望以后,我们还能一直做朋友。"

郑佩的眼睛原本闪闪发亮,听了这话,暗淡了一瞬。她马上绽开笑容,声音清脆:"哦,那当然了,谁不希望有几个医生朋友?何况是一院的大专家!"

樊义怀自嘲地笑笑:"你太看得起我了,反正,以后你有医院的事情,可以来找我。"

郑佩笑道:"放心,我可记住了!有事常联系。"

樊义怀想说什么,却不知从何说起,只低头笑了笑:"好。再见,你回去吧。"

"好嘞!慢走啊樊医生,拜拜!"郑佩笑着挥挥手,转身回到楼道里。她脸上的笑容很快消失,带上了淡淡的怅然。

李娜站在一楼楼梯的阴影处,原本是要保护郑佩,却不小心听到樊义怀和郑佩的对话。她和郑佩四目相对,只好尴尬地笑笑,轻声说:"嗨,旧的不去新的不来。"

郑佩摩挲着手指上的戒指,坦然地笑了:"是啊!"

樊义怀快步向外走去,仿佛想要逃离什么。在小区门口,他定住脚步,抬头看看夜空隐藏在乌云中的弯月,神色晦暗不明。

第九章　龙争虎斗

一个月前。深夜,月掩星稀。

新城区,一条偏僻的街道上,得意茶楼的大门已经关上,不再对外营业。茶楼门口,沿街停着几辆奔驰宝马之类的豪车,茶楼窗内仍有隐约的灯光透出。

茶楼内,位于最里侧的包间,房门紧闭,隔音效果很好。包间内只有一盏昏黄的壁灯,四方茶桌旁,围坐着四个正在密谈的男女。

处于上位的中年男人,背光而坐,正在有条不紊地烹茶,用烧开的热水冲洗着茶盘上的茶壶。他的面容隐藏在阴影中,被蒸腾的水雾围绕,只看得出身形厚实,动作端稳。坐在男人两侧的是张惜和陆伟,对面是神情慎重的九哥。

男人把热水倒入茶壶内,看着茶叶舒卷开来,声音低哑地开口:"咱们这些人里,肥英最是心狠手黑。可惜啊,他打了半辈子的雁,被雁啄瞎了眼!管不住裤腰带的蠢货,死了也好,没有姓方的碍眼,我们做事情更方便。"

九哥点头附和:"老大说得对!肥英个傻逼,花点儿钱什么女人找不到?非要自寻死路!死得好啊,没了那个烦人的护厂队,咱们更好办了。"

张惜冷哼一声,依然是万年不变的官太太倨傲神态,也不说话,从桌上抓起一把瓜子,嗑了起来。

陆伟眼珠转动,嘿嘿笑道:"老大,我们都是跟着您混饭吃的,后面该咋办,该咋分,都是您一句话!"

被称为老大的男人拿起茶壶,给面前的三个茶杯分别倒水,茶水晶莹剔透,注入杯内。他的手很稳,三杯茶倒得一样多少,把茶壶和壶里剩下的大部分茶水放在了自己面前。

男人指了指三个茶杯,说:"来,尝尝我的新茶!大家一样多!"

张惜顿时心如明镜,肥厚的红唇一撇,吐出两片瓜子壳,不高兴地说:"我们三杯加起来,还没你的壶底多!这茶怎么喝?"

男人稳坐钓鱼台,又倒了一杯茶,说:"这是肥英的份额,大家说说,应该怎么分……"

陆伟等人都明白,老大在用这壶茶表明他的态度,茶壶里的水代表所有利益,分流出的三杯是分给他们三人的,朱英那杯不管怎么分,茶壶里的大头儿都是他的。

张惜看看四个茶杯,又看向了个茶壶,不由冷笑出声:"呵!当然是要重新分。但不是分配朱英的,而是整个儿重新分!"

陆伟抖动着双腿,看看沉默无语的九哥,又偷偷打量了眼老大,目光闪烁。

男人不疾不徐地把电热水壶关了,幽幽道:"肥英那份儿,我就不要了,你们三个平分。赶紧喝吧,茶凉了,味道就变了。"

包间里陷入沉默,呼吸落针可闻。面对巨大的利益,在座四人都已起了贪念,内心盘算不已。只不过老大积威深重,九哥和陆伟不敢违抗,只有"官太太"张惜并不怕他。

张惜一贯傲气,把瓜子往茶桌上一扔,尖利地说:"姓付的,这么大的摊子,你独占大头,给我们分点儿肉渣渣,就算加上肥英的,也不过是边角料！你做梦呢吧？"

九哥和陆伟一听,同时看向老大和张惜,静观其变。

男人声音放缓,问:"那,惜姐你说,应该怎么分？"

张惜伸出白胖的右手,敲了敲男人面前的紫砂茶壶,倨傲地说:"别人的我管不着,但是我那份,至少20%！"

老大还没有反应,九哥就森然道:"好大的胃口,也不怕撑死你。"

张惜往椅背上一靠,态度蛮横:"当年要不是有我老公坐镇,你们能拿下振联厂？老娘把丑话说前头,没有20%,就别怪我不配合！"

九哥的目光越发阴狠:"老大给你喝茶,不过是看往日的情面。肥婆,脑子清楚点儿！你那老公二婚的孩子都多大了,你还摆什么官太太的谱！"

张惜斜睨了一眼三个男人,冷笑着说:"我就是和他离了,他也是我女儿的亲爸！崔书记现在是正厅级干部,他的资源和能力,是你们这帮人能比的？还有,李德忠那事儿,虽说过了二十年,可要是让警察知道,你们几个还想喝茶？尿都喝不上！"

提及旧事,九哥和陆伟都脸色突变,目光阴沉。

坐在上位的男人,伸手把张惜扔到茶杯里的瓜子挑出来,缓缓道:"好,既然把话说开了,那就都表个态,这茶,喝不喝？"

九哥一拍桌子,紧盯着张惜,眼睛里露出杀机:"肥婆,老子不是吓大的,凭你也敢威胁老子？"

张惜自恃倚仗,全然不惧:"老九你吓唬谁？你们做得了初一,老娘也做得了十五！"

陆伟赶紧半弯着腰,笑道:"惜姐,九哥,咱们把肥英那份一分,确实不少了。老大,我赞成。这杯茶我先喝了！"

陆伟拿起茶杯,一口喝了下去,龇着大龅牙喷喷有声。

张惜不屑地看了眼陆伟,站起身说:"龅牙伟,你多少年了没长进,还是根墙头草!该说的我都说了,老娘拿不到20%,看谁吃不了兜着走!"

张惜说完,踩着高跟鞋扭身走出包间,摔门而去。九哥目光阴沉,陆伟面露不忿,两人都不约而同地看向老大。

男人沉默地用手指敲击着茶壶,低头看向剩余的三杯茶,沙哑道:"法律这东西,就是一张蜘蛛网,只能网住小飞虫,网不住飞鸟猛兽!张惜这个蠢女人,嚣张惯了。就算她去告发,无凭无据的,警察又能怎么样?要真撕破脸,那就让她永远闭嘴!少一个人分,你们俩还能多喝点儿。"

九哥眼神狠戾:"要不是看在崔书记份上,有她屁事儿?还他妈不知足。"

男人冷冷地说:"呵呵,她真以为她死了,姓崔的能给她报仇?又胖又蠢!崔忠小心谨慎几十年才熬到今天,二婚的老婆儿子都不敢这么嚣张。他心里,都快烦死张惜这个惹是生非的前妻了,说不定还要感谢杀她的人。行了,今天先到这儿,你们俩,心里要有数。"

九哥和陆伟看向老大,内心都有些惶惶。

他们之间,有共同的利益和猜忌,也有共同的罪恶和秘密。

时间回到现在。

京海市公安局刑侦队。

刑侦队队长办公室内,郭毅君看向郑钦,声音淡漠:"陈局找我谈话了,问为什么还没破案。"

郑钦立正站好,说:"我们一直在追查,掌握了一些线索……"

郭毅君声音骤冷:"我不是来听借口的,我要的是结果!"

郑钦沉声道:"目前看,张惜和陆伟都和振联机械厂有关。在工厂改制前那段时间,他们俩就有牵扯,当时厂里出过一件大事……"

郭毅君微不可察地眉头挑起:"什么事?"

郑钦递上一份材料,说:"二十年前,振联厂改制前期,当时的厂长李德忠突然失踪,始终没有查到下落。因为这个意外,导致工厂的领导班子出现了大调动,陆伟本来是个普通销售人员,因为人事变动当上了销售部主任。而当时张惜的前夫崔书记,就在新城区当副区长。我怀疑,陆伟和张惜的关系比他交代的要复杂很多,可能和老厂长失踪案,甚至是工厂利益链条都有关。所以,我想从李德忠失踪和工厂改制入手。"

郭毅君打断郑钦:"我不同意!"

郑钦顿时愕然,没有说话。郭毅君顿了顿,说:"李德忠的案子,当时是我亲自抓的,不会有任何问题。"

郑钦没想到郭毅君断然拒绝,明显停顿了一会。

郭毅君逼视郑钦,说:"你急于破案,心情我理解。但是侦破一定要围绕死者和现有线索,思路太发散,什么时候才能抓住凶手?"

郑钦还想争辩:"这是目前查到的,张惜和陆伟最大的关联点。同一把枪,这明显是连环杀人,死者之间的关系很重……"

郭毅君一拍桌子,怒道:"你也知道这是枪案!你也知道这可能是连环杀人!那还纠结在二十年前的事情上?凶手和陆伟张惜有仇,手里又有枪,又为什么要等二十年才杀他们?就为了恶心你这个平安卫士吗?"

郑钦多年来一直非常信赖郭毅君,看到他如此强势和压制自己的想法,心里也有一股无名之火腾地烧起来。他深吸一口气,站起来,生硬地说:"我知道了,会调整侦破思路。"

郑钦转身离开,克制着自己没有摔门,轻轻关上。郭毅君心里一阵焦躁,拿起茶杯喝了口水,目光不明地看向窗外。

楼道里,郑钦又迎面遇到了王小利。

王小利春风满面,脚步轻快,主动打招呼:"郑队,您这是忙着呢!"

郑钦客气回应:"案子有个线索,我去看看。"

王小利笑意盎然:"是那个连环枪杀案吗?我看到媒体报道了,这些舆论压力啊,你别往心里去。"

郑钦脸色不变:"多谢王队关心。"

王小利笑眯眯地说:"网上有些帖子啊,把枪案说得很吓人,好像有持枪杀手在京海满街乱逛!"

郑钦眼中寒光闪过:"王队放心,该抓的一个也跑不了。我先走了。"

望着郑钦的背影,王小利笑容凝固,抬手摸了摸头顶的地中海。

射击室。

郑钦戴着护目镜和耳罩,独自站在射击位前,手持实弹钢枪,对准对面的靶位。他静气凝神,稳定击发。

"砰!"子弹命中靶心。

这时,射击室的房门打开,郭毅君走了进来。郑钦放下枪,摘下耳罩,看着郭毅君欲言又止:"郭队,我来透透气。"

郭毅君冷冷地说:"办公室和训练室找不到你,就知道你在这儿。"

郭毅君说着,站在郑钦旁边的射击位上,戴上防护措施,举起手中的枪。郑钦见状,也戴上耳罩,举起手枪。沉默无声的空间内,两人默契地同时开枪。

"砰!砰!砰!"射击动作和开枪频率高度一致,枪枪命中靶心。

枪口冒出白烟,射击室内弥漫着火药味。郑钦由衷地说:"郭队的身手没变!"

郭毅君放下手枪,手臂在袖筒里轻微地颤抖:"你枪法也不错。但是做刑警,不是枪法好就行。"

他看向郑钦,胸口隐隐传来不适,深呼吸两下,声音比之前温和了一些:"记住,你的任务是尽快抓住凶手,不是关注那些陈年旧案。集中精力,抓紧时间!"

郑钦看着郭毅君熟悉而又陌生的模样,没有说话。他知道郭毅君年初做过心脏搭桥手术,身体没有看起来那么健康。此时的郭毅君胸部起伏,呼吸变粗,手臂轻轻发抖,虽然他尽力做出正常的样子,却瞒不过郑钦刑警的利眼。

郑钦心里五味杂陈,争辩的话也堵回了喉咙,低声道:"是。"

"记住我说的话。"郭毅君意味深长地看了眼郑钦,平复了一下呼吸,离开了射击室。

郑钦沉默地拿起手枪,换下空弹夹。"砰!砰!砰!"连开五枪。

枪声回响,硝烟萦绕。

他的眼球隐有血丝,心里也有了决断:不能失败,绝不放弃!

刑侦楼大厅。

郑钦心事重重地来到保安室,却没有看到蔡斌。保安李师傅往四周看看,小声说:"郑队,蔡老在地下室,今天库房搬家。"

"谢谢。"郑钦微愣,想到了库房的事情,随即下楼。

郑钦来到负一楼,刚从楼梯口出来,就看到政治处主任卫萍踩着高跟鞋嗒嗒嗒地过来,身后跟着小张干事和两个后勤工作人员。卫萍声音尖锐地抱怨着:"哼!我政治处好心好意来帮你搬东西,你这是什么态度!"

郑钦见状,也没开口,只跟卫萍略一颔首。卫萍显然余怒未消,也敷衍地点点头,率众扬长而去。小张扯出一个笑容,小声说:"郑队。"便赶紧亦步亦趋地跟着卫萍走了。

郑钦来到走廊尽头,看到新的库房门开着,里面的档案柜等家具都还没有贴墙放好,有一个柜子上的小抽屉可能是搬运时被倾斜了,滑落在地上,抽屉里的卡片散落一地。韩勇和蔡斌正蹲在地上,捡取散落的卡片。

韩勇侧面对着门,小心地捡起卡片,用衣袖擦去沾染在卡片上的灰尘。郑钦能看到他眼角的碎纹,还有脸上的心疼和憋屈。蔡斌偏胖且腿脚不便,半蹲的样子看起来很累,头上斑白的发色在白炽灯下有些刺眼。

郑钦这些年来,总是雄心勃勃地直冲目标,大步向前,很少停下来静思,或者回头看看旧人往事。此时,他突然想到十多年前自己还是毛头新人时,韩勇和蔡老是多么意气风发,多么英雄气概。不知道是不是因为多日来的压抑,久违的情绪在心头翻涌,郑钦的眼眶一阵潮热。

韩勇抬头,语气平淡:"你怎么来了?"

蔡斌一看郑钦在门口,费力地用手扶住柜子,站了起来,解释道:"刚才他们太着急了,没封好抽屉就搬柜子。这些卡片都掉出来了,这可是阿勇的宝贝。当年京海所有线人的信息,都在里面……"

韩勇不想在郑钦这个后辈面前卖惨,打断了蔡老的话,又问:"你怎么来了?"

郑钦没吭声,低头掩饰情绪的波动,蹲下来开始捡卡片。他动作麻利,很快就整理好,交给韩勇:"有个案子,我过来请教勇哥和蔡老。"

韩勇接过卡片,冷淡地说:"你是平安英雄,我们是看库房的,守大门的,有啥值得你请教?"

郑钦真心诚意地说:"勇哥,我以前年轻不懂事,只知道忙工作。您和蔡老在我心里,一直是我的前辈,我的师兄。最近的连环枪杀案,确实动静很大,我也很头疼。"

韩勇把卡片小心地放回抽屉,头也没抬:"破案的事情,有刑侦智能云啊!16楼也多得是人指导你。"

郑钦被噎得一愣,蔡斌忙说:"阿勇!别这么说郑钦,当年他来队里时间不长,能做什么主?这些年,郑钦踏踏实实干活儿,是个好刑警。你刚从情报科出来的时候,就你这些宝贝,要不是郑钦护住了,早就让卫萍趁着你出差给偷偷扔了。这你得承认吧?"

韩勇一贯地面冷心软,虽然对郑钦这些领导面前的"红人"有成见有隔阂,听了蔡老这些话,神色也变得缓和,没再说话,揣手看向郑钦。

郑钦沉声道:"枪杀案的两个死者,查到他们在二十年前振联机械厂改制时期,就有些关联,当时还发生过机械厂老厂长的失踪案,人至今没有找到。二十年前很多信息都没有网络化,智能云查到的内容很有限,只能通过走访当年的老工人,去查……"

韩勇语带嘲讽地打断了郑钦:"你不敢大规模地组织走访吧?李德忠失踪案,可是郭毅君队长亲自侦办的。符合程序,证据齐全的铁案!你现在翻出来,还东查西查的,小心惹毛了领导!"

郑钦知道韩勇记忆力超群,性情耿介,仍没想到他如此直言不讳,一时竟不知如何反应。

蔡斌见状,温和一笑,说:"阿勇,就事论事,谈案情。郑钦,说起老厂长的案子,我以为会更早地出现在你面前。没想到,你现在开始查了。"

郑钦一愣:"蔡老,您说得更早,是什么意思?"

蔡斌胖乎乎的身体斜靠在柜子旁,缓解腿脚的疼痛不适,看起来就是个软塌塌的大叔。但谈到案情时,他的双眼发出了精亮的光芒:"你前阵子抓的那个方玉良,就是老厂长李德忠的徒弟。他和死者朱英之间的恩怨,虽说那个女死者是爆发点,但二十年前工厂改制的时候,就埋下了。"

郑钦顿时脑中嗡然,盘旋在心里的隐忧脱口而出:"方玉良是李德忠的徒弟,他会不会跟枪击案也有关?"

韩勇冷哼一声:"你是重案队队长,这么大的案子,我们两个半养老的人,能提供什么侦察思路?"

郑钦恳切地说:"蔡老,勇哥,我是真心来请教的。京海连续发生两起枪杀案,舆论沸沸扬扬,老百姓过日子也不安心!我……我承认自己心急破案,有功利思想。但是,咱们都是刑警,我穿着这身警服,就不能让一个持枪杀人犯在京海逍遥法外。我想让京海一直是国内最安全的城市,让京海的市民每天都过得安心,不被枪支威胁。我想,你们肯定和我一样。"

郑钦性格沉稳冷峻,此时此刻却眼眶发红,脖子隐隐露出青筋。他不知道自己说这些话,是在说服两位心灰意冷的师兄帮助自己破案,还是在说服自己违抗顶头上司的命令坚持追查旧案。也许,都有。

韩勇和蔡斌看着郑钦,沉默了一会。韩勇又看看蔡斌,说:"案子的卷宗,我可以找到给你。"

郑钦也看着蔡斌:"谢谢勇哥,蔡老,我想请你们一起开案情分析会。"

蔡斌搓了搓手,抬眼道:"这不合适吧?"

郑钦说:"放心,就我和杨业刘彬,今晚九点,内部会议。有什么问题,我全权负责!"

蔡斌看着库房墙角一块淡淡的霉斑,有些出神。他轻咳一声,靠近郑钦,微弯的脊背伸直了,沉声说:"郑钦,我想想吧。"

入夜,刑侦楼多处仍灯火通明。

黄卿卿身姿绰约地走进刑侦楼,路过门卫室时,瞟了眼里间,隐约看到蔡斌疲惫的背影,似乎在忙什么。黄卿卿冷哼一声,高傲地走进电梯。

两分钟后,她就出现在夏一攀的政委办公室,熟门熟路地坐下,娇俏地说:"领导啊,卿卿遇到难处了,要请您帮忙。"

在充满魅力的女性面前,夏一攀下意识地拢了拢头顶稀疏的头发。他饶有兴趣地问:"哦?还有什么事能难住黄总啊?"

黄卿卿嗔怪地看看他,说:"政委笑话我啊!其实,也不是什么大事。"

就是我有个闺蜜,以前也是我们团的舞蹈演员。前几天,她在外面遇到喝醉的前男友。那个渣男,不忿儿她提出分手,居然跟我闺蜜动手了,把人家女孩子的脸都打毁容了!"

夏一攀眉峰上挑:"有这种事?报警了吗?"

黄卿卿满脸无奈,也有些愤慨:"当时就报了。但是派出所的警察说,这事他们管不了。我闺蜜找派出所几次,警察说只能调解一下。那个王八蛋,把女人的脸都打烂了,居然啥事儿没有!我都看不下去了!"

夏一攀冷哼道:"简直是胡闹!她在哪里报案的?"

黄卿卿看了下手机上的信息,说:"在嘉浜派出所。"

夏一攀想了想,说:"哦,他们的所长小相,以前是我的兵。人倒是蛮老实的,我帮你问问。"

黄卿卿笑得很甜:"那就麻烦政委了!"

夏一攀用手机接通了相所长的电话,直入主题:"小相啊,听说你那儿接了个故意伤害,受案人叫……"

黄卿卿赶紧提醒:"邹媛。"

夏一攀继续道:"受害人叫邹媛,有这回事吧?"

相所长赶紧汇报:"政委,邹媛的案子,我听下面说了,她报警以后,我们给她验伤了。根据验伤结果,伤口只有3.3厘米,只能算轻微伤。这轻微伤,没办法采取强制措施,只能调解啊!"

相所长照章办事,本来并无错处。夏一攀却变了脸色,严肃地说:"教条!轻微伤就不是伤了?我以前是怎么教你的?我们为群众服务,群众的利益大于一切,老百姓挨了打,就白挨了吗?"

相所长有些懵,想要解释:"政委,您是我的老领导,这……"

夏一攀打断了他,说:"没什么借口!我限你三天内破案,该赔钱的赔钱,该拘留的拘留!不要让群众对我们失望,明白吗?"

相所长十分郁闷,但也只能答应:"是!夏政委,我明白了!"

夏一攀挂断电话,脸色稍缓,看向黄卿卿,一本正经地说:"这种事情在基层太多了,不打招呼,原则上是很难处理。卿卿,现在满意了吧?"

黄卿卿巧笑倩兮:"有夏政委出面,卿卿哪敢不满意?对了,领导别忘了咱们约好的饭局!"

夏一攀想到黄卿卿卖的关子,问:"卿卿啊,你现在能告诉我,是谁做东吧?"

黄卿卿嫣然回应:"嗨,不瞒您说,东道主是咱们京海的慈善家,房地产老总付长坤先生。"

夏一攀回忆着这个名字:"付长坤……"

黄卿卿反应极快,说:"您放心吧,付总是田副局长的老朋友了!"

夏一攀笑笑:"那是,田局的朋友,就是我的朋友!"

会议室。

刘彬拿着电脑走进来,看到郑钦靠在椅背上,过度的疲惫袭来,不知不觉地睡着了。他双目深邃紧闭,下颌冒出了青色的胡茬,英挺的五官显得有些憔悴。

刘彬叹了口气,轻轻地把电脑放在桌上。他脱下带着淡淡的古龙水味道的外套,非常轻柔地盖在郑钦身上。突然,郑钦猛地睁开眼,布满血丝的双眼散发着狠厉,动作极快地反扣住了刘彬的双手!

"是我。"刘彬修长的手指快被郑钦掰断了,斯文清俊的脸有些发红。

"哦,对不住。"郑钦赶紧松开手,声音沙哑。

他看看刘彬的脸色,又不放心地握住刘彬的手指,抱歉地问:"疼吗?没事吧?"

刘彬垂眸:"没事。你再睡会儿吧!"

这时,杨业推门进来,脚步一顿。

郑钦站起来,伸个懒腰松松筋骨,说:"小叶,买啥好吃的啦?"

杨业把一塑料袋吃的放在桌上,低头也不说话,只把郑钦爱吃的热豆浆和包子拿出来,往桌前一推。他拿了个煎饼果子,坐到一边,也不吃,冷冷地发呆。

刘彬笑笑,走过去拿起剩下的茶叶蛋和花卷,说:"还得是杨队出马,这么晚了还能从食堂搞到饭。王阿姨就是对杨队更好。"

郑钦也拿起包子,咬了一口,拍拍杨业的肩膀,笑着说:"哟,这包子还热乎呢。喷香啊。小叶,谢谢啦!"

杨业这才面色缓和,抬眼对郑钦笑了笑,又对刘彬说:"刘彬,茶叶蛋是给头儿的,你最多吃一个。"

刘彬赶紧举手投降,把六七个茶叶蛋全都给了郑钦:"好好好,蛋都是郑队的。"

三人哈哈一笑,大口吃起来。等他们吃好东西,郑钦看看表,已经晚上快十点了,面前仍只有杨业和刘彬。

他垂下眼帘,喝了口茶,低声道:"小叶,彬彬,我给你们交过底了,郭队对机械厂旧案翻查持保留意见。这件事儿,我们不能动用外联组,只能集中在方玉良身上,盘查重点人员。说实话,我也没有百分百把握,尤其是担心对你们俩有影响……"

杨业挥挥手,说:"头儿,你说这些干嘛?我就一句话,你指哪儿我打哪儿!不过,刘队要是有顾虑,可以先撤!"

刘彬看看杨业飘来的眼神,有点想笑,淡淡地说:"我没什么顾虑。"

郑钦笑笑,把张惜、陆伟、李德忠、方玉良的照片放在大白板上,又加上了朱英、方志强和赵小颖。

郑钦指着白板,说:"朱英是振联机械厂的小股东,所以,这是目前发现跟机械厂有关的人员,没有直接关系的只有张惜,但很可能,张惜跟陆伟及工厂是有内在联系的。"

杨业感慨道："除了方玉良,全死了!"

郑钦用红笔在方玉良以外所有人的照片下画了红叉,说:"是。他们都跟方玉良有关联。但是方玉良在医院的监护下,没有作案时间和可能。所以,有没有可能,他指使其他人行凶呢?"

刘彬推了推眼镜,提醒道:"方玉良他,已经没有亲人了。"

杨业想了想说:"他还有朋友、徒弟,有没有可能?"

郑钦有点出神:"什么样的朋友,才能为他杀人啊!"

三人一时无语,沉默下来。此时,会议室的房门被敲响,蔡斌和韩勇走了进来。

郑钦双眼一亮:"蔡老,勇哥!"

韩勇瞟了眼刘彬,没说话,只把一个鼓囊囊的超市塑料袋放在桌上,拉了把椅子坐了下来。

"开会啊?不好意思来晚了,查了些资料。"蔡斌笑呵呵地坐下,拿出一个扉页泛黄的笔记本,翻到中间某页。郑钦视力很好,看到上面写着几个力透纸背的大字:李德忠案,疑案从无?

刘彬拿起电热水壶和纸杯,倒了两杯热茶,放在韩勇和蔡斌面前:"蔡老,勇哥,喝茶。"

韩勇看看刘彬,轻咳一声,指节在茶杯旁的桌面上叩击两下,表示感谢。

蔡斌笑嘻嘻地说:"哎哟,好久没喝过重案队的茶啦!"

杨业深知郑钦的打算,笑道:"蔡老是重案队的前辈,要多指导我们啊!"

"哪敢说指导,就是把我想到的陈芝麻烂谷子抖落抖落。"蔡斌看看大白板上的照片,似乎已经知道了他们讨论的内容。

他翻看着小本上密密麻麻的笔记,悠悠地说:"方玉良是振联机械厂的技术骨干,可以说是业务上的半边天。他半辈子都在机械厂度过,前后收过有三个徒弟,一个叫方国胜,绰号小六子。"

杨业点头:"小六子也是方玉良收养的义子,他给方玉良捐了肝。"

韩勇从塑料袋里翻出两张照片,一张是小六子,另一张则是个三十左右、肩膀魁梧的男人。

他把照片贴在白板上,指着魁梧男人的照片,说:"他第二个徒弟叫蒋涛,十年前来京海打工,进入振联厂工作,在方玉良手下学得了一手好技术。蒋涛性格冲动,在工厂和人处不来就辞职了。六年前他在大排档喝酒时,跟人发生纠纷,拿出一把自制的54手枪,险些伤了人!他因此蹲了几年大牢,去年刚出狱,回了老家。"

杨业看着照片上的蒋涛,懊恼地拍拍头,说:"哎!方玉良杀人案证据确凿,当时就想着撬开口,明确动机就可以,没有追查早些年的事情。哪儿知道他还有个能造枪的徒弟!勇哥,你怎么查到的?"

韩勇看看杨业,又瞥了眼刘彬,说:"蒋涛出事儿的时候,已经从振联辞职了。一般的走访,问不出太早的事儿。我没有什么智能云筋斗云,查情报就按我的路数。"

郑钦看着白板,问:"方玉良的三个徒弟,还有一个呢?"

蔡斌看着郑钦,说:"还有一个,是陆伟。"

郑钦、杨业和刘彬同时惊讶道:"陆伟?"

杨业说:"陆伟从来没提过他和方玉良的关系,走访亲友的时候也没有提到啊!"

蔡斌点头道:"陆伟和方玉良的关系很复杂。他年轻时到振联厂工作,在技术上认了方玉良做师傅。但是他脑子太灵活,业务不精,工厂改制时背叛方玉良,倒向了新厂长,当上了销售部主任。他应该没少干贪污回扣的事儿,坑了工厂一笔钱,就辞职开了贸易公司。所以,他和方玉良早就没了师徒情分。就是振联厂的老工人,也没觉得陆伟是方玉良的徒弟了。至于陆伟自己,他怎么会承认和杀人犯的联系?"

郑钦怔怔地看着白板,说:"蔡老,勇哥,我只知道振联厂改制期间老厂长失踪,厂里工人闹过,工厂的股份构成和管理层都发生很大变化。但是具体的情况,确实不太清楚,你们讲讲好吗,所有事!"

蔡斌把笔记本合上,说:"振联机械厂是个国企老厂,八九十年代发展得很不错,有一批技术过硬的工程师和技术工人,方玉良就是其中翘楚。他是老厂长李德忠最看重的徒弟和下属。二十年前,振联厂的经营绩效下滑,面临改制。当时的工厂分为两派,李德忠厂长希望进行股份改造,实行公司化。另一派以孙炳九为首,希望完全进行产权转让,实现民营化。当时很多工人支持老厂长,事情闹得挺大。但是最后老厂长失踪,查无此人了。孙炳九成为新厂长,工厂改制也因此尘埃落定。方玉良虽然业务很强,也受到工人尊重,但只当了个管业务的副厂长。"

蔡斌喝了口茶,说:"孙炳九是混社会搞销售出身的,江湖气很重,人也很贪。他绰号九哥,被工人喊作孙扒皮。他当厂长后,朱英成了公司股东,陆伟当了销售部主任,管理层几乎全换了,很多老工人被辞退。后来,机械厂的效益越来越差,又有不少工人辞职,直到现在接近倒闭的状态。你们走访的时候,工厂的老人儿已经很少了,对二十年前的事情了解得不多。"

韩勇从塑料袋里又翻出一张孙炳九的照片,赫然就是光头的九哥!

韩勇指着九哥的照片,说:"孙炳九虽然是厂长,但是对工厂经营并不上心,甚至是完全不负责任,只知道在外厮混。工厂的管理越来越混乱,甚至有一些社会混混,偷了工厂的产品出去倒卖。方玉良发现这些情况后,带着工人们做过一些补救,成立了工厂保安队,防止产品被盗卖。可惜,工厂还是越来越差,几乎倒闭。后来,方玉良的儿子方志强出事儿,更没人管了,据说工厂要彻底关门了。"

杨业不解地问:"孙炳九这么个人,怎么当的上厂长呢?"

韩勇说:"据说老厂长失踪后,振联厂改制陷入僵局,几乎倒闭。孙炳九带了一笔投资进工厂,新城区也表示了支持的态度。方玉良他们是为了工厂,主动让步的。"

郑钦点头:"张惜的前夫崔忠,当时就是新城区的副区长,她应该就是那时候和陆伟他们搭上线的。"

此时,刘彬把笔记本电脑上往大家面前一挪,说:"郑队,蒋涛出狱后在东北省的县城打过几个月工,然后就因为贩卖自制枪支,再次被抓捕,至今还在监狱服刑。"

蔡斌看了看电脑上蒋涛的照片,赞许地说:"哎哟,这搞电脑的就是快,查资料都联网了,唰唰就来了!"

韩勇看看发亮的电脑屏幕,又看看自己面前的塑料袋,面无表情。

郑钦望着白板出神,猛然想到一个可能,沉声道:"你们看看这些人,除了坐牢的蒋涛和方玉良,就剩一个活人了。"

刘彬脱口而出:"孙炳九!"

杨业深吸一口气:"头儿,你的意思是,枪击案凶手的目标,是跟老厂长案有关的人?那,下一个就是孙炳九了!"

郑钦看看蔡斌和韩勇,他们俩神情镇定,对此推断并不吃惊。

郑钦思维清晰,继续推理:"因为老厂长失踪,从工厂改制中获益的人里,有朱英,陆伟,张惜很可能也有获利,他们都死了,只剩这个厂长孙炳九了!"

杨业问:"方玉良杀死朱英,是为他儿子报仇。枪击案凶手杀人是为了什么?是为了利益?这些人都死了,最后是谁获利?"

蔡斌低沉地说:"也可能是为了报仇。报老厂长的仇。"

刘彬看着自己查到的资料,说:"李德忠失踪案已经很明确了,报杀人的仇吗,也没有依据啊!"

韩勇冷哼一声,站起身来:"是啊,程序合法,案情明确。这话能写到报告里,写不到人心里。蔡老,咱们也别在这儿多管闲事了,这可是领导定性的案子。你当年为啥被贬到保安室啊,好了伤疤,可不能忘了疼!"

郑钦赶紧说:"勇哥,蔡老,感谢你们支持!真的是帮助太大了!咱们自己人不说外话,我现在的想法是,先不管凶手的动机,既然有理由怀疑他下一个目标是孙炳九,我们就先把这个人控制住,保护起来,继续深挖。"

蔡斌也站了起来,说:"行,郑钦,我们也就是来帮帮忙,建议你把那些老工人,包括蒋涛、小六子,都再摸排一遍。"

韩勇指了指桌上的塑料袋:"喏,这些资料给你们。"

"谢谢!"郑钦和杨业、刘彬站起来,蔡斌和韩勇冲他们点点头,离开会议室。

审讯室。

绰号"猴子"的侯伟脸色黄白,瑟瑟缩缩地坐在审讯椅上。

郑钦和杨业坐在审讯桌后。杨业严肃问道:"侯伟,你又是昏迷又是犯毒瘾的,折腾四五天了!你真当我们重案队是吃素的?我实话告诉你,陆伟被杀前就被警方监控了!你鬼鬼祟祟地开个套牌车,一路跟着他,到底要干什么?"

侯伟抬眼,眼神中带着瘾君子特有的颓靡涣散,没有吭声。

郑钦冷冷地说:"猴子,你不交代也可以。我知道你是老吃老做的道友,但你搞清楚,这可不是戒毒劳教就能了结的案子。你是枪杀案现场最近的目击者,还是最大的嫌疑人。公安机关有理由相信,你和枪案凶手同谋,一个跟踪一个杀人!枪杀案是怎么判的,你心里有数。你可想好了,坐牢挨枪子儿的是你,吃香喝辣的是你老大,你值得吗?"

侯伟听了这话,眼睛转了转,嘴唇翕动,有些坐不住了。

郑钦和杨业对视一眼,决定按照最新调查的判断进行审讯。郑钦猛地一拍桌子,厉声道:"侯伟!实话告诉你,孙炳九的情况我们很清楚。

他现在自身难保。你要给他顶雷,就是顶死刑!坦白从宽还有条活路,你自己掂量。"

侯伟一听孙炳九的名字,神情明显变化,张了张嘴,没发出声音。杨业看看郑钦,知道这个方向走对了。

杨业走过去,给侯伟嘴里塞了支香烟,点上,说:"说吧!"

侯伟深深地吸了口烟,沙哑地说:"我最近跟着龙哥混,他手里总是有好货,越吸越上瘾。龙哥是九哥的手下,他安排我去跟踪那个叫龅牙伟的,我就开车跟着他。谁知道开到半路,他车胎爆了。我本来想给龙哥打电话,问问还要不要继续跟。但那会儿,瘾来了,我就抽了两口。结果,居然有枪响!"

侯伟显然心有余悸,说:"路上乌漆墨黑的,我也看不清到底咋回事,吓了一大跳,赶紧多吸几口,压压惊。谁知道,吸多了。浑身哆嗦,车都开不了,被你们给抓……被政府给挽救了。"

郑钦拿出孙炳九的照片,问:"你说的九哥,是不是这个人?他的情况,你交代清楚!"

侯伟点头:"是。我跟了龙哥不到半年,他就是看我打架下手黑,我就是想靠他拿点儿好货。他们的事情,我搞不清楚。就知道九哥凶得很,路子野。政府,我举报。九哥他,手里有枪!"

郑钦眼神一顿。杨业急问:"什么枪?多少枪?"

侯伟几口就把香烟吸没了,说:"我就见过一回。九哥带我们去吓唬龅牙伟,他好像是坑了上面儿的钱。九哥拿了个54手枪,顶到龅牙伟脑门儿上!别说他快吓尿了,我也吓一跳!所以,我前面儿不敢说话,就是害怕他们打击报复我。政府,我现在举报,算立功表现吧?"

郑钦和杨业对视一眼,神情沉重。

会议室内。

杨业刚从外面跑回来,端起茶杯咕咚咕咚地喝好水,说:"小六子租房的邻居和房东都说,很久没见过他了。振联厂的人也说,知道他做手术,没见他回过厂子。推算一下时间,应该是他去医院做捐肝手术后,就没人见过他。"

刘彬看看面前的笔记本电脑上的资料,对郑钦和杨业说:"通过刑侦智能云搜索,查不到小六子的行踪,他的手机近一个月没有通话记录,也查不到定位。郑队,他会不会离开京海了?"

郑钦心下凛然,说:"小六子只是个年轻的技工,为什么要跑,还跑到这么彻底,看起来有反侦察能力!"

他揉揉眉心,疲惫地说:"小六子失踪,一个造枪的蒋涛在坐牢,又冒出一个持枪、涉毒的孙炳九。他知道侯伟被抓,肯定是躲起来了。"

刘彬一边操作电脑一边说:"孙炳九有消息了!"

郑钦忙问:"在哪儿?"

刘彬推了推眼镜,说:"他换手机很频繁,陆伟死后就查不到定位了。我们根据他之前用过的手机通信记录进行筛查,还有其他数据整体分析下来,他最近应该是躲在孙家祠堂。他是本地人,祠堂就在新城区的孙家村里。"

杨业一个激灵:"孙家村?头儿,给你家寄尖头皮鞋的快递点,就在孙家村。"

郑钦心里也一沉:"凶手从孙家村寄快递,有两种可能,要么孙炳九就是凶手,要么,他已经被凶手盯上了。"

刘彬沉声道:"不管怎么样,都要先控制住孙炳九。"

郑钦站起来,说:"小叶,我们去一趟孙家村。"

晚上八点多,华灯初上。孙家村。

孙家村的小路上,在城市里忙碌一天的人们纷纷返巢,提着菜肉和熟食来往匆匆,电瓶车在人流中窜来窜去。街边小吃店和大排档的灯泡都亮堂堂的,和煤气灶的火苗一道,照出热腾腾的人间烟火气。

通向孙家祠堂的斜坡上,今晚格外热闹。十几辆豪车陆续开来,停靠在斜坡及附近,一些生面孔的男人三两成群,站在街边抽着烟,或者游走闲逛。他们的目光时不时看向村口,像在戒备着什么,又像在守候着什么。

平日庄严肃穆的孙家祠堂,今天开了大门,陆续有男人带着几个小弟进入,个个或描龙画虎或带着刀疤,看起来都不是普通百姓。常年封闭的祠堂,此时灯光昏黄,人影闪烁,氛围神秘而又危险。

祠堂旁阴暗的曲巷里,一个男人隐身于暗夜中,窥视着一切。他目光闪烁,透出疯狂的神采,转身看向身后那座小楼。小楼位于孙家村的边缘,共有五层,经过六七十年的风雨侵蚀,早就是摇摇欲坠的危楼。

此时,小楼的三楼窗户处,王小利和钱茂盛正带着五六个侦察员蹲点。

缉毒队副队长钱茂盛的光头,在月光下微微发亮。他一边通过高倍望远镜,观察着孙家祠堂,一边因为紧张和兴奋而嘴巴不停:"好家伙,刚才进去那个光头,是明州来的大毒枭,好像叫王坤吧?"

"还有那个刀疤脸,是北城区的地下龙头陈麻子。"

"王队你看,正主儿孙峰出场了。就那个圆滚滚的大胖子,孙家村的村长。咱们名单上的第一名。"

王小利一语不发,透过望远镜,紧盯着他们今晚的头号目标孙峰,直到他一晃一晃地进入了祠堂的厢房。

王小利轻吁口气,低声说:"今天的行动,是我们缉毒队跟踪两年的收网之战!孙家村的村长孙峰,带着一大家子进行家族式贩毒。今晚这些人聚在这儿,一是拜码头,二是商量后面儿的大生意。孙家祠堂,就是京海毒品的最大集散地。"

钱茂盛摸摸光头，说："不容易啊哥！咱们折腾了两年，终于等到这个机会！按照目前掌握的名单，今晚到场的毒枭至少25个，现在才到了13个，咱们再等等吧！"

王小利点头："两年都等了，不差这一会儿。孙家村的外围，全是我们缉毒队的人和特警，两百多号荷枪实弹，就等收网！"

钱茂盛透过望远镜，一边看着祠堂，一边高兴："咱们缉毒队这一战大捷，王队搞不好要高升啊，以后我们在队里走道儿都带风……卧槽！"

钱茂盛忽然咒骂一声，满脸惊诧。王小利眉头皱起："干什么一惊一乍？小声点儿！"

钱茂盛像是见了鬼似的，支吾道："郑钦，郑钦怎么来了？"

王小利以为自己听错了，一把抢过望远镜："谁？"

顺着钱茂盛手指的方向，他真的看到了郑钦和杨业！他俩穿着便服，身后是重案队的几个骨干，逛街般地走在斜坡的人流中，眼看就要到祠堂了。

王小利也忍不住破口大骂："真见鬼了！他们怎么来了！"

孙家祠堂内。

九哥也就是孙炳九，站在孙峰身旁，和那些拜码头的毒枭们碰面。孙炳九在外凶狠毒辣，在他堂哥孙峰面前，却相当恭敬。

孙峰是个笑面虎，笑呵呵地和大家介绍："坤哥，麻老弟，这是我堂弟老九，能干得很！"

孙炳九心里有事，总觉得惴惴不安，一边四处张望一边勉强应酬着。

孙峰发现他不对劲，抽空低声询问："老九，你怎么了？晃来晃去的？"

孙炳九支吾两声，小声说："哥，现在警察盯得紧，咱们这么大张旗鼓地搞，不会有事吧？"

孙峰呵呵一笑:"老九啊,你从小就这样,个儿最大,胆儿最小。放心吧,咱老孙家的祠堂,有老祖宗保佑。条子来了,也是有去无回!"

孙炳九讪笑两声,不敢多言。

斜坡上,祠堂越来越近,夜市摊点越来越少。

小戴手里拿着一把串儿,看似悠闲地和老彭走在一起,其实心里紧张得要命,手心全是汗水。杨业提着进入城中村后买的两瓶饮料,递给郑钦一杯:"尝尝!"

郑钦手里夹着一根点燃的香烟,接过饮料,不经意地看看路两边的豪车和三三两两的青壮男子。

他凑近杨业,低声说:"有点不对劲儿!"

杨业还没来得及回话,一个光头就大步冲上来,亲昵地一把搂住杨业的肩膀,用西北方言说:"兄弟,你们咋才来?走,那边儿走!额把酒都摆好嘞!"

郑钦等人看到钱茂盛突然窜出来,心里的震惊和王小利他们刚才是一样一样的。小戴差点儿被嘴里的羊肉噎住,咳嗽起来。

"哈哈!走!就说咋不见你。"杨业也说起西北话,笑着接话。大家都身经百战,从善如流,嘻嘻哈哈地跟着钱茂盛走到一旁的岔路上。

一行人来到岔路口的偏僻处,王小利揣手站在墙壁下的阴影中,低声说:"今天晚上我们撒好网了,你们得马上离开!"

郑钦心里一沉,却无法放弃这难得的机会,说:"不好意思,我们今晚也有安排,怕是让不了!"

王小利神色冷厉:"姓郑的,我知道你让枪案搞得灰头土脸。这是我和兄弟们蹲了两个月的大活儿,出什么差错,你担不起这个责任!"

杨业心头火起,回敬道:"姓王的,老子又不是你的兵!你说啥就是啥?"

钱茂盛毫不相让,呛道:"夏政委明确指示,支持我们的行动!你们赶紧走,出啥事儿你兜不住!"

双方各自站队,十几个强硬的男人,沉默相对,剑拔弩张。

郑钦知道,现在所有人都在看自己的态度,等自己的决定。他扭头望向不远处的孙家祠堂。他几乎能看到,门厅那尊关公像前的香火缭绕。

此时此刻,困扰他多日的真相就在眼前,关系他仕途发展的线索就在前方!如果王小利的缉毒行动让孙炳九趁乱逃走,或者惊扰甚至放跑了枪案凶手,他可能永远无法兑现对郭队的承诺,甚至此战一败,失去曾经苦苦奋斗得到的荣誉和前途!

指尖的烟头,燃烧殆尽,灼痛刺骨。

他,怎么可能退回去?

郑钦做了决断,沉下脸说:"你们干什么我管不着,我们干什么,你们也别拦着!王小利,我们各干各的!"

郑钦说完,把手里的烟头扔到地上,用脚踩灭,转身大步走上斜坡,向祠堂走去。

王小利压着的火气猛然喷薄而出,冷笑道:"老子把脑袋拴到裤腰带上,干了这么些年,你他妈跟谁呢?!"

"哥,干他!"钱茂盛脾气火爆,带着几个缉毒队的侦察员跟上斜坡。

他一把拉住杨业,要往回拽。杨业魁梧高大,反手推了把钱茂盛。双方聚成一团,火药一触即发。

此时,斜坡的高处。一辆破旧的面包车后,站着一个脊背微屈、头戴帽子的男人。他看着郑钦和王小利等人围拢在一起,隐约能看到肢体拉扯。他冷笑一声,知道自己添一把火的时机到了。

男人双手顶住面包车尾,气沉丹田,脚下发力。"吱呀"一声轻响,静止的面包车缓缓移动,顺着斜坡的弧度向下滑去。

刚开始,面包车的滑行很慢,甚至没引起人群的注意。很快,因为惯性加速,面包车滑行地越来越快,车厢内轰然起火。面包车冒着火焰向下疾驰,撞翻了几个夜市摊。

"这是谁的车?快闪开!闪开!"行人们受到惊吓,尖叫声和骂声不断。原本热闹的坡道,满地狼藉,人仰马翻。

"郑钦,我两百号人都布置好了!你是不是疯了!"王小利正揪住郑钦怒斥。

"小心!"郑钦和杨业等人发现身后的混乱,回头一看,只见一辆熊熊燃烧的面包车,已经冲到了面前!

郑钦抓着王小利,连忙侧身闪躲。面包车的热浪擦身而过,险之又险。

"不好!"郑钦和王小利躲过车辆后,同时脱口而出。

然而,他们来不及补救,只能眼睁睁看着面包车直直地下坡,冲向祠堂!

"轰隆!"面包车狠狠地撞上祠堂外墙。强烈的碰撞后,车头变形,外墙坍塌。

祠堂内。

孙峰看看腕上的金表,起身招呼众毒枭,一边往前厅走,一边说:"各位兄弟,咱们先拜关二爷……"

不料此时,面包车轰然撞塌外墙。砖石飞射,碎屑四溅,一块碎砖从孙炳九头顶飞过,差点打他个正着。

突如其来的变故,让在场所有毒枭和他们的小弟都愣住了。四五十个男人神色紧绷,许多人下意识地扶住腰间的匕首或刀刺。

"轰隆!"又是一声惊天巨响,燃烧着油火的面包车剧烈爆炸,热浪滚滚,火光冲天。

埋伏在孙家村外的刑警和特警,听到爆炸声顿时进入警戒状态,蓄势待发。很快,电台里传来王小利的声音:"所有人!立刻行动!能抓多少是多少!"

"出发!收网!"刑警和特警们马上行动,开始合围孙家村。

"郑钦,今天这笔账,咱们没完!"王小利用对讲机发出指令后,狠狠地指了指郑钦,快跑向祠堂。虽然郑钦刚才带着他一起躲开了面包车,但是他心里依然恨极。这辆面包车肯定会惊动孙峰,他只能赶紧下令收网,将损失减到最小。如果不是郑钦搅局,他现在应该稳坐钓鱼台,按计划收网,完美立下大功,怎会如此被动?

郑钦和杨业也面色阴沉,带人冲向祠堂。郑钦胸部起伏,心里翻滚着惊涛骇浪:哪里来的面包车?这到底是毒枭的试探,还是枪案凶手的布局?

"兄弟们,宰了这些条子!老子奖赏五十万!"孙峰大声叫嚣着,率先从祠堂冲了出来。

孙峰虽然身材圆胖,但十分凶狠悍戾,表面上总是笑呵呵,骨子里是无法无天的亡命之徒。他拿着一把自制的青龙偃月刀,带着那些抄着木棍、砍刀、武士刀的毒枭和小弟,形成一股洪流,冲卷袭来。

孙峰他们敢于和警方誓死对抗,很重要的原因是他在孙家村势力深厚,毒枭们都有各自等在外面的小弟。这些打手纷纷赶来支援,万川归流,少说也有两三百人,未必不能赢出生路。

"警察,放下武器!"合围的警察和多方冲来的打手们在多处相遇,一经碰撞,很快缠斗在一起。整个孙家村杀声四起,多处混战,偶尔还有枪声传来。有两个刚进村的毒枭,还没来得及进入祠堂,就被合围的特警遇上,直接拿下。

战况最激烈的,就是祠堂门前,王小利和郑钦等十几个最先赶到的刑警,和五十多个毒贩的"遭遇战"。

"不要轻易开枪!"王小利在祠堂前的混战中,闪身躲过一根铁棍,顾不得擦额头的鲜血,对着电台大喊。

"别动枪!"郑钦抬脚踹飞一个手持尖刀的红毛青年,瞥到小戴手忙脚乱地想要掏出身上配枪,几乎是同时大喊道。

郑钦和王小利年龄相仿,差不多时间进入刑侦队工作,十多年来,从来是既生瑜何生亮的竞争对手,是仕途竞争到厮杀阶段的老对头。但是,面对穷凶极恶的罪犯时,他们依旧是可靠的战友。面对危险的居民区混战时,他们都是经验丰富的老刑警,深知枪弹的危险性,担心流弹伤害到无辜群众。

"警察!别动!"钱茂盛十分勇猛,直奔孙峰而去。他果断亮明身份,借此威慑孙峰,给大部队争取时间。

钱茂盛快接近孙峰时,突然被一个小弟持刀偷袭。他侧身一躲,尖刀擦身而过。就在这一瞬间,孙峰一脸狰狞杀意,挥着青龙偃月刀砍向钱茂盛的脑袋!

"啊!"钱茂盛脚下仍有惯性,一时闪躲不及,被狠狠砍中了右手臂腕,顿时一声痛呼。

若非青龙偃月刀未开封,只怕整条手臂都没了。

"老钱!"王小利看到钱茂盛的手臂鲜血淋漓,顿时目眦欲裂。

他和两个缉毒队的侦查员赶紧冲上去,手持警棍,护住钱茂盛。

郑钦挥舞警棍,砸到了满脸凶相的陈麻子。他也迅速冲上去,弯腰灵巧地躲过孙峰的长刀,速度极快地用警棍锤击孙峰的右臂。孙峰痛哼一声,脚下一晃,青龙偃月刀险些脱手。但他确实狠辣傲烈,马上换成左手持刀,依然挥刀顽抗。

毒贩人多势众,心知被抓就是死刑,都是拼命厮杀。十几个刑警左冲右挡,即便是素质过硬,也只能勉强防守。附近的群众早就吓得躲了起来,而那个戴着帽子的男人,依然藏匿在阴暗处,冷冷地看着眼前的一切。他的目光,从未离开郑钦,如同蛰伏的毒蛇,等待致命一击的机会。

一片混乱和血腥中,杨业勇猛善战,直奔祠堂内。一个脖子上文着青龙的壮汉从祠堂冲出,抓着把西瓜砍刀,砍向杨业。杨业眼疾手快,身形一矮,敏捷躲过,再顺势一脚踹出,把青龙壮汉踹倒在地。此时,他一眼看到壮汉身后,正在夺路而逃的孙炳九!

"孙炳九!"杨业大喊一声,猛冲过去。几个打手向他围攻,杨业结实地挨了几棍,却仿若未觉,直奔孙炳九而去。

郑钦听到杨业的喊声,也看到了孙炳九的身影。他顾不得挥舞着长刀想要逃跑的孙峰了,赶紧跟着杨业追了上去。

"我操!"孙炳九边跑,边忍不住地怒骂一声。

他虽然是混黑道的,但他并不在堂哥孙峰的贩毒生意核心圈子。陆伟被杀,侯力被抓,接二连三的意外,让他感到了危险,本能地躲进祠堂,希望靠孙峰的庇护逃过一劫。却没想到,孙峰胆子太大,在城中村组织毒枭大会,引来一堆警察。孙炳九一看出事儿,便暗呼倒霉,他躲在人群最后,想趁着混乱逃走,万没想到居然有警察认出自己,还直奔自己而来。

"孙炳九,站住!"杨业紧随其后大喊。

孙炳九搞不清楚,为什么缉毒警察会紧盯自己不放,但他现在只能拼命地逃。他仗着对地形熟悉,钻入最近的小巷子,在小路巷道拐来跑去,躲避搜寻。前面有个岔道口,只要他左转出去,就能跑到大路上,那边有他停的车。

"砰!"孙炳九刚往左边路口冒头,一枪崩来。

他赶紧往后一躲,咬了咬牙,只能往右边跑。左边的路上,那个戴帽子的男人收起了枪,冷冷地看着孙炳九的背影。

右边道路的尽头,就是王小利监控祠堂的那栋破旧的五层小楼。孙炳九慌不择路地跑上楼,郑钦和杨业紧追不舍,跟着上楼。那个戴帽子的男人,也如同幽灵一般,出现在楼下的阴暗里。

小楼的楼顶上,孙炳九自觉无路可退了,满脸狠厉地掏出了腰间的手枪,向楼下的郑钦和杨业开枪。"砰!"

"有枪!"郑钦和杨业猛然一惊,避到楼梯下方。郑钦的肩膀被子弹擦伤,渗出鲜血。

"没事吧?"杨业关切地问。

"没事!"郑钦摇摇头。两人的额头都沁出了汗水,对望一眼,迅速拔出手枪,开枪还击。

"砰!砰!"孙炳九感到子弹在耳边呼啸而过,吓得躲在破旧的墙壁后,冷汗透背,大口喘气。

郑钦和杨业迅速冲上来,在楼顶的一堵墙后隐蔽,郑钦喊道:"孙炳九!张惜和陆伟都死了,你想跟他们一样吗?你放下枪,配合警方,不管以前发生什么,都算你将功折罪!外面全是警察,你跑不了!"

孙炳九马上明白了,警察是因为自己的事情来的。他看看窗外的孙家村,大量警力在打击和搜寻毒贩,枪声、追赶声、搏斗声、逃亡声此起彼伏。

孙炳九不相信老大,也不相信警方。因为他以前做过的那些事,如果被警察抓住发现,一样要重判。反正是个死,不如拼了!

"老子谁也不信!老子跟你们拼了!"他双手持枪,眼神疯狂,冲到墙外,向郑钦和杨业的方向猛开两枪。然后便朝着阳台栏杆跑去。

"别跑!"郑钦猛追上去,却一脚踩进了楼板的松烂处。"咯"的一声,楼板碎裂,郑钦半条腿陷了进去,动弹不得。

"去死吧!"孙炳九正准备攀爬下楼,扭头抬手就朝郑钦开了一枪。

"头儿!"电光火石间,杨业猛冲出来,挡住了郑钦身前。

"砰!"

杨业右侧胸前中枪,在冲击力下,踉跄着退后几步,从五楼没有扶栏的楼梯口坠落,重重摔在一楼。

"咚!"沉闷的响声,如同一锤重鼓,狠狠落在郑钦心上。

"杨业!"郑钦拼命挣扎出陷落的左腿,不顾一切地向楼下冲去。

孙炳九见自己真的枪杀了警察,满脸都是惶恐和疯狂,赶紧翻过阳台,向下攀爬逃离。

郑钦冲到楼下,看见杨业倒在破败的水泥地上,胸前的伤口已被鲜血浸透。他的嘴里流出鲜血,暗红色的血液从他身下四散开来,整个人毫无生机。

"小叶!坚持住!坚持住!"郑钦脑海一片空白,手忙脚乱地去按住杨业胸前的伤口。猩红的热血,从郑钦的手指缝中不断流出。

杨业虚弱地睁开眼睛,看向郑钦,他的嘴角在蠕动,似乎想要说什么,却只能发出无言的喘息声。杨业用尽最后一丝力气,抬起左手,覆盖在郑钦按住自己胸前的手上。他的目光渐渐变得涣散,生命力快速地消散。

郑钦双眼满是血丝,发出沉痛绝望的嘶吼:"杨业!"

第十章　穷途末路

"杨业!"

孙炳九沿着阳台的栏杆和窗棂,身手敏捷地爬下小楼。他听到郑钦的嘶吼声,既胆寒于自己杀了警察,又窃喜现在郑钦顾不上追逃,自己可以顺利跑掉。他快步向孙家村外的方向跑去,只觉得生路触手可及。

"啊!"孙炳九刚转进一个巷口,突然觉得后脖颈一阵剧痛。

他只感到天旋地转,浑身无力地瘫倒在地。他用力睁开眼睛,朝上方看去。

"是,你!"孙炳九看着这个他无比熟悉又完全不敢相信的身影,挣扎着说了两个字,便晕了过去。

头戴帽子的男人立在孙炳九面前,从他身上掏出手机,扔在地上一脚踩碎。他随手扔掉木棍,看看地上如同死狗般的孙炳九,再看看不远处的破旧小楼,缓缓地勾起嘴角,似乎在说:"你终于也体会到痛苦了……"

他俯身扛起地上的孙炳九,稳了稳身形,凭借强大的意志力,扛着孙炳九快走了一段。三轮摩托车的马达轰鸣声响起,很快便渐行渐远,隐入黑暗,消失踪迹。

京海市第一人民医院。

移植外科52床的病房外,轮班民警熬夜看守,时不时看看病房内。

病房内,监控头时刻对着病床监护。方玉良穿着病号服,上身微曲地站在窗户旁,双手扶着窗台,望着外面的世界。

他看的方向,正是陷入混乱的孙家村。随着那声轰然巨响,孙家村迅速沸腾开来。没多久,街道上响起救护车、消防车和警车的鸣笛声、警报声,划破了京海市夜晚的宁静。

方玉良的眼睛,反射着楼下公路的亮光,冷冷地笑了:"呵!"

他要让郑钦切身体会,那种让他窒息、让他终身悔恨的痛苦,究竟是何种滋味。距离最后的成功,已经越来越近了。

医院急诊楼。

走廊里,传来混乱的脚步声。一辆沾满血的移动担架车快速前行,滑轮摩擦着地板,发出刺耳的摩擦声。

担架车上,杨业不省人事地躺在那里,因为失血过多,脸色苍白如纸。鲜血从血肉模糊的伤口渗出,湿透了担架床的白色褥单,凝成浓稠的血糊,丝丝缕缕地滴下。郑钦的身上满是血迹,扶着担架,呼唤着杨业:"坚持住!杨业!"

医护人员满脸焦急,将担架推入急诊抢救室。郑钦被护士拦住:"抢救室,家属不能进!"

郑钦不得不停下,看着抢救室的铁门和穿梭进出的医生护士,焦躁地来回踱步。他越想越恨,猛地双手锤墙,责怪自己贪功冒进,害了杨业。

这时,刘彬打来电话,听筒里传来嘈杂急切的声音:"郑队,杨队怎么样?孙家村这边基本控制住了,还在打巷战。我和小戴在楼下搜了一圈,没找到那个孙炳九,但是发现了一个被踩烂的手机。我查了一下,应该是孙炳九的手机。他是跑之前扔掉手机,防止追踪吗?"

郑钦听完,挂了电话,怔怔地愣神。从朱英和赵小颖被杀,到陆伟和张惜遇害;从自己家收到的尖头皮鞋,到孙家村里冲孙炳九打的黑枪。一幕幕场景,一条条线索,层层串联,指向一点:方玉良。无论他是怎么做到的,但一定与他密切相关!

郑钦抬头看到第一人民医院的标识,意识到方玉良也住在这里,顿时脸色一变:"方玉良!"

郑钦转身,向病房楼大步而去。

洗手间内。

外界重重防护,只有这个狭小空间没有摄像头监控,没有看守民警的审视。方玉良拧开水龙头,哗哗的流水声,伴随着沉重的呼吸。

他站在镜子前,望着镜中的自己,面容蜡黄僵硬,带着病态扭曲,看上去极不自然。他叹了口气,悲喜交集:很快就遮掩不住了,很快就不用再遮掩了!

他俯身撩水,温热的水流渗入脸面的缝隙中。一点一点的,他忍受着尖锐的灼痛,揭下了贴合多日的硅胶面具。面具和皮肤粘连紧贴,撕拉下了大量的皮肤黏膜,渗出血丝和黏液。

"嗯!"他忍痛极低地闷哼一声,终于把面具完全撕扯下来。镜子里的脸孔,皮肤大面积红肿,溃烂和缺损的地方,渗着鲜血和白浆。即便这张脸血迹斑斑,十分可怖,依然能看出年轻的轮廓。

他,不是五十多岁的方玉良,而是原地蒸发,重案队遍寻不得的小六子。

小六子沉重喘息,脸上的每一寸肌肤,都在贪婪地感受着外面的空气。他调成凉水,捧起水不断往脸上拍打,冰凉的触感缓解了溃烂的灼痛。他终于镇定下来,目光闪烁地看着镜子。

一切，都要从半年前那个阴沉的傍晚说起。

振联机械厂。

方玉良和方志强怒气冲冲地站在室内，赵小颖手忙脚乱地往身上套衣裙。

朱英挣扎着摸了摸后脑勺，摸了一手的血。他赤红着眼，用血淋淋的手指着方玉良和方志强，怒吼道："敢打老子！老子弄死你！"

"你吓唬谁?!"方志强怒吼一声，冲上去揪住朱英，两人扭打起来。

方玉良见朱英受伤，不想搞大事情，便上前拉架。赵小颖趁乱拿起坤包，披头散发地逃出办公室。她跑到楼下，迎面撞上接了朱英电话赶来的保安二狗子。

赵小颖拉扯着身上凌乱的衣服，指指楼上喊道："你快去！朱总在楼上，姓方的打人啦！"

傍晚的工厂没什么人，只有住在旁边宿舍的小六子，听到隐约的动静，走出宿舍外张望。他听到赵小颖的喊声，戛然止住脚步，躲在角落里悄悄窥探。

二狗子在快倒闭的工厂当保安，收入勉强糊口，手头很紧，又好烟酒。平时朱英来工厂办事，或者带赵小颖来厮混，会随手给二狗子扔包中华烟，或者打赏一两百块钱。二狗子为人势利，把朱英当成财神爷恭敬，指哪儿打哪儿。

办公室内，朱英身宽体胖，出手狠辣，方志强被他两拳打得发懵，却仍死死抓住朱英的胳膊不放。

方玉良拉扯不开他们，又不忍心儿子吃亏，便抄起桌上的厚玻璃烟灰缸，喊："肥英！你住……"

方玉良话没说完，突然后腰一阵酸麻，脚下一软，倒在地上。他手里的烟灰缸也随之落地，碎在地上。

二狗子拿着电棒偷袭成功,威风凛凛地站在方玉良身后喊:"没王法了?敢打朱总!"

朱英又是一拳打在方志强脸上,方志强头晕目眩地倒在一旁,手腕失力,松开了手。

朱英挣脱开方志强,厌恶又忌惮地指着方玉良说:"二狗子,把他给我铐起来!我给你发奖金!"

"放心朱总!"二狗子从兜里掏出一副保安队自己配的手铐,拖起方玉良,把他单手铐在了二楼的栏杆上。

朱英狠狠地踢了方志强一脚,啐了他一口:"你是个啥玩意儿!敢寻老子的晦气!"

朱英骂完,把衣服套上,拿起小夹包就扬长而去。二狗子赶紧狗腿地跟上,絮絮叨叨地拍马屁:"朱总放心,一会儿我得好好收拾他们!"

朱英冷哼一声,从夹包里掏出几百块钱递给二狗子:"行了!你也没那胆子!今天干得还不错,还知道带电棍上来。"

二狗子喜笑颜开地接过钱,说:"朱总和孙总是工厂的老板,姓方的爷俩跟我们一样,都是打工的,打工的就得听老板的!还敢跟老板动手,反了他了!"

这时,方志强勉力从地上爬起来,看到父亲方玉良无力地被铐在栏杆上,还没从电棍的袭击中恢复。他极为气愤,抹了抹嘴角的血,追下楼去。

他眼带红丝,快步跑向朱英和二狗子,一把推倒二狗子,骂道:"你凭什么铐我爸?去给他解开!"

二狗子只顾着拍马屁,虽然高壮也被猛然推倒,一时没爬起来。方志强冲向朱英,吼道:"姓朱的,我跟你没完!"

朱英见方志强如同疯魔一般,心里也打了个突。他看到旁边的厂房铁门虚掩,赶紧跑了进去,想要找个称手的工具反击。方志强哪肯罢休,紧跟着跑进厂房。

这间厂房是化工为主的作业间,厂房内已显破旧,两台油漆斑驳的设备摆在中间,角落是一个强酸池,散发出刺鼻的味道。

厂房内,方志强很快追上朱英,两人再次扭打起来。方志强心忧父亲,出拳凶狠,朱英竟有些招架不住,被打倒在地。

"我操!"朱英满脸戾气地从地上爬起来,从设备操作台上抄起一把油迹斑斑的扳手。

"王八蛋!"方志强再次挥拳而上。

朱英错身躲过,举起扳手狠狠地砸在方志强头上。方志强闷哼一声,昏倒在地。

这时,二狗子也跑进厂房,刚好看到这一幕。他愣了愣,跑过来俯身看看方志强,却发现方志强双眼紧闭,一动不动。二狗子看看喘着粗气的朱英,蹲下去伸手在方志强鼻子下试了试,没有感觉到气息。

他吓得赶紧缩回手,结巴着说:"朱,朱总,他,他好像死了!"

"死了?"朱英伸手摸了摸方志强的头颅,感到一块明显的凹陷。

朱英也吓得迅速撤回手,看到手上些许的血迹,明显慌乱起来。

二狗子两腿打颤:"朱总,这,这可跟我没关系!你,你这是正当,正当防卫吧!"

朱英指着二狗子骂:"防卫个屁!就是防卫,老子也得吃牢饭!妈的,老子要是出事儿,你小子也跑不了!"

"我!哎!"二狗子吓得不行,又不敢反抗朱英。

"朱总!那咋办啊!"二狗子焦躁地跺着脚。他和朱英看着地上一动不动的方志强,又同时把目光转向了硫酸池。

朱英揪住二狗子的衣领,急促地说:"把他扔到池子里。就说他是自己掉下去的。死无对证,警察找不到证据!"

二狗子吓得一哆嗦："不行不行！姓方的老头儿就在楼上，他儿子死了，你肯定跑不掉！"

朱英目光疯狂狠绝，哑声道："你不是打牌欠了很多钱吗？欠多少？替我把这事儿扛了，我给你50万！"

二狗子一听，顿时愣住了。朱英从包里掏出一叠厚厚的百元钞票，塞到二狗子兜里，然后俯身把方志强的胳膊抬起，说："快！抬脚！"

二狗子摸摸口袋里鼓囊囊的钞票，一咬牙，蹲下去抬起方志强的两只脚。两人抬着方志强，来到硫酸池旁，对视一眼。朱英狠戾地点了点头，两人一使劲儿，就把方志强抛入硫酸池中。

"呃！"方志强在掉入强酸中时，突然发出一声短促的惨叫声！但很快就整个人没入硫酸里，浓厚腐蚀的液面微微晃动，很快恢复平静。

"啊！"二狗子被吓得向后退了几步，跌坐在地上，指着硫酸池，"他他，他没死！"

朱英也被吓得抖了一下，胸部起伏，呼吸加粗。他看了看硫酸池，又转身走向二狗子，低沉地说："现在，他死了。二狗子，你听好，方志强追着你打你，你们俩在厂房打起来，他不小心掉到池子里死了！我想劝架，没拦住你们！"

二狗子眼泪都快出来了："朱，朱总，这，这是杀人啊！我……"

朱英冷冷地看着他："你最多是防卫过当，过失杀人，我给你一百万！你就算坐几年牢，出来也值了。你要是敢出卖我，我就找人弄死你！让你和姓方的去做伴！"

二狗子牙齿打架，好容易冷静一点，说："一百万，一分也不能少！"

"轰隆隆！"一道惊雷巨响。

被铐在栏杆上的方玉良，发现儿子不见了，开始拼命挣扎。

躲藏在角落里的小六子，望着厂房的方向，瑟瑟发抖。

瓢泼大雨，从天而降。

京海市新城区的墓园内,绿树茵茵,墓碑林立。

墓园一角,有两座紧邻的墓碑。左边的墓碑上是方志强的证件照,五官清秀,朝气蓬勃。右边的墓碑上是李美兰年轻时的照片,笑容灿烂,朴素温婉。

方玉良形容憔悴,胡子拉碴地蹲在墓碑前,从身边的大布袋子里,掏出一些巧克力和一杯奶茶,摆放在妻子李美兰的墓碑前。

他剥开一块巧克力的包装纸,又给果汁饮料插上吸管,声音沙哑地说:"你总说,我对你不好,没给你买过巧克力,脾气不好。你的小姐妹,都喝过奶茶,你没喝过。这一杯,二十块钱,咱也不是喝不起啊!喏,你吃吧,喝点儿吧,你……"

方玉良喉头哽咽,粗糙的手掌抹去脸上的泪痕:"你跟了我这么多年,吃苦受累,没享啥福。临走了,还要先去陪儿子,照顾他。美兰,下辈子啊,别再跟我了!找个能挣钱的、有本事的男人,好好过日子。我啊,我也活不长了,但我肯定不能让你和志强白死!"

方玉良又从布袋子里掏出一瓶五粮液和两个小酒杯,给方志强的墓碑前放了一杯酒。他给自己倒了一杯白酒,一饮而尽,又把方志强墓碑前的酒杯端起来,洒在墓碑前的地上。浑浊悲怆的泪水,随之滴落。

方玉良伸出手去,摩挲着方志强的照片,说:"志强,我这个当爸的啊,窝囊一辈子!你生到我们老方家,快三十了,也没给你买个房,娶个媳妇儿。爸对不起你,儿子,爸知道你走得冤枉,你放心,害死你的人,一个都跑不了!"

方玉良端起酒瓶,咕咚咕咚喝了小半瓶。他抬起头,低哑地说:"出来吧!"

小六子从旁边的树干后,站了出来,低着头来到方玉良旁边,嗫嚅道:"师父,我,我来看阿姨和志强哥。"

方玉良依然看着墓碑,面容冷漠地说:"小六子,工厂要关门了,护厂队也解散了,你有技术,再找个工作吧!我也该解脱了……"

小六子眼泪哗就下来了,跪倒在方玉良身边,哭着说:"师父!你不要赶我走!师父,我对不起你!我对不起志强哥,对不起阿姨!我,我确实没想到他们,他们敢杀人!我要知道志强哥会出事儿,我就是拼了命,也要去帮忙。警察问我,到底有没有看到,志强哥是怎么掉进去的。我,我当时不敢凑上去,我确实没看见啊!但是,我看到朱英先跟志强哥进去的。我听见他们在里面打起来了,然后,就再没有志强哥的声音了。二狗子后来进去的,他们俩出来的时候,那个样子,肯定是他们把志强哥扔进去的。"

小六子越说越难受,抬手狠狠地扇了自己几个耳光,流着泪说:"师父啊,我错了!我没有去帮志强哥,我也没敢给警察说,我看见他们害人了。我是个没胆子的王八蛋啊!师父,这几个月,我没有一天能睡着觉。我后悔死了!师父,你原谅我吧!我,我可以帮你!我愿意跟你一块儿,给志强哥报仇!"

方玉良看向小六子,目光复杂:"别傻了,你懂什么是报仇?是会死人的!"

小六子擦擦眼泪,声音带着哀求:"师父,要不是你把我捡回来,我可能早就饿死了。我胆小怕事,怂了二十多年,害人害己!我现在都不敢闭眼睡觉,一闭眼就全是志强哥和阿姨,还有朱英和二狗子。我受不了了!师父,我就是拼了这条命,也要给他们讨回公道!让我帮你吧!"

方玉良定定地看着小六子,缓缓道:"你要是不后悔,我们就让他们血债血偿!"

时间回到现在。

小六子立在洗手台前,正在回忆中出神,突然病房外传来郑钦的怒吼:"方玉良,人呢?"

"来得这么快!"小六子心里一惊,只怕功亏一篑,急忙抓起硅胶面具贴到脸上。

门口监护的民警指着厕所说:"郑队,他在洗手间,刚进去几分钟……"

"方玉良,出来!"郑钦没等民警说完,拉开病房门就冲了进去。

郑钦一把拉开洗手间的门,只见"方玉良"趴在洗手台前,头发湿漉漉的,洗手池里有暗红色的水迹。

郑钦冲过去,双手揪住他的衣领:"你干什么?"

小六子面部僵硬发黄,但是头发蓬乱沾水,脸上和嘴角都是血迹。郑钦的身上手上,也都是杨业的血迹,他在愤怒之下,并没有发现异样。

小六子担心自己暴露,索性顺势往地上一倒,捂着腹部,闷闷痛哼:"呃,疼!"

郑钦毫不手软,提起小六子的胳膊就往外拽:"少给我装病!"

"哎!啊!"小六子拖在地上,沙哑地痛呼。他不停地咬烂自己的舌头,鲜血流出,糊住脸脖。

"郑队,你在干什么?"樊义怀医生穿着白大褂,匆忙赶来。

一个很年轻的值班护士跟着来到病房门口,看到郑钦如此粗鲁地对待病人,大大的眼睛有些慌张,顿住了脚步。

樊义怀大步进来,一把拉住郑钦,生气地说:"病人还在术后恢复期,情况很不稳定!要是有什么后果,你能负责吗?!"

郑钦还想说些什么,被匆匆赶来的刘彬拦住:"郑队!先冷静!"

樊义怀俯身把小六子扶到床上,严肃地说:"请安静一点!我先看看病人的情况!"

郑钦强忍着怒火,没有再继续发难。刘彬看看郑钦肩膀衣服的破口和血迹,脸色大变:"你受伤了?"

郑钦摇摇头:"没事,擦伤。"

大眼睛的护士姑娘端了个装着针筒、纱布和酒精棉球等物的医疗托盘过来,刘彬满眼焦急,说:"麻烦你帮他消毒包扎一下!"

郑钦按住刘彬的胳膊,再次摇头:"真没事!樊医生,他不是恢复得很好吗?可以出院了吧?"

"恢复情况好坏是相对而言,能不能出院,是要由医疗指标判断的!"樊义怀没有看郑钦,只俯身撩开小六子的病号服,露出腹部的手术切口瘢痕,开始给小六子检查身体。护士姑娘见小六子脸上都是血污,便拿了块纱布,想给小六子擦拭脸上的血迹。

樊义怀头也没抬,说:"先抽血。"

"好。"年轻的护士听医生的安排,放下纱布,手脚麻利地抽好血。她看看一身煞气的郑钦,还是不敢上前,塞给刘彬两块酒精纱布,离开病房。

郑钦冷冷地说:"樊医生,他要是没什么生命危险,我想问他几句话。"

樊义怀眉头皱起,想要拒绝。小六子口齿含糊地说:"好!"

樊义怀面色复杂地看看小六子,对郑钦说:"他的肝功能还没有完全恢复,门静脉高压和胃黏膜损伤还有出血的症状,我还要进一步检查。"

刘彬忙说:"放心,就是问几个问题。"

樊义怀见状,看了眼小六子,走出病房。

郑钦注视着"方玉良",说:"方玉良,你想报仇,是吗?"

小六子躺在病床上,目光晦暗,冷哼一声。

郑钦冷冷地说:"孙炳九不见了,他去哪儿了?"

刘彬惊讶地看向郑钦,没想到他会做出如此大胆和肯定的猜测。

郑钦说出了自己的分析:"这几个月里,朱英死了,赵小颖死了,张惜死了,陆伟死了。今天晚上,孙炳九差一点就逃走了,有人冲他打了一枪,他才跑到楼上。现在,他人不见了,手机被砸烂,他去哪儿了?一个杀人凶手,不求财不求利,杀了四五个人,全是仇杀。这些人,都和振联厂有关,都和你有关!朱英和赵小颖,是为了给方志强复仇。但是,你为什么要杀死张惜、陆伟呢?所以,给儿子报仇,只是你的计划的一部分,是吗?"

小六子十分平静,声音嘶哑浑浊地说:"你现在,愿意了解案子背后的事了?那,我们做个交易吧!"

"什么?"郑钦心中一沉,这句话似曾相识!他曾对方玉良说过截然相反的一句:案件背后的事情,我不需要了解!重要的是,我给你一个公正的结果。

小六子看到郑钦复杂的眼神,深呼吸一口,说:"只要你向媒体承认,我儿子被杀的案子,是警方调查失误,是你失职造成的冤案!"

"你说什么!"郑钦怒道,脸色难看。他是重案队队长,是平安卫士,怎么能自我抹黑?!

小六子咳嗽两声,挑衅道:"你不是想破案吗?只要你认错,我就告诉你,孙炳九在哪儿!没错,我是想杀他。不过,我给你个机会。你现在答应,还来得及救他。现在十一点,你还有四个小时。"

郑钦怒视着小六子,一字一句道:"要我跟你妥协,绝不可能!"

小六子冷笑一声:"我本来,也没打算活多久。你不答应,就是打死我,也别想知道他在哪儿!"

郑钦果断拂袖而去,对值班民警说:"把他盯死了!哪儿也不能去!"

刘彬紧随其后离开。小六子吐出口中的血沫,扯出一个嘲讽的笑容。

他知道,郑钦一定会回来找他。这些自以为正义的伪君子,他早就看透了。

一饮一啄,早被料到!

新城区。一汪湖泊,波光粼粼。明亮的月光洒在湖面,微风吹来,荡起波痕。湖泊不远处的夜空下,矗立着十几座吊塔。大城市建设中的气息,微微影响了这幅唯美的自然画卷。

一艘三层的意大利豪华游艇,停靠在岸边。游艇上灯火辉煌,彩旗迎风招展,大气奢华。统一着装的男女服务生,个个外貌出众,面带微笑,立在游艇上和岸边恭候嘉宾。

一辆奔驰迈巴赫驶来,两男一女下了车。为首的是京海市公安局副局长田力,另两位是刑侦队夏一攀政委和黄卿卿。

黄卿卿笑容粲然:"付先生本来想请领导们去会所的,又担心市中心人多眼杂,不太适合。刚好,他的游艇俱乐部从意大利买了艘新游艇,据说和英国皇室同款,国内也就这一艘!今天首航,请两位领导来指导工作!"

田力笑呵呵道:"这样啊,那我们倒要见识见识!"

夏政委站在一旁,也附和着笑。

这时,一个中等个头,肩宽背阔的中年男人走了过来,身后带着两个身穿黑色西装的壮汉。

中年男人穿着高级订制的休闲西装,颇有些儒雅气质,笑着跟田力和夏一攀握手:"田局,好久不见!夏政委,久仰大名,欢迎领导啊!"

夏一攀看看他身后,笑道:"付总好气派,还带着保镖!"

付长坤闻言笑笑,挥了挥手,让身后的保镖退下:"主要是为了迎接贵宾啊,让领导见笑了!"

田力哈哈一笑:"老付啊,最幽默!"

黄卿卿也笑着打趣,几人上了游艇,参观一圈后,来到顶层落座。黄卿卿挥了挥手,训练有素的服务生很快端上来日式刺身拼盘、燕窝鱼翅、龙虾海参等山珍海味,打开了陈年的茅台,醒了两瓶拉菲。

游艇来到湖泊中央,湖景迷人。酒过三巡,菜过五味,宾主皆欢。

付长坤举起酒杯向田力敬酒,说:"今晚小聚,主要是感谢田局,帮付某人联系了新城区崔书记。振联机械厂工业用地的土地性质,顺利改为商业用地,节约了审批时间,对企业发展助力良多啊!"

田力颇为受用,喝了这杯敬酒,笑道:"能为京海的建设添砖加瓦,我肯定是义不容辞。"

夏一攀应景地笑着,心道果然田力才是今晚的主角。他望向湖面,只见远处青山朦胧,近处丛林隐约,虫鸣鸟叫,耳畔生风,空气湿润。这么好的环境,开发成房地产,价值肯定不菲。

这时,田力放下酒杯,貌似随意地说:"我记得这个厂的副厂长,叫方玉良的杀了人,工厂已经彻底倒闭。有些闹事的工人也都散了。现在文件都下来了,怎么还不见开工啊?"

付长坤目光闪动,余光看向夏一攀,感叹道:"田局说得不错,方玉良被捕后,他搞的那个护厂队,很快就没影儿了。付某这才有机会,把振联厂全盘收购过来。不过现在,我们还是不敢开工啊!"

黄卿卿问:"这是怎么回事?"

付长坤略一沉吟,道:"田局,夏政委,振联厂这两年不太平啊!出过命案,我们做企业的不安心啊!"

夏一攀看看田力,问:"方玉良已经落网,很快就要判了。付总有什么不放心的?"

付长坤叹口气,道:"方玉良是被抓了,可是最近京海发生的连环枪案,听说受害人跟振联厂有关。我们都人心惶惶,没人敢开工。"

黄卿卿似有所悟:"原来是这样。"

付长坤话音一转:"说起这枪杀案,不知抓住凶手了吗?"

田力脸色微变,失去了笑意:"这是郭毅君的案子,老夏应该比我熟吧。"

夏一攀冷冷一笑:"田局,刑侦的情况您也了解。郭毅君主管重案队,也不知道他怎么想的,竟然给郑钦担保,立下什么军令状,用知情证人去钓鱼!结果凶手没抓到,证人被枪杀了。搞得我们刑侦队成了笑柄!网上还有人说我们公安局是粮食局。唉!"

田力也摇头叹息:"要我说,郑钦是骄兵必败!郭毅君也糊涂了,昨天我跟陈局去市委开会,市委领导和萧书记已经很不满了。要是再抓不到凶手,可要有人承担责任的。"

夏一攀心里一动,问:"萧书记什么态度?"

"这么大的案子,萧书记能是什么态度?"田力拿起桌上的黄鹤楼,黄卿卿温柔地拿起打火机给他点烟。

田力抽了口烟,说:"老夏,机会就在眼前,你可得抓住了……"

"谢谢田局。"夏一攀笑得真诚。此时他的手机声响起,是王小利打来的。王小利的声音有点喘:"政委,我们在孙家村蹲守,马上收网了,郑钦带着几个人跑来了!我现在去拦住他!"

夏一攀皱眉,低声说:"他们不会知道你们的行动啊!各队之间有案情保密条例。这样,一切以缉毒队工作为第一!不管你做什么决定,我都支持你的。"

"收到!"王小利带着钱茂盛等人冲出小楼,匆匆挂了电话。

夏一攀放下电话,歉意道:"不好意思田局,队里的事情。"

田力看看付长坤,道:"付总,不瞒你说,现在这个连环枪杀案,确实是有些棘手。按照刑侦队现在掌握的线索,凶手可能还要继续作案。"

付长坤原本手端红酒杯,悠闲地晃着,听到这话,心里咯噔一下,一时无言,手也顿住了。

黄卿卿补台道:"哎呀付总,您别担心,有咱们田局和夏政委保驾护航呢!"

付长坤恍然惊觉,自己的后背已被冷汗浸湿。他掩饰地笑笑:"那是。田局放心,只要警方能抓住凶手,我们全力支持配合。卿卿,拿来。"

黄卿卿马上把一张设计图,展开在田力面前。

付长坤姿态谦和,又带着成功人士的自持,笑道:"付某是商人,在商言商。我请风水大师看过,眼前这片区域,聚阳宅之风水气运,最适合房产开发。自然环境也好,如果建成高档住宅区,再好不过。"

夏一攀看向地图,正是这片湖泊旁区域的房产建设规划图,心思暗动。

黄卿卿说出了他的心思:"这么好的环境,这么大的规模,这盘口估计要上百亿。"

付长坤一笑,指着地图道:"我们计划沿湖岸四周,建100套湖景别墅。领导看这两个位置,环境最佳,风和水笙。我想,这两套就按造价给两位领导。"

田力的眼角快速一跳,看着图上那两座别墅的位置,确实是上风上水的好地方。他摆了摆夹着烟的手,推辞道:"老付,这怎么可以?这不合适啊!"

夏一攀附和道:"付总的心意我们领了!为企业家保驾护航,是我们的本分。不过这,无功不受禄啊!"

黄卿卿站起来,娇笑道:"两位领导,这是付总的心意,你们要是拒绝了,他可要伤心的。再说了,这别墅也不是白给啊,领导也是要花钱的。你们这个级别的干部,买套房也很正常啊!"

田力没有答应,也没再推辞,举起酒杯,呵呵笑道:"哈哈,卿卿你这丫头!那我就借这杯酒,敬付总一杯!"

夏一攀也举起酒杯:"我也敬付总!"

付长坤端起酒杯回敬:"请田局、夏政委放心,付某说的话,绝不会食言!"

双方默契地达成了共识,觥筹交错,氛围融洽。

酒足饭饱之际,夏一攀再次接到电话,一听到听筒那边的声音,顿时脸色大变:"什么,钱茂盛重伤?我马上过去!"

明月映照下,远处的塔吊影影绰绰。

破旧空旷的厂房中,孙炳九挥舞着铁锹,挖开地上的泥土。原来的水泥地面已被榔头敲开,水泥碎块散落四周,中间的深坑如同坟墓,渐渐呈现。

孙炳九狼狈地挖着坑,口中骂骂咧咧:"真见鬼!老子千算万算,栽到你手里了!姓方的,你够狠……"

他满心愤恨,却不敢不挖。因为从他醒后,黑洞洞的枪口,就一直直指他的后背。

持枪的男人瘦削微驼,月光之下,露出他帽檐下的真容,正是方玉良!

孙炳九身材壮硕,一边挖坑一边暗自叫苦。他心里很清楚,自己落到方玉良手上,结局是不言而喻。这个深坑,是给自己准备的。毕竟当年的那件事,他才是那个操刀手。

"挖好了!"孙炳九闷声喊方玉良来查看。他低着头,握着铁锹立在坑中,似乎已经认命。

方玉良佝偻着背,走了两步上来,去打量那个深坑。见大小合适,他满意地点了点头,哑声道:"行,你自己下去吧!"

"去死吧!"孙炳九突然暴起,举起手里的铁锹,狠狠砸了过去!

他从来都是个狠角色,对别人狠,对自己更狠。要让他坐以待毙,不可能!

方玉良猝然遇袭,本能地向旁边闪躲,还是被铁锹扫中了手臂。他痛得闷哼一声,脚步踉跄后退。

孙炳九乘胜追击,又举起铁锹抡向方玉良的头顶,要把他砸个头颅粉碎!

孙炳九忽然眼前一花,身影佝偻的方玉良竟凭空消失了。没等他反应过来,耳边传来一道风声。他下意识地闪躲,却只觉得脑袋一痛,身体软软地倒了下去。他做梦都想不到,方玉良有如此身手。

"蠢货!"方玉良一击得手,看着地上的孙炳九,不屑地冷哼一声。

他此时才意识到刚才孙炳九偷袭得手,自己的左臂被砍伤了。一道深可见骨的创口,传来剧烈疼痛,鲜血流出,向下蔓延。

方玉良从随身的袋子里拽出条布巾,把胳膊上的伤口匆匆一扎。他俯身把孙炳九推入深坑,拿出事先准备的氧气面罩,扣在孙炳九的脸上。黑暗之中,他没有注意到,左臂流出的鲜血,有一滴落到了孙炳九脸上。

方玉良站起身,用铁锹往坑里填土,开始活埋孙炳九。他埋得一丝不苟,将地面铺平后,看了一会儿,才转身离开。

该做的,他都做了。孙炳九是死是活,就看郑钦的抉择。

与此同时。

远处的湖边,游艇停靠在岸边,奔驰迈巴赫疾驰而去。

游艇的舷栏旁,付长坤注视着驶离的奔驰,若有所思。夜风吹动他的衣襟,显得气度不凡。

黄卿卿走到他身后,神态不复之前的娇俏圆融,带着戒备和审慎,说:"付先生。"

付长坤转过身来,递出一个U盘:"今晚做得不错,这是你的报酬!"

"多谢付先生!"黄卿卿激动地抿了抿唇,一把将U盘夺在手里。她想拿到这个U盘,已经想了十几年,如今终于得偿所愿。

付长坤勾起嘴角,笑道:"U盘可以销毁,人的经历是抹不去的。你在歌舞团的时候,陪过的那些大人物,都还在哪!"

黄卿卿攥紧U盘,指节发白,勉强镇定地说:"谁还没有点儿故事呢?我只求换个心安。"

付长坤脸上的笑意更甚:"是吗?当初肥英用这个威胁你,让你去找郑钦,帮他洗脱杀人嫌疑。你事情办得蛮好,真是心安啊!"

"付先生,别逗弄我了,谢谢。我先走了。"黄卿卿强自镇定,道别后,脚步略显仓皇地离开。

付长坤没再多言,看向远处那片荒芜废墟。他心里始终隐隐不安:到底是谁杀了张惜和陆伟?在那片废墟下面,还有什么?

京海市第一人民医院,急诊楼。

郑钦拗不过刘彬的坚持,脱掉外套和衬衫,露出肌肉紧实、遍布瘢痕的上身。刘彬看了看,确实只是比较浅的擦伤,血液已经半凝结在伤口上。他轻舒一口气,用酒精纱布给他擦拭消毒。伤口的刺痛,郑钦浑然不觉,只焦急地看着急诊抢救室。

这时,一位女医生推门而出,拿着通知书,在抢救室门口喊:"杨业的家属来了吗?"

郑钦把衣服一套,马上跑过去:"来了!我是他的队长,他家属都在外地,我来签字,全权负责!"

女医生已经知道了他们的警察身份,递给郑钦一份病危通知书,说:"警察同志,病人失血性休克,现在急诊抢救手术。他的颅脑损伤和胸部伤口都很严重,情况不太好。我们会尽力的,这是病危通知书,你看一下,需要签字……"

"病危?!"郑钦眼眶酸痛,手指颤抖着签了个字,泪水洒落在通知书上。

这样的噩耗,把他曾经的坚持、看重的荣耀、名利和地位,全部击碎。他所追求的一切,跟杨业的生命相比,实在微不足道。

刘彬心里也很难过,但他看到郑钦几乎崩溃的样子,就让自己尽量冷静下来。他把郑钦拉到角落,劝慰道:"郑队,医生还在手术,杨队不一定有事。你先冷静一下,我觉得方玉良的条件,或许可以考虑,为我们争取时间,了解他的动机……"

郑钦抹了把脸上的泪痕,阴沉地看向刘彬。

刘彬沉声说:"郭队已经知道孙家村的情况了,他被田局叫去汇报了。杨业和钱茂盛都受了重伤,市局压力会非常大。我们现在的任务,就是尽快找到孙炳九。如果孙炳九再出事,局面会更加不利。"

郑钦低哑地说:"让我再想想。"

刘彬看出郑钦的犹豫和不甘,凑到他耳边,压低声音问:"都这时候了,你还有什么可想的! 如果你坚持自己的面子,那我无话可说! 但是我告诉你,在事实面前,你所坚持的东西,真有那么重要吗? 杨业的心思,我最明白! 他现在躺在手术室生死未卜,难道他的血都白流了吗!"

郑钦双眼满布血丝,有些茫然地看着刘彬。他想到多年前,自己从刑警学院毕业时立下的刑警誓言;想到他刚加入刑侦队时,那颗纯粹的初心,那份昂扬的信念;想到他获得越来越多的荣誉后,外人惊羡的目光和鲜花团簇;想到和杨业刘彬一起奋斗拼搏的日子,战友兄弟们朝夕相处的点点滴滴。

自己的变化,是从什么时候开始的呢? 是他看着韩勇和蔡斌被排挤冷落,虽没有落井下石,却也没有伸出援手的时候? 还是他和王小利暗中较劲,针锋相对、不甘于人后的时候?

十多年的刑警生涯,一幕幕滑过眼前,最后全部定格在杨业倒下的猩红血泊中。郑钦顿时意识到,自己不知何时,已经丢掉了刑警的初心,戴上了无形的枷锁。而他竟然为了这些镣铐,一再犯错,导致杨业身负重伤甚至可能牺牲,何其痛哉!怎能不悔!

郑钦握住刘彬的手,说:"帮我守着小叶,我现在去队里。"

他急走出急诊楼,打电话给郭毅君,说:"郭队,是,杨业在手术室。您先别来医院,我马上到队里,有紧急情况向您汇报!"

京海市公安局刑侦队。

郑钦站在郭毅君的办公桌前,恳求道:"郭队,方玉良的要求,能为我们争取时间,我觉得可以试试,希望你能批准。"

郭毅君刚被田力不阴不阳地批过,心里压不住火气,怒斥道:"你知不知道自己在胡说什么!这是严重的违纪行为,我不可能批准!"

郑钦双眼直视着郭毅君:"我们不能再让第三个人死掉了。"

郭毅君右手握拳狠狠砸在办公桌上,大声质问:"所以呢?你就要拿刑侦队的荣誉去冒险?你就能保证不再死人?"

郑钦毫不示弱:"如果再死第三个人,还抓不到凶手,我们还能有什么荣誉?"

郭毅君怒道:"不管你有什么理由,我都要警告你,刑侦队的荣誉,不是你交易的筹码!你是重案队长,你的集体感和大局观呢?"

郑钦沉声道:"郭队,那振联的老厂长失踪案呢?这个案子,真的没问题吗?我了解过,老厂长失踪案发那段时间,京海接连发生十几起命案,您当时是重案队队长,全队忙得焦头烂额,确实是顾不上细查。等翻回头侦查时,很多人证物证都不在了。那段时间,对您来说很关键吧?"

郑钦想到蔡老告诉自己的那些情况,声音干涩而又坚定地说:"市局考察干部的时间点,您作为重案队队长,破案率是不能下降的!所以,即使老厂长失踪案有不少疑点,您还是坚持以疑案从无结案。现在,条条线索都指向,陆伟和张惜都跟老厂长案有关。郭队你却坚持不让我查,这是为什么?"

"混蛋!郑钦,你在跟谁说话!"郭毅君怒吼一声,拉开抽屉,拿出手枪,直接抵上了郑钦的额头。

他端正的脸上满是沉郁的愤怒,骂道:"混蛋!信不信我毙了你!你敢这样跟老子说话!翅膀硬了是不是?你有今天,是谁给你的?啊?!"

郑钦毫不畏惧,把头紧紧抵住枪口,说:"你给的!开枪吧!你全部拿回去!"

郭毅君握枪的手微微颤抖。他看着眼前英挺强硬的郑钦,突然发现这个自己悉心指导出来的弟子和下属,已经超出了自己的掌控,还在不断地质疑和挑战自己。

郭毅君慢慢地恢复了理智。他收起配枪,坐下来喝了口茶,像是什么也没发生过,低沉地说:"你走吧!"

郑钦低头,看着面前的中年男人。他突然意识到,自己曾经仰视并追随多年的郭毅君,其实也变了。郭毅君心里真正在乎的,是刑侦队的荣耀,是他自己的前途。郑钦感到心底发寒,后退一步,转身离开。

郭毅君胸部起伏,胸口泛起疼痛。他赶紧拉开抽屉,拿出一把药片吞下。他平复了气息,拿出那张郑钦写的带血的军令状,目光闪烁。

或许是时候,给自己留一招后手了。

刑侦楼内,寂静无声。

郑钦心事重重,不知不觉间走到一楼大厅。他的手机响了,是刘彬发来的微信:杨业告急。

郑钦的双手不停地颤抖,缓缓把手机放回口袋,抬头看着那十六个嵌在墙上的大字,神色怔忪。

这时,保安室的门开了,一束暖色灯光洒在大厅门口。蔡斌走了出来,看到一身血污的郑钦,说:"郑钦,进来喝点水。"

郑钦走进保安室,温暖明亮的灯光裹住了他。

蔡斌是过来人,倒了杯热茶,递到郑钦的面前:"喝吧,热乎的!"

郑钦迟滞片刻,打开茶缸的盖子,一阵热气冒出来。他吹了吹浮面的茶叶,喝了一口热茶,驱散了不少寒意。郑钦很快就喝光了一杯热茶,冰冷的身体也终于热乎起来。

他恢复了些许神采,涩声道:"蔡老,谢谢!"

蔡斌往自己的小塑料盆里倒上热水,将毛巾打湿,拧干之后递给郑钦:"擦擦脸。"

郑钦接过蔡斌递来的热毛巾,慢慢地擦去脸上的污迹。他用毛巾捂着脸,毛巾的暖意瞬间渗透到皮肤里。郑钦的肩膀开始颤抖,积压很久的情绪在这一刻彻底爆发了出来。

蔡斌安慰道:"想哭就哭出来吧。"

郑钦用毛巾捂着脸,压制着自己的声音,在毛巾里泪流满面。

他不停地自言自语:"对不起,对不起……"

这声"对不起",不仅仅是对蔡老、韩勇和杨业,也是对他自己。

郑钦努力控制住自己的情绪,说:"今晚的行动失败了,杨业重伤,还在抢救……"

蔡斌有些错愕,无奈地摇头,感叹道:"你是从老郭那儿来的吧?"

郑钦点头,沉默无语。

蔡斌坐到桌前,拍拍自己正在研究的那本《梅花易数》,说:"我晚上值班,闲着也是闲着,经常看看梅花易数。今天啊,我正好看到第23卦,有点儿意思。"

郑钦下意识地问:"说的什么?"

蔡斌拿起《梅花易数》,照着书上念道:"周易第23卦,名为山地剥,主讲由盛转衰,应该顺势而止,只有采取主动措施,才能改变目前状况,否则只得忍受客方制约。"

郑钦似有触动,喃喃自语:"采取主动措施……"

蔡斌往后翻一页,补充道:"剥卦后面,是24卦复卦,次卦主讲恢复原则,要想恢复到善道,必须根绝过去的错误,在过失尚未严重前,及时反省改善,否则将积重难返。"

郑钦若有所思,橘色灯光照映着他的瞳孔。他猛然抬起头,目光如炬:"谢谢蔡老,我该走了!"

"好。"蔡斌温和地笑笑。

郑钦走出保安室,看着一楼大厅墙上那十六个大字:对党忠诚、服务人民、执法公正、纪律严明。

他心里,终于做出了自己的决定。

郑钦背靠金色的十六个大字,拿出手机,开始录制视频。

他对着屏幕,冷静地一字一句说道:"我是郑钦,京海市公安局刑侦队重案队队长。现在,我通过视频,郑重承认方志强遇害一案,存在重大的疑点!因为我的失职,在前期调查中存在疏漏……"

半小时后。京海市第一人民医院。

病房内,郑钦站在了"方玉良"面前。

"你来了!"小六子看着郑钦,并没有感到意外。只是郑钦给他的感觉,似乎跟先前不同。

郑钦平静而又坚定,把手机递给小六子:"这是你要的视频,告诉我,孙炳九在哪儿。"

第十一章　浴火涅槃

凌晨的京海,被急促的警报声划破宁静。

警车风驰电掣地冲向目的地。郑钦坐在车上,浓眉紧锁。

希望还来得及!

半小时后。

警车开到目的地,郑钦拉开车门下车,看到前方的振联机械厂大门。"振联机械厂"五个铸铁的大字,布满黑色铁锈,"联"字掉了半边,"厂"字歪斜在地。

郑钦和刘彬大步走进厂区,来到一间破败的厂房。厂房内有一个已经干涸的硫酸池,硫酸池内欧阳慧敏正带着现场勘查小组挖坑。秦奋在池旁安了两盏聚光灯,照亮硫酸池中央。

郑钦急问:"情况怎么样了?"

欧阳慧敏头也没抬地忙碌着:"我们刚到!这儿的泥土被翻新过,很新鲜……"

"找到了!"秦奋一声惊呼。大家看向挖掘处,只见泥土中露出一截衣袖。

郑钦催促:"快!把他弄出来!"

秦奋等人合力,将孙炳九从泥土中挖出。然而下一刻,众人都愣住了。

满身泥土的孙炳九,双眼突出,瞳孔放大,脸皮僵紫,面目因窒息而扭曲。给他陪葬的氧气罐罐口的显示器上,气压针已指向负数。

欧阳慧敏试探了孙炳九的颈动脉搏动,又检查了他的体温和鼻息,摇头说:"我们来晚了!他已经缺氧窒息死亡。"

郑钦脸色铁青,双拳紧握。刘彬等人也都沉默不语,气氛压抑。

秦奋作为痕迹刑技专家,对现场环境的敏锐度超出常人。他看着挖出的深坑,喃喃自语:"不太对啊!"

他拿起工具,继续刨开深坑里的泥土。刘彬问:"秦奋,你干嘛?"

秦奋也不说话,继续向旁边挖。

"停!"欧阳慧敏突然喊出一声。她急忙跳入坑中,双手拨开泥土,露出一段森然的白骨。这段白骨呈手掌状,五指张开如扣碗,与孙炳九被埋处仅隔几十厘米。好像从地狱伸出手来,要把孙炳九拉进去。

"我早该想到!把枯骨挖出来!"郑钦心念急转,想到之前凶手留下的所有痕迹,都是有指向性的!

现场勘查小组再次高速运转,秦奋擦擦汗水,说:"郑队,这个坑有年头了!坑里有大量水泥,挖掘速度可能快不了。"

郑钦对刘彬说:"外围侦查也要做,方玉良真正的目的,是要借孙炳九的死,让我们找到这具枯骨。"

刘彬说:"新城区分局刑警队已经开始搜索,目前还没有发现。警犬追踪到河浜边,气味就消失了。"

郑钦沉默地点点头。

斗转星移,太阳升起。

振联厂外,驶来两辆新闻采访车。一队记者下车后,提着话筒,扛着摄像机,走进厂区。走在最前面的记者,是京海市鼎鼎大名的毒舌记者郝悦。

郑钦站在厂房外的警戒线旁,远远地认出了郝悦。他想起昨晚,方玉良要求自己把视频发给了一个邮箱,看来是发给了这个郝悦。郑钦低头苦笑,果然应了方玉良那句话:"我要让你知道身败名裂的痛苦!"

刘彬见状,拦下郝悦和记者们。双方一番交涉后,郝悦在厂房的警戒线外,架起设备,进行报道:"大家好,我是京海快线的记者郝悦,在现场为你直播报道。我现在所在的位置,是新城区已经倒闭的一家工厂,振联机械厂。在我的背后,是接连发生命案的一处厂房。警方正在现场进行勘查,负责人正是刚获得平安卫士称号的郑钦队长……"

郝悦不愧是有名的犀利毒舌记者,她几个小时内,就掌握了大量信息,作为猛料一一爆出。随着现场新闻直播,尤其是郝悦最后附上的那条视频,郑钦马上成为大众瞩目的焦点,迅速上升为热点话题。

刑侦队队长办公室。

"郑钦!"郭毅君看到新闻,双目赤红,气得浑身发抖。他举起心爱的进取号航空母舰模型,狠狠砸在地上。碎片四溅,满地狼藉。

郭毅君近期反复情绪波动,胸口沉闷,缓缓地坐下来,摸出药片仰头吞下。他目光阴沉地看向办公桌上,那张沾血的军令状,做出决定。

京海市第一人民医院。

骨科病房内,满是领导和同事们来探望时送的鲜花和果篮。钱茂盛的右臂包扎固定,左手打着点滴,抗生素药水滴滴答答。阳光穿过玻璃,照在钱茂盛的光头上,让他失血苍白的脸多少有些光彩。

王小利坐在病床前,用一把锋利的小刀飞快地削着苹果,心疼地嘟囔:"让你别冲动,别冲动。怎么样?差点儿出大事!"

钱茂盛嘿嘿一笑,说:"这不是没事儿吗?"

王小利手法极快地切下一块苹果,用刀送到钱茂盛嘴里,说:"孙峰已经落网,咱们这案子虽然收得不利落,也算可以了。你好好休息,早点儿回队里干活儿。"

钱茂盛嚼着苹果,看看自己的右臂,低落地说:"我这胳膊,不知道还能不能干刑警了。"

王小利提高声音:"谁说不行?医生说你没问题,那就没问题!"

他又切了块苹果塞给钱茂盛,低声说:"老钱,你放心,我王小利在刑侦队一天,缉毒队就是你当副队长!这个,谁也绕不过!你安心休息,别胡思乱想。说真的,我也后怕。刚才我去看了杨业,他可能不行了。"

钱茂盛和杨业一向不对付,听到这话,心里也不好受。他咽下苹果,看着白色的天花板,艰涩地说:"杨业这小子脾气太愣,不过,是个英雄好汉,没给刑侦队丢人!说起来,那天晚上还是郑钦出手,帮我们挡了一下。"

王小利低头,看着手里的苹果和锋利的刀刃。刀锋映射阳光,照入王小利情绪复杂的眼睛。

他低声说:"咱们干刑警的,都得有受伤甚至牺牲的觉悟。重案队这次,真是遇到大坎儿了!杨业如果没了,我要是郑钦,我也得疯。"

上午十点多,振联机械厂。

挖掘工作结束,枯骨重见天日。秦奋指挥工作人员,进行现场清理。

郑钦看着那具枯骨,骨骼泛黄森然,覆盖着腐朽破烂的衣物。

欧阳慧敏蹲在遗骸旁,专注地检查:"根据泥土环境和骨龄,初步推断死者的死亡时间在20年左右,死者男性,年龄应该在60—70岁。在衣服里,发现了这个工作证……"

秦奋拿出一个证物袋,里面装着一个沾满泥污的红色封皮的工作证。

郑钦接过工作证,透过塑料袋,仔细辨认着工作证上模糊不清的字迹,只看个隐约的"李"字。

他神情有些恍惚:"姓李?"

秦奋肯定道:"是的!我们只要查访早期振联厂的李姓工作人员……"

郑钦目光闪动,肯定地说:"他应该是20年前失踪的老厂长,李德忠!欧阳,你先把骨骸带回去,先找到李德忠的直系亲属,做DNA确定身份。"

"好,我马上回去!"欧阳慧敏当即开始准备。

郑钦转身,看到韩勇和蔡斌走了过来。蔡斌目光复杂,韩勇激动地说:"我就说不是失踪!这案子总算有希望了!"

郑钦刚想要说些什么,被电话声打断。他接通电话,只听了一句话就脸色铁青,狂奔出去。刘彬一看他的状态,马上跟上去,只留了一句:"去医院!"

京海市第一人民医院。

病房内,杨业的头颅包扎多层,浑身插满输液管和气管插管。五六个医生护士围着他,在做最后的抢救。然而,一次又一次的心脏按压和除颤,都没能让心电监护仪的心电图跳起。心电图一条长长的直线,冷酷地宣告了结局。

郑钦满脸是汗地跑来时,主治医生对他摇了摇头:"病人抢救无效,人已经走……"

郑钦像没听到一样,径直走到病床前,蹲跪下来,拉住杨业扎着输液针的大手。杨业的手粗糙微凉,郑钦的手带着薄茧,微微颤抖。

郑钦眼睛不眨地看着杨业,曾经端正硬朗的眉眼紧紧闭着,曾经小麦色的脸庞现在苍白如纸。他低声说:"杨业,醒醒吧,出现场了! 振联厂的案子,有了新线索,队里这么忙,起来干活!"

杨业静静地躺着,如同睡着。郑钦的眼泪,不知不觉流了下来,哽咽着说:"小叶,回来吧! 我混蛋! 我对不起你,对不起……"

杨业紧闭的眼睛,流下最后一滴泪水。整个世界,都安静了。

两天后,清晨。龙华殡仪馆。

瞻苑厅内氛围肃穆,悬挂着一副挽联,上联"恪尽职守满腔热血除黑恶",下联"无私无畏殚精竭虑为人民",横批"沉痛哀悼杨业同志"。

杨业的遗像,是他穿着警服的正照,浓眉大眼,端正硬朗。杨业穿着警服,被白菊花簇拥,安详地躺在那里。杨业的母亲坐在遗体旁,神情悲痛,看着自己的儿子。欧阳慧敏眼睛红肿,扶着杨母。

大厅门口,郑钦身着警服,神情憔悴,陪着杨业的父亲接待悼念宾客。郭毅君穿着警服过来,抓住杨父的手,轻声安慰:"杨老哥,请节哀顺变。"

杨父深受丧子之痛打击,疲惫苍老,握住手说:"郭队,谢谢您来送杨业。"

刘彬过来,带着郭毅君走进瞻苑厅内的休息室。整个过程,郭毅君都当郑钦不存在般,看都没看一眼。自从郑钦录制了那条视频,他跟郭毅君就彻底决裂了。

休息室内,公安局局长陈诚、副局长田力、政委夏一攀和王小利等人已经到了。

"陈局,田局。"郭毅君进来后打招呼。

陈局面容沉静,没有回答。田力则毫不留情地说:"老郭,这次要不是郑钦的冒进,缉毒队盯了两年的案子,不会功亏一篑! 钱茂盛受了重伤,还在医院治疗。杨业人都牺牲了! 这是严重的失职,市局肯定要追究责任!"

郭毅君不动声色,坐到沙发上:"田局说得对,一是一,二是二,该是谁的责任,肯定跑不了!"

夏一攀面无表情,一副虚心听取的样子,看了眼郭毅君。

田力肃声说:"现在的舆论,对我们很不利啊!尤其是那条视频,让很多群众质疑我们京海公安的能力。网上更是骂声一片!"

郭毅君神情尴尬,正想解释。陈局开口道:"情况确实比较复杂,不过,郑钦的初衷是为了破案,跟嫌疑人做交易,也是为了争取救人的时间。"

郭毅君看向陈诚,内心感激。田力语气稍缓道:"为了破案,都能理解。但是手段过激,搞出这么个烂摊子……"

陈局站起来,说:"不谈这个事情了。时间差不多了,准备开始仪式!"

田力也赶紧站起来:"对,萧书记还等着听汇报呢!"

众人向大厅走去。王小利悄悄问夏政委:"政委,陈局有意保郭毅君啊?"

夏一攀不以为意,低声道:"这么大的娄子,就算有陈局保他,萧书记那关也不好过!"

王小利心中微动:"郭队主管重案队,追究责任的话……"

"不到最后一刻,谁都不敢确定赢家。再说,我们也被他们拖累了,走吧!"夏一攀拍拍王小利肩膀,小声叮嘱道。话虽这么说,他的目光还是显露出咄咄逼人的神采。

瞻苑厅内,哀乐响起,刑侦队数百名穿着警服的刑警,肃然站在厅中。

陈局发表悼文:"杨业同志敢于和歹徒搏斗,英勇牺牲。这种大无畏精神,值得我们学习。市局党委决定,追认杨业同志为烈士。现在,让我们送杨业同志最后一程……"

哀悼仪式开始,陈局、田力等领导面容沉痛,鞠躬送别。郭毅君鞠躬哀悼致意后,往前两步,梳理花圈的挽联。众人逐次前来哀悼,杨父强忍悲痛回礼,杨母无神地瘫坐着。

郑钦在队伍后面,看着杨业如同熟睡的面容,心里锐痛难当。他走到杨父杨母面前,热泪不受控制地落下,沙哑地说:"叔叔,阿姨,对不起!"

追悼会后,郑钦、欧阳慧敏和刘彬等人没有离开。殡仪馆的工作人员过来,运送杨业的遗体去火化车间。他们亦步亦趋地跟上。

杨业的遗体被抬上传送带,火化炉口大开,深红色的烈焰腾空而出。郑钦只觉得一阵撕心裂肺,冲过去帮忙,却被杨母一把推开。杨母的情绪终于崩溃,一边推打郑钦,一边嚎啕大哭:"你走!别碰我儿子!都是因为你,都是因为你!为什么死的不是你?"

杨父和欧阳慧敏扶住杨母,郑钦失魂落魄地走出火化房,内心的愧痛到了极致:"对不起,真的对不起……"

京海市公安局,小会议室。

萧志雄书记面色沉沉,居中而坐。陈诚、田力分坐两边,神情严肃。

郭毅君和夏一攀坐在萧书记面前,如履薄冰。郭毅君照着材料,开始汇报案情:"萧书记,陈局,田副局长,自十月底以来,发生在我市的恶性枪杀大案,至今已经二十四天……"

田力打断郭毅君:"你不用念了,这些案情材料,我们都看过了。你就直接说,这么严重的失误,谁来负责?"

郭毅君脸色微变,赶紧说:"领导,郑钦是案件负责人,他的一些行动,连我都不知道。没想到,他不仅指挥不当,还和嫌疑人私下交易,损害公安形象……"

萧志雄脸上隐约出现不悦,陈诚则四平八稳,不露声色。郭毅君壮士断腕,高效甩锅,让郑钦做替罪羊来保全自己,田力自然能听出。

他诘难道:"你分管重案队,郑钦有错,你就没责任吗?听说,郑钦给你写过军令状,有这回事吧?"

"有,田副局长。"郭毅君拿出军令状,恭恭敬敬地给田力递过去。

田力迅速看完,立刻递给陈诚。陈局接过军令状看了看,说:"现在的重点,不在这张军令状,而是什么时候抓到凶手!"

郭毅君压力顿减,试探地提议道:"请陈局放心,保证完成任务!刑侦队不会再辜负市局党委的期望。"

"不过……"郭毅君欲言又止,看了看田力,严肃地说,"按照军令状上的承诺,应该免去郑钦的一切职务,停职查办……"

陈诚看看萧书记,说:"处分肯定是逃不掉了!但是,郑钦最了解案情,我看还是让他留在专案组,戴罪立功吧?"

田力紧跟着说:"我赞成陈局的提议,现在正值用人之际,不能因小废大。"

郭毅君愣了愣,立刻反应过来说道:"好。那就让郑钦留在专案组,先由情报队副队长刘彬暂时接管重案队,负责专案工作组。"

陈诚、田力点头同意。萧志雄书记问:"多久能破案?"

郭毅君心念急转,咬牙保证道:"书记,请给我十天!"

萧志雄皱了皱眉。田力立刻说:"十天太长!最多给你七天,书记,您觉得呢?"

萧志雄面色稍缓:"连环枪杀案性质极为恶劣,市委已经高度关注。希望这次,不要再让市委领导失望了!"

郭毅君心里一紧:七天破案,谈何容易!

陈局经验老到,说:"萧书记,考虑到这件案子的影响,我准备在全市公安系统,不分警种地进入一级戒备!开展全天候打防严保专项行动,对所有交通道口、重点场所进行全面盘查。"

"好!行动代号:飓风!"萧志雄不怒自威,环视全场。众人起立,应是领命。

郭毅君心里喜忧参半:要他七天内破案,着实没有把握,好在有陈局全力支持。最关键的是,陈局对他依然很支持,想必副局长的位子,自己赢面依旧不小。

东城区汽运中心。出站口站着两排荷枪实弹的特警,检查进出人员。

郝悦在镜头前说:"大家好,我是京海快线记者郝悦,在现场为你持续报道。代号飓风的打防严保专项行动,已经启动。我身后这些荷枪实弹的特警……"

自飓风行动以来,京海市公安局、区分局及派出所派出大量警力,搜索凶手。各个新闻媒体跟进式报道,引起极大轰动。这场行动虽然声势浩大,却收效甚微。数日过去,枪杀大案的凶手如同人间蒸发,查寻不到踪迹。

刑侦队大厅。

郑钦匆匆归来,看到卫萍盛气凌人地迎面走来。郑钦依然是点头示意,卫萍却没看到他一般,嫌弃地绕开他,似乎避之不及。

郑钦淡淡一笑,平常心待之。他已经大彻大悟,对卫萍的见风使舵并不在意。

重案队会议室门前,郑钦看看身旁的蔡斌和韩勇,深吸一口气,推开门走入。

专案组的人员坐在室内,士气低落,气氛萎靡。大家看到蔡斌和韩勇虽有些吃惊,却也没多说什么。

"郑队,蔡老师,韩老师。"刘彬站起来,请郑钦坐在主持位。

郑钦摆摆手,请蔡斌和韩勇坐在一侧,自己走到欧阳慧敏旁边的一个空位坐下,说:"刘队,开始吧!"

刘彬点点头,说:"同志们,市局要求专案组尽快破案。我们重案队刚刚经历了重创,杨队牺牲,对我们打击很大。越是在这个时候,我们越要打起精神,尽快破案!大家有什么想法、问题,都可以提出来。"

大家保持沉默,欧阳等人都看向了郑钦。

郑钦站起来,环顾众人道:"我来说两句,首先我要跟大家道歉,因为我的失误和失职,让杨业同志失去了宝贵的生命,让刑侦队付出沉痛代价。我对不起大家,我诚挚道歉!"

郑钦诚恳地鞠躬,许久后起身,说:"以前我总认为,现代刑侦科技能够解决一切问题,贪功冒进,轻视了人性复杂,忽略了经验之谈。最重要的是,我片面地认为,程序上的合法,就是正义。但是,惨痛的教训告诉我,并不是这样。我从刑警学院毕业,一直就在刑侦队工作。我们在队里经历风雨,共同成长。现在,我犯了错,我接受处理,吸取教训。但我们更要齐心合力,解决问题!我相信大家,跟我是一样的想法。"

会议室短暂地安静了一下,欧阳慧敏开口说:"必须的!"

"对!刑警什么时候怂过!"专案组的同事们个个摩拳擦掌,纷纷回应道。

秦奋也热血沸腾地说:"此案不破,我就不考虑个人问题!"

欧阳慧敏瞥了他一眼:"你先有个对象,再说这个话!"

大家哈哈一笑,气氛活跃很多。郑钦走到蔡斌和韩勇身边,说道:"我跟大家介绍一下,蔡老和勇哥是我们刑警学院的师兄,虽然现在不在刑侦一线工作,但他们经验丰富,对振联机械厂的情况很熟悉。我请他们作为指导专家,来专案组帮忙,大家欢迎!"

刘彬带头鼓掌欢迎,韩勇神情僵硬地扯扯嘴角,蔡斌慢悠悠地点头笑笑:"谢谢大家,郑队,刘队,咱们开始吧!"

刘彬看向欧阳慧敏:"好,欧阳,你先谈谈情况。"

欧阳慧敏点头,站起来说道:"我们找到了李德忠的女儿,跟枯骨做了 DNA 比对,可以确定父女关系。也就是说,20 年前失踪的李德忠,其实是被人谋杀后,埋在硫酸池下。"

郑钦剑眉扬起:"看来老厂长被害案跟连环枪杀案有关,可以并案处理。"

蔡斌说:"老厂长失踪案的隐情事,不止这些。"

郑钦请教道:"蔡老,您的意思是?"

蔡斌翻开那本泛黄的刑侦日志,说:"案件的疑点,我记了一部分。比如,工厂改制的前因后果,阻力矛盾,改制资金来源等等。其中最大的疑点,就是李德忠的去向。现在已经找到李德忠的遗骸,当年的这些疑点一个个排查后,应该有新的突破。"

郑钦马上说:"太好了!查案就得查根!连环枪杀案是一个人作案,还是团伙作案,还不确定。现在以蔡老日志中的案件疑点作为抓手,大家各司其职,行动起来!"

DNA 检验室。

欧阳慧敏身着消毒服和白色口罩,在检测仪器前认真操作。

检测结果呈现在她眼前,她朗声说道:"孙炳九的尸体上,发现一滴他人血液,疑似凶手留下。经过 DNA 智能解析,凶手应为男性,年龄五十岁左右,身体偏瘦,中等身高……"

助理赶紧记下内容,整理成报告,交到郑钦手上。

痕迹室。

蔡斌跛着痛风的脚,跟在刘彬身后,走进痕迹室。

刘彬对正在忙碌的秦奋说:"秦奋,蔡老想来看看凶手留下的痕迹。"

秦奋愣了愣,还是按刘彬的要求,打开现场勘查系统,调出相关内容,把厚厚的一摞现场勘查报告交给蔡斌。

秦奋看看蔡斌头上的白发,说:"蔡老师,23页到38页这些照片,是张惜被枪杀的现场照片。这部分是凶手留下的鞋印……"

蔡斌仔细端详着那些照片,大脑如精密仪器,快速运转起来。他又请欧阳慧敏打开解剖室冷冻尸体的冰柜,观察陆伟的尸体尤其是一双大脚。

蔡斌经过通宵研究,最终得出结论,对刘彬和秦奋说:"痕迹结论有问题!你们都被凶手骗了!"

秦奋年轻气盛,不服气地说:"蔡老师,你不能光靠经验之谈,就说我的结论有问题。你的核心算法是什么?有没有经过足迹比对系统的论证?"

蔡斌摇摇头,指着鞋印照片:"我不懂什么系统论证,但我确实看过三十年的现场痕迹。这个凶手很擅于伪装,留下这些鞋印,就是为了转移视线。根据陆伟的双脚和体态特征,不可能留下这样的足迹。我认为,凶手应该是小脚穿大鞋。他的身体比较瘦弱,身高不到170,体重不超过50公斤。"

秦奋听着听着,也觉出道理来,不再辩论。刘彬说:"谢谢蔡老,给我们指明方向啊!"

秦奋拿起资料,低声说:"我再去研究研究。"

蔡斌淡淡一笑,继续看其他材料,寻找线索。

深夜,重案队,案情分析室。

郑钦、刘彬、韩勇和蔡斌在研讨破案方向。白板上是一幅复杂的人物关系图，李德忠、方玉良等人位于关系图中心，涉案的众多死者和嫌疑人关系交织，形成网格。

郑钦询问蔡斌："蔡老，人物关系图已经勾勒出来，您有什么高见？"

蔡斌拿着刑侦日志，仔细对比关系图说道："根据我的日志记录，本案最大的疑点，就在这几个人身上，清洁工潘阿姨，数控车间主任老陈，保安老谢。"

韩勇提醒道："这几位，都是当年厂里的知情人。你们外联组可能也走访过，但是这么多年过去了，人家泛泛而谈，你们听听记记，很难得到有用线索。"

郑钦点头，说："是的，振联机械厂兴旺的时候有上千员工。当时我们摸不着重点，走访量很大，都是无用功。"

刘彬说："那就让外联探组有的放矢，重点走访这几个人。"

郑钦肃声道："我现在是专案组一线侦察员，我去！"

新城区。联盛广场一家火锅店的后厨。

老白和小戴在和围着后厨围裙的潘阿姨确认询问内容。

小戴重复道："潘阿姨，您曾经亲眼看到，陆伟被人用老人头牌的尖头皮鞋踩在脚底下？"

潘阿姨五十上下，敦厚利落，回忆道："是啊！那时我还年轻，有一天在打扫厕所，看到外面来的混混，把陆伟推进厕所，用尖头皮鞋踩在他脸上，把他胖揍一顿……后来，他发达了，就特别喜欢穿那种皮鞋，在厂子里晃来晃去，到处抽烟吐痰……"

小戴认真记录，问："那陆伟跟张惜是什么关系？"

潘阿姨思忖道："陆伟那没良心的，以前是个穷光蛋，做过方师傅的徒弟。厂里改制的时候，听说就是他，帮方玉良找到了区里领导的老婆，也就是那个张惜。后来,就有人愿意给厂里投资了。"

老白问:"这些经营的事情,你怎么知道的?"

潘阿姨搓了搓手,笑道:"这有啥难?我在厂里经常给新领导们打扫办公室,他们打电话、开会的时候,我也听了不少啊!李厂长失踪的时候,你们警察来问我,我也是这么说的……"

京海市北郊,龙首村。

外联探组郑钦和老彭几经辗转后,在龙首村的大棚里找到了老陈。

老陈已经六十多岁,从振联机械厂内退后,凭借手里的技术,包下这片农田,搞了一个生态农庄。郑钦找到他时,他穿着破旧的中山装,正操纵农用微耕机在松土犁地,把杂草扔到后面的箩筐。

面对警察的询问,老陈不解地问:"是因为方玉良的事吗?振联厂这么多车间主任,为什么要找我?"

郑钦如实相告:"我们是想了解方玉良,听说您当年跟他发生过不愉快?"

老陈挥了挥手,大声说:"也不能说不愉快,只是性格不合,对事不对人。不过说真的,我还是佩服方玉良的,那小子有种!要不是他敢对工厂的大事提意见,搞改革,怕是振联厂早就倒闭了。"

郑钦问:"早就倒闭了?不是有改制吗?"

老陈叹口气说:"改制的时候乱啊,后来那帮人,孙炳九、朱英根本不想搞生产,就是盯着我们的地!后来,还是方玉良带着大家自救,将部分车间转产。我管理的数控车间,就是生产监控摄像头的。"

郑钦急问:"监控摄像头?"

老陈有点激动地说:"对。就是因为生产监控摄像头,我和老方在设备标准上产生了很大的矛盾。方玉良就是干活太认真,什么都要管,都要亲自做实验。"

郑钦问:"其他车间都转产做了什么?"

老陈是业务骨干,如数家珍:"我们振联厂的底子很好,老方作为主管技术的副厂长,有一说一,水平可以!当时,除了我的数控车间生产监控摄像头,还有汽修车间,生产劳保用品的车间,生产硅胶模具的车间,都是方玉良搞出来的新产品。工厂也因此有了些起色,养活了一大批工人。"

郑钦若有所思,低声道:"难怪了……"

老陈回忆当年,话音一转,惋惜地说:"可惜啊,引狼入室,后患无穷!当初老方就是太激进了,认人不准!孙炳九带资入厂的事情,老厂长李德忠、副厂长樊强都反对,方玉良就是不听。结果呢?厂子没保住,他还把儿子搭进去了。自己也成了杀人犯,李厂长失踪这么多年,唉……"

郑钦问:"引狼入室?樊强副厂长?你能仔细说说吗?"

老陈现在已是与世无争,自然言无不尽,和盘托出。不知不觉中,天色已黄昏。

西城区,城乡接合部,桃园村。

老谢已经七十多岁,家里虽不富裕,好在子孙满堂,含饴弄孙,其乐融融。

郑钦等人找上门来时,老谢抱着小孙子,惊疑道:"警察同志,我没有犯罪啊!"

郑钦笑道:"您误会了,我听说李德忠失踪前,副厂长樊强曾跟孙炳九、朱英发生过争执,您知道是怎么回事吗?"

抱紧调皮的孙子,老谢恍然道:"你是说这件事啊,这件事我知道,还亲眼看到嘞。"

京海市的高架桥四通八达,六车道的桥上车流穿梭。

警车上,郑钦翻看着走访汇总的情报,皱起眉头,敏锐察觉到不对。他拨通了刘彬的电话:"刘队,老谢提到副厂长樊强有个儿子,是当医生的,你查一下,叫什么名字?"

刘彬动作很快:"查到了,他的独子叫樊义怀,是第一人民医院的医生。欸,这个名字怎么这么熟悉?"

郑钦想了想,说:"蔡老说李德忠失踪后,樊强对案情很上心,经常来询问进展……不过,现在关键不是樊强,而是这个樊义怀!"

刘彬的资料很齐全:"樊义怀,40岁,京海医科大学的本科硕士博士。网上信息显示,他是京海第一人民医院的移植外科专家,医术高明,做事严谨……"

刘彬顿住:"哦,是他!你是怀疑樊义怀,跟方玉良勾结?"

郑钦目露精光:"这就是灯下黑!只有他,能在我们眼皮底下接触方玉良!他很可能就是凶手,或者是方玉良的帮凶!"

刘彬知道事情的严重性,问:"要马上抓捕他吗?"

郑钦眯起眼睛,缓缓道:"先不要打草惊蛇,捉贼拿赃,先抓证据。"

郑钦看向车窗外,脑海中翻腾着许多人和事:监控摄像头、硅胶模具、方玉良、樊义怀、小六子、肝移植手术……一桩桩一件件,似乎有一条无形的线索,把它们串在一起。

郑钦感到,真相触手可及。

京海市第一人民医院。

病房大楼外,两个年轻护士正有说有笑地下班,其中一个正是之前那个害怕郑钦的大眼睛护士。郑钦和刘彬走来,问:"请问两位都是移植外科的护士吧?52床是不是快出院了?"

大眼睛护士看到郑钦还有点紧张,往后退了半步。另一个护士姑娘点头:"差不多了,樊医生说快了。"

刘彬温文尔雅地笑道:"上次我们郑队也是破案心切,影响咱们病房秩序了。不好意思。这段时间,给科里添麻烦,你们辛苦了!"

大眼睛护士看刘彬帅气温润,心生好感,笑道:"我们不辛苦,好多事情樊医生都帮我们做了。我们护士长都说,樊教授真是好人!"

刘彬一笑:"是啊,我们值班的民警说,平时配药什么的都是樊教授亲自做,有时候还帮着量体温,测血压。"

大眼睛护士说:"可不是吗,按说这都是我们应该做的。但是樊医生理解我们都是女同志,接触这个病人,不说安全问题,心里确实也害怕。他那么忙,都替我们干了好多。好在这个病人恢复得很好,没什么需要特别护理的。"

刘彬和郑钦对视一眼,说:"这么说,樊医生真是个好人,好医生啊!"

医生办公室内。

樊义怀独自穿着白大衣,看着窗外,眼神怅然若失。

他用钥匙打开抽屉,拿出一盒抗生素药物,看着药物,再次出神了很久。他眼中闪过挣扎之色,最终所有无奈,化作一声长叹:"唉!"

樊义怀打开药瓶,倒出所有消炎药,又从抽屉里面,拿出一瓶抗排异药,倒出药物,把两种颜色外形差不多的药物调换后,再原封不动放回去。他拿起装着消炎药的抗排异药瓶,起身离开办公室。

移植外科病房内,樊义怀如往常那般,冲看守民警点头示意后,走进了方玉良的52号病房。他来到病床前,为小六子做例行检查。

检查很快结束,樊义怀拿出排异药物,放到床头柜上,说:"没有明显的排异反应,身体恢复不错,但是要按时吃药,不然你出了事,我也跑不掉。"

小六子似有所悟,看看药物,嘴角向后裂开,露出无声怪笑。樊义怀目光闪烁,索性不再多言,转身离开病房。

樊义怀离开病房走远后,看守的两个民警对视一眼,走进病房。

樊义怀回到办公室,坐下来,疲惫地舒口气,眼神有些涣散。

没一会儿,又响起了敲门声,郑钦和刘彬推门而入。

樊义怀眼中的惊慌一闪而过,风度翩翩地站起来:"郑队,两位领导有何贵干?"

郑钦没有和樊义怀握手,单刀直入:"樊医生,樊义怀,你父亲是振联机械厂的副厂长樊强。论辈分论交情,你是给方玉良喊方叔的,对吧?"

樊义怀笑了笑,收回自己的右手,坐回座位,说:"我父亲是和方玉良共事过,但我这些年一直在医学院和医院,对工厂老一辈的人事也不是很熟悉。怎么,我没有提前交代这么个关系,触犯法律了吗?"

郑钦也坐了下来,说:"当然没有。不过,学医成才不易,你本硕博一路读下来十多年,家里负担不小。听说当年你家的经济条件挺紧张,有一部分学费还是方玉良帮你凑的。这交情,不算普通!"

樊义怀儒雅的脸上闪过寒意:"郑队,我一介书生,何德何能,劳动重案队调查我的背景?是,方玉良曾经对我家有些帮助,关系不错,所以他做手术,我也尽心尽力!这是知恩图报,也是医者仁心,有什么问题吗?"

"没有问题。不过,你给方玉良的药瓶里,是抗排斥药还是消炎药?这有没有问题?"郑钦从口袋中掏出一个透明的证物袋,里面正是樊义怀刚给小六子的那个药瓶!

樊义怀神情陡然僵硬,纤长灵巧的双手有些颤抖。他把手揣进白大衣口袋,声音冷漠:"方玉良的身体情况不错,抗排斥药物可以不用。我作为主治医师,给他调整一下用药,同时也希望安抚患者心理。最多是我们科主任说我用药不规范,但是,这不犯法吧?"

郑钦看了看刘彬,沉声对樊义怀说:"樊教授,你知道我们为什么没传唤你,而是来医院跟你谈吗?因为我尊重你。刘队查了很多你的资料,你刻苦求学,医术高明,很多病人视你为救命恩人。你是受人尊重的医学专家,为什么要帮方玉良做违法犯罪的事情?"

郑钦看着樊义怀的眼睛,说:"没错,你是主刀医师是专业人士,你有很多办法和理由,可以糊弄我们一时,但是你绝不可能欺骗一世!樊义怀,我最后给你一次坦白从宽的机会,52床的人,是什么情况?"

樊义怀面无表情,垂下眼帘掩盖紧张复杂的情绪,但始终沉默无语。

郑钦猛地站起来,说:"既然如此,刘队,看好他!"

樊义怀猛然抬头,却被刘彬守住,只能眼看着郑钦大步出门。

郑钦径直走进52床的监护病房。小六子躺在病床上,刚才看守民警把他床头的药瓶拿走,他心里隐约有些不安,便抬起眼皮,瞟了眼郑钦。

郑钦一言不发,上去揪住小六子的衣领,把他从床上提起来。小六子成心反抗,不断挣扎扭动:"啊!你要干什么?"

看守民警进来,一起按住小六子。郑钦手劲极大,捏住小六子的下颌,让他动弹不得。他仔细地看着小六子的脸颊,伸出手在下颌角处抠开,狠狠向上一撕!

"啊!"小六子一声惨叫。这次,是真疼。

他的整张脸皮被扯下来,露出了红白斑驳、疤痕渗出的真实面容,充满了惊恐和慌张。

郑钦看看手里的硅胶面具,盯着小六子的这张脸,问:"小六子,说,方玉良在哪里?"

小六子的身体和脸部肌肉因为疼痛而轻轻发抖,他扯着嘴角,恶意地笑道:"我不知道!但我可以告诉你,京海还会死人!还会死很多人!"

刑侦队,审讯室。

樊义怀坐在审讯椅后,儒雅的面容憔悴失神。他看着郑钦,心理防线已经被攻破,沙哑地说:"我一直在想,会有这一天的。我也想过自首,几次碰到你,我都想跟你说。但是,始终没有那个勇气。"

郑钦说:"我们调查过,你和孙炳九之间也有过不愉快,这是不是你帮助方玉良的原因?"

樊义怀一声喟叹,说:"是,我博士毕业后到一院移植外科,工作发展顺利,可以说是前途大好。直到几年前孙扒皮找到我,哦,就是孙炳九,工人们都喊他孙扒皮。他丈母娘得了肝癌,让我帮忙安排手术。术前我就跟他说得很清楚,手术风险很大,他答应得好好的。结果,在台上发现病人有严重的血管畸形,出血量很大,术后老太太就没熬过来。我不敢说自己的处理完美无缺,但是我绝对无愧于心!可是孙炳九翻脸不认人,带着帮人大闹医院,把灵堂摆到医院门口,要求我在灵堂前磕头认罪。孙炳九黑白通吃,到处发我的举报信,还跟踪我家里人,到我们家威胁我!"

樊义怀满眼愤恨:"因为这个事情,我在医院晋职称受到影响,狼狈不堪。我老婆,哦,我前妻压力也很大,觉得我天天在医院忙,钱还没挣到多少,医闹先搞到家里了。她一生气,就带着孩子出国,跟我离婚了。我实在没办法,拿出所有家底赔给他,才算息事宁人。后来这些年,我慢慢缓过来了,事业上很顺利。但是,这并不意味着我忘了这件事。士可杀不可辱,孙炳九毁我名誉,害我离婚,我儿子在国外取个英文名,对别的男人叫爸!此仇不报,我枉为人!"

刘彬问:"你杀了孙炳九?"

"杀人?"樊义怀看着自己修长的双手,苦笑道:"我的手是救人的,我不会亲手杀人。"

樊义怀沉默了一会,缓缓回忆道:"方玉良家的事情,真的很惨,我非常同情他们,也有兔死狐悲之感。他来找我帮忙的时候,我不是没有犹豫过。但是,我无法拒绝一个为妻子、儿子报仇的老人。"

两个月前,方玉良的换肝手术顺利完成。

手术过后,方玉良和小六子都还在麻醉苏醒期。在苏醒室,樊怀义对麻醉医生说:"钱医生,你先忙吧,我刚好再观察一下情况……"

"好,樊教授,谢谢啊!"麻醉医生还有一台手术,转身离开去做准备。

樊义怀拉上隔离的布帘,拿出早就准备好的硅胶面具,看着紧闭双目的方玉良,按在他的脸上。然后,他又给小六子戴上了另一个硅胶面具,再把方玉良和小六子手腕上松荡荡的住院手环扯下,互换过来。

这时,小六子先醒了过来,睁开眼睛。樊义怀认真地说:"方玉良,你醒了?"

小六子看着眼前的樊义怀,感受到了脸上的异样,轻轻颔首:"嗯!"

时间回到现在。

樊义怀从回忆中回过神来,自嘲地笑笑,问:"郑队,我想问一下,你是怎么看出破绽的呢?"

郑钦摇摇头,说:"你没有破绽。樊医生不愧是专家,懂行、懂医术,又深受医院和科室的信任。这么长的时间,这么多的细节,你前后遮掩,亲力亲为,硬是没有人发现问题,包括我。但是,你帮的人是方玉良,他要杀的人太多了!他不仅是给儿子和妻子报仇,他还要给老厂长报仇,给振联机械厂雪耻。他杀了朱英和赵小颖,杀了张惜和陆伟,他还杀了孙炳九!"

郑钦顿了顿,接着说:"这样一个只为复仇的连环杀手,除了他和小六子,我们找不出其他嫌疑人。可是,小六子失踪了,人间蒸发。而你作为振联厂的子弟,作为忙碌而又专业的主治医生,还在亲力亲为地照顾52床的方玉良,一再拖延他出院的时间。因为如果他出院,就会进入看守所,那么面具伪装就很容易暴露吧?所以,抛去所有的不可能,就只剩下一种可能。那就是,你偷梁换柱了!"

樊义怀低笑一声:"哦,原来如此。非战之罪也。"

刘彬不解地问:"樊医生,你是前途大好的外科医生,为什么要帮助杀人犯?为什么到现在,你还不充分认罪?"

樊义怀抬头,目光中像是燃烧着火焰:"郑队,刘队,既然被你们发现,我无话可说。但是,我并不后悔。人生在世,短短几十年,难道真的百无一用是书生吗?为什么好人冤死,恶人猖狂?如果我这样的人,读书二十载,却又怂又窝囊,那活着,还有什么意思呢?"

郑钦猛地站起来,紧盯着樊义怀说:"樊义怀,你想伸张正义,我明白!但你知不知道,在方玉良的设计下,我的同事被孙炳九枪击,已经牺牲了!他还不到三十岁!难道这就是你所说的正义吗?"

樊义怀愣住,深呼吸后说:"郑队,我承认我难辞其咎。自从知道有刑警受伤牺牲,我一直心里难安。但是事情已经发生了,孙炳九也以死谢罪了。如果真要追本溯源,我想,你应该问问你自己!如果当初方志强没有枉死,也许,今天的一切都不会发生了!"

听着樊义怀的话,郑钦眼睛泛红,双拳紧握,攥出血丝。

会议室内,刘彬主持召开案情通气会。

欧阳慧敏汇报道:"DNA 智能解析结果和痕迹最新发现,都可以断定,杀害孙炳九的人就是方玉良。"

刘彬推了推眼镜,神色凝重道:"小六子嘴硬得很,什么也撬不开。一逼问他,他就自残,咬舌流血。现在最棘手的是,他说过方玉良还会有更多复仇行动,但是,没人知道这颗炸弹,会在哪里,在什么时候爆发。必须尽快找到他!"

郑钦眼睛带着血丝,说:"刘队,你先把案情进展汇报给刑侦队领导,请求全城搜捕方玉良！刑侦智能云尽量缩小范围,在他行动之前,把他逼出来……"

郑钦又看向韩勇,请求道:"勇哥,刑侦智能云的效果不敢保证,我们要双管齐下,还得请您出手!"

韩勇面无表情,言简意赅:"好!"

郑钦放心不少,最后强调:"现在所有重心,回到方玉良身上!"

众人大声应是。搜捕方玉良的行动,外松内紧地张开大网。

凌晨一点,新城区,城乡接合部小马路。

路口微弱的灯光下,有一辆被改装成夜宵摊的三轮车,旁边放着简陋的桌椅,几位疲乏的都市边缘人,等待着夜宵果腹。

夜宵摊老板,四十多岁,但看上去却比实际的年龄苍老许多,他满脸胡茬,皮肤黑黄,满手油污,身穿蓝色迷彩服,一头灰白的头发,窄窄的脸上写满了故事。

他嘴里叼着香烟,烟灰燃得老长,吞云吐雾的同时,手里面快速翻炒,炒锅上下颠簸,很快炒凉粉出锅了,却不知烟灰,早已成为其中作料。

这就是当年赫赫有名的刘二炮,江湖号称京海第一包打听,以前靠贩卖消息给韩勇为生,夜宵摊不过是掩护。

"大家好,我是都市快报记者郝悦,在现场为大家持续报道……经过警方不懈侦查,终于锁定连环枪杀大案犯罪嫌疑人,就是在一个多月前,残忍杀害赵小颖、朱英的凶手方玉良。警方开始全城搜捕。案件进展,请看本台进一步报道……"

刘二炮把炒凉粉装盘送出,正准备继续开炒,旁边手机的新闻吸引了他的注意,但也仅仅是几句,很快便不再关注。他暗暗嘲讽道:"连个杀人犯都抓不到,现在这些条子干嘛吃的。"

却在这个时候,他忽然感觉眼前有人挡住了光线,顿时有些不耐烦:

"谁啊,买后退、买后退,想吃去排队。"

可是那人并未离开,反而往前走了一步。

"给你说了,买后退、买后退……"刘二炮不耐烦地抬起头,看到来人以后,迅速地变脸,殷勤道:"哎哟,勇哥,什么风,把您给吹来了!"

韩勇看了眼四周,骂道:"胆子肥了,刘二炮,老远,就听你小子抱怨,谁是干嘛吃的……"

刘二炮眼珠子一转,轻轻地掌了下嘴:"您瞧我这张嘴,活该臭死人,勇哥你全当我在放屁。"

说着刘二炮从身上,摸出了一盒皱皱巴巴的中华牌软壳香烟,给韩勇递了一根过去,等韩勇接过以后,再给他点上火,极尽诌媚之能。

"小日子不错嘛,抽软中华。"韩勇吐出烟雾:"算你小子识相。上次让你查的东西,有结果了没?"

刘二炮察言观色,有些为难道:"勇哥,您让我查的那些,可是不容易啊!"

韩勇忍不住笑骂:"要是容易,犯得着来找你这个包打听?给个准话,少给我放空炮!"

刘二炮眼珠子咕噜一转,说道:"哥,您也知道,二亮子是硬货居间人,就怕有人找他打听,我是软磨硬泡……"

"二亮子?"韩勇打断了刘二炮,说道,"那个瘦了吧唧、一个眼大一个眼小的二亮子?"

"对、对、对,"刘二炮抢答道,"就是这小子,外号东北小叮当,倔得很,我想尽了招数,还答应他以后免费吃炒凉粉,这狗日的才磨磨唧唧地承认前段时间,有人找他买了批子弹,至于买主是谁,他也不太清楚。"

"妈的,还小叮当,小毛驴还差不多。"韩勇质疑道,"这货是真不清楚,假不清楚?"

"那谁知道,二亮子这个滑头。"

说到这里,刘二炮眼珠子再转,有意无意地打听:"哥,打听这个消息,是不是跟连环枪杀案有关?"

韩勇狠狠地瞪了眼刘二炮,警告道:"该问的问,不该问的别问,小心你的舌头!"

刘二炮缩了缩头,知道是犯了忌讳,再也不敢乱说话。

韩勇咬住烟,坚毅的下颌角轮廓分明。他从口袋里掏出一沓钞票:"最近比较忙,你抽空去看看大昌他妈,帮我把这点心意带过去。"

刘二炮深深吸了口烟,烟雾遮住了他发红的眼睛。他低头接过了钱:"放心吧,哥。对了,大昌他妈老问我,你是干啥的?"

韩勇愣了一会儿,说:"你就说,阿勇是大昌的兄弟。"

韩勇看到小吃摊的年轻人吃好凉粉离开,扫了眼四周没有旁人后,拿出张照片递给刘二炮:"你总在新城区混,看看,这人有印象没?"

刘二炮接过照片,靠在三轮车的电灯泡下仔细辨认,思索道:"这个人,好像有点儿眼熟。我在哪儿见过,让我想想。"

他抬起头:"哦!我想起来了,他在我这儿买过炒凉粉。"

韩勇一顿:"你这长年摆摊的,他是熟客?"

刘二炮摇摇头:"也不算熟客,就是这个月来过两回。他一个半老头儿,佝个背,戴着帽子还戴着口罩,也不扫码,拿的是一百块的钞票。我当时就觉得这人,有意思!"

韩勇跺了跺脚,眼睛发光道:"这么巧,太好了!你知道他住哪个方向吗?"

刘二炮神秘一笑:"你还别说啊勇哥,他第二回来,我刚好要送打包的凉粉儿,就跟着他走了一段路。马上要下雨了,我先把摊儿收了。"

韩勇把烟往地上的垃圾桶里一扔,拉起刘二炮的胳膊:"走!给我指指路！赶紧的！"

刘二炮都没来得及收拾东西,就让拽远了:"欸！勇哥,我先把摊儿收了。"

清晨时分。新城区,大型绿化带。

一条小路的后半段,是毗邻大片绿化带的断头路。位置偏僻,少有人来。郑钦和刘彬持枪带队,已在附近地毯式搜索数小时。

绿化带深处,一棵大树下的拾荒者的窝棚,吸引了郑钦的注意。他看看刘彬,示意从另一侧包抄。郑钦一马当先,掀开了窝棚的塑料布帘子,却发现窝棚里空无一人,只有一张木板做成的床和一些日用品杂物。

郑钦身形高大,弯着腰走进窝棚,看到床上的枕头下,露出半张照片。他戴上手套,翻开枕头,看到两张照片,正是方玉良妻子李美兰和儿子方志强的照片！

郑钦难掩激动,把两张照片递给刘彬,说:"中了！这次多亏了勇哥的情报！"

刘彬的眼睛发亮,感慨道:"是啊！刑侦智能云搜捕时,只查找了酒店、黑旅馆和出租房,却没想过绿化带的窝棚里也能藏人。"

郑钦环视一圈,目光落在树干钉的挂历纸上。他眼睛一眨不眨,自言自语般说:"方玉良个大男人,干嘛搞一堆贴画？还画一堆红叉？"

刘彬也俯身看着挂历纸,说:"母狗、母猪、公猪、老鼠、老虎和鳄鱼,六个小动物？画了五个叉？"

郑钦目光闪动,一把拉住刘彬的手,说:"五个叉！死了五个人！公猪,是朱英？母狗和母猪,是赵小颖和张惜？老鼠,是陆伟？老虎,是孙炳九？他们都死了,所以这五个动物贴画上,画了红叉！"

刘彬越听越有道理,指着鳄鱼问:"鳄鱼还没画叉,是不是下一个目标？"

郑钦点头,说:"是,而且,应该是最难下手的一个。我们兵分两路,一边查找振联厂的事情,还有谁和陆伟孙炳九一伙的;一边布控,等方玉良回来的时候,拿下他!"

刘彬有些担忧:"这么个窝棚而已,他一定会回来吗?"

郑钦看看方志强母子的照片,情绪复杂地说:"这儿有他老婆、儿子的照片,他一定会回来。"

凌晨时分,下起小雨。雨声淅淅沥沥,给夜晚的京海蒙上一层幕布。

窝棚数十米处的角落里,郑钦和刘彬身披雨衣,潜伏在冷雨中,宁静守候。

夜雨中,一个瘦削的身影,穿着雨衣,上身微曲,沿着小路而来。

郑钦马上断定那个人影就是方玉良:"有人来了!各小组准备!"

专案组潜伏的刑警们全部高度紧张,紧盯着那个身影。他只要再往前走二十米,就会落入警方的包围圈,插翅难逃。

这时,方玉良突然顿住脚步。他脸上挂着冰凉的雨水,侧耳聆听,在淅淅的雨声中,隐约有不同的声音。尽管声音很轻微,他还是捕捉到了。

郑钦一看到方玉良停下脚步,马上意识到不好。他迅速作出抉择:"他发现我们了!行动!"

与此同时,方玉良转身往外跑去,速度极快。

"方玉良,站住!"郑钦一马当先,奋力狂追。在附近埋伏的五六个刑警冲出,紧跟郑钦。

"我们抄近道合围!"刘彬果断部署,带着六七个刑警绕路合围,形成包围。

方玉良钻进绿化带对面的城中村,村内地形复杂,道路七拐八弯。方玉良熟悉地形,全力奋进。郑钦年轻力壮,越逼越紧。很快,他们来到一条死胡同。胡同的尽头是一堵土墙。

方玉良在土墙前停下,胸口剧烈起伏,喘着粗气。他转过身,看向逼近的郑钦。两个月后,他们又一次正面对峙。

"方玉良,你跑不掉了!"郑钦掏出配枪,大声喊。

"嘿嘿!"方玉良突然沙哑一笑,猛然回身,脚下发力,跃上土墙,兔起鹘落间落地消失。

郑钦连忙跃墙追击,可他双手刚攀上土墙头时,身体突然一沉!

"轰隆隆!"一声闷响,整面土墙轰然倒塌。郑钦借力向后一退,跌落到尘土中。他顾不得受伤的手臂,赶紧爬起来,看到倒塌的墙后是空荡荡的小巷,哪里还有方玉良的身影?

同事们紧跟而来,继续追逃。郑钦的心里一片冰冷,他比谁都明白方玉良的坚韧狠戾和顽强灵活。

这次,又让方玉良跑了!

第十二章　破茧成蝶

冬阳西落，晚霞漫天。

京海市西城区，繁华商业区的外围，仍有一些没有拆迁重建的老小区。寸土寸金的 CBD 地段，价格高昂的老破小，成为大都市的独特街景。

槐树路后，一栋老旧居民楼的顶楼，堆满杂物，少有人来。方玉良穿着黑衣，头戴帽子，拿着望远镜看向三栋古典气派的小洋楼。三栋小洋楼矗立在一亩多的草坪中，古色古香，低调奢华，正是本市颇有名气的"阳光会所"。

方玉良已经站了很久，腿脚有些麻木。他原地活动了一下，便看到会所三楼的一张落地窗前，那个熟悉的男人身影再次出现了。

过了一会儿，房门被推开，一个穿着制服的服务生推着餐车进来。服务生身材瘦削，相貌端正，头发染成时髦的深栗色，举止得体地把餐车上的餐品和酒水放在桌上。

方玉良这些天来，已经多次看到这个服务生了。显然，他是专职负责这几个房间的。方玉良看着那个男人拽了拽西服领子，开始大口吃东西，故作优雅地喝红酒，嘴角浮现冷笑。

他下定决心，收起望远镜，快步下楼离去，混入人群当中。

凌晨时分，夜幕低垂。

白天繁华的商业圈，路上的行人只有三三两两。路面街口上，有警车巡逻或驻扎，红蓝色的警灯在夜风中闪烁。

那个送餐的服务生史雨翔下了夜班，走出阳光会所。凛冽的寒风吹来，他打了个寒颤，裹紧身上的外套，加快脚步。好在，公司的员工宿舍虽然是拥挤的群租房，但距离不太远。他拐进了通往旧小区的一条巷子，昏暗的路灯将他的背影拉得很长。

一辆面包车驶过史雨翔身边时，停了下来。方玉良从驾驶位下来，笑道："兄弟，我跟你问个路。保江路怎么走？"

史雨翔应声望去，看见是个戴帽子的瘦弱大叔，身后的面包车除了挡风玻璃，其他车窗都被铁皮遮挡，车身上印着"老刘家海鲜"几个字。

史雨翔没有多想，指着远处道："你往前出了路口，先左拐，唔……"

史雨翔还没说完，突然被方玉良用一块毛巾捂住口鼻。他只闻到一股刺鼻的甜味，挣扎几下，便瘫软下来，失去了知觉。

方玉良在史雨翔倒下前，眼疾手快地一把捞住他，迅速拉开面包车的车门，把史雨翔塞进车里。方玉良向四周看看，小巷无人，驱车快速离开。

面包车开到一条偏僻的死胡同里，四周无人，只有几只野猫栖息。被惊动的野猫瞪着绿油油的眼睛，小心地打量着动静。

方玉良停好车，来到后车厢，打开车内的两个强力手电筒，用麻绳将昏迷的史雨翔牢牢地捆绑起来。方玉良拿出提前准备好的凡士林，涂在史雨翔的眉毛和睫毛上，又取出一团硅胶，均匀抹在他整张脸上。几分钟后，硅胶凝固成型。方玉良调配好糊状的石膏，涂抹在硅胶外面，进行外部定型。

两小时后，方玉良把石膏取下来，硅胶内外彻底定型，形成一张硅胶面具。他拿出工具，细致地为面具缝制眉毛和睫毛，再染上肤色。方玉良有工程师的技能和匠人的巧手,捧着这张面具,对比史雨翔的相貌,一针一线,一笔一画,如同雕琢艺术品,极为专注。一张栩栩如生的硅胶面具,逐渐呈现在眼前。

天光大亮,史雨翔脑袋昏沉地醒来。他躺在车厢角落,适应光线后看清眼前的人影,顿时睁大双眼!面前的男人和自己长相一模一样,身形瘦削,栗色头发,长相仿佛双胞胎一样!

史雨翔的瞳孔猛然缩小,剧烈挣扎,却因为手脚被绑,嘴巴被胶布封住,只能闷哼:"唔唔……"

方玉良看到史雨翔的反应,满意地点点头,戴上口罩,套上史雨翔的外套,推开车门离去。只留下史雨翔惊惧不安地徒劳挣扎。

阳光会所。

"史雨翔"戴着口罩,来到工作人员出入的侧门,和保安熟门熟路地打了个招呼,顺利进入会所。方玉良对会所的内部环境并不熟悉,在岔路口稍一顿足,先往老板办公室所在的小洋楼走去。

他走了七八米远了,背后传来年轻小伙的声音:"翔子,干嘛呢?"

方玉良回过头,只见两个显然也是来上班的年轻人,在冲他招手。他意识到自己走错路了,便回头和两个年轻人走到一起。其中一个高个子年轻人低声说:"你发昏了?衣服都没换,往贵宾室跑?小心领班扣你工资!"

方玉良低着脑袋,点点头,嘴里唔了一声。

另一个胖乎乎的服务生凑过来,笑嘻嘻地打趣:"翔子,你小子昨晚上去哪儿浪了?还戴个口罩,是不是让妹子把嘴啃肿了啊?哈哈……"

方玉良指指口罩和喉咙,沙哑地说:"嗨!感冒了!"

他跟着两个同事,从容地走进更衣室,沉默而利落地更换会所制服后,便走出更衣室。

胖乎乎的服务生不满地小声嘀咕:"切！给付总服务就了不起吗？装什么逼！"

方玉良走出更衣室,一边往后厨方向走,一边观察着会所内的情况。和他前期监看的情况一样,会所里的氛围安静优雅,但服务周到,等级分明。老总办公室门口还有保镖守着,除了会所工作人员,外人根本没有机会进去。

他来到后厨,看见厨师们正在忙碌地备餐。现在已到饭点,不少餐点已经做好。一个中年厨师招呼史雨翔:"齐活儿！翔子,赶紧给老板送去！"

方玉良点点头,将那些精致的餐点放上餐车,推离后厨,来到老板办公室外。两个保镖看见他,丝毫没有起疑,推开办公室门,示意他进去。

方玉良内心激动紧张,表面不动声色,推动餐车,迈步踏入。身后传来闷响,房门被保镖关闭。

这间办公室豪华宽大,两百平方米的面积,分隔为办公区、休息区和待客区里外三间。装修是欧美风格,古典的钟摆,昂贵的油画,精美的沙发,无不彰显气度。

方玉良推着餐车,悄无声息地走在红木地板上,警惕地来到办公区。他看到办公桌后面,那个所谓的老板依然西装革履,坐在老板椅上,背对着自己,似乎是在发愣,似乎是睡着了。

老板一动不动地坐在那里,对方玉良的到来似乎毫无察觉。方玉良目光狠戾,充满仇恨,抬手从脸上揭掉了面具,露出真容。

他一步步走到办公桌前,从腰间摸出那把仿五四枪,用黑洞洞的枪口,指着老板的脑袋,低哑地说:"付长坤,我来送你上路了！"

这一刻,杀机毕露！

老板终于不再无动于衷,办公椅顺时针旋转,转过身来,和方玉良四目相对。

"郑钦！"方玉良失声惊呼。他以为坐在办公椅上的，是他的仇敌付长坤，怎么会变成郑钦？

一周前，阳光会所，这间办公室内。

郑钦坐在办公桌前，冷冷地看着付长坤："付总，根据我们掌握的线索判断，连环枪杀案的下一个目标，应该就是你！"

付长坤瞳孔微缩，面上不显，儒雅地笑道："付某是个普通生意人，怎么会牵扯到杀人大案？郑队这话从何说起啊？"

郑钦看出付长坤的色厉内荏，说："都到了这个时候，你还要揣着明白装糊涂？我们调查过了，孙炳九和朱英都是你的同伙儿，给你当马前卒！振联机械厂的地是怎么来的，老厂长李德忠是怎么死的，付总难道不知道吗？冤有头债有主，你应该比我更清楚！"

付长坤的眼皮飞快一跳，迅速恢复镇定，讶然道："郑警官，你是在审问付某吗？不好意思，我需要律师在场，才能回答你的问题。"

郑钦缓缓起身，双手按住桌沿，靠近付长坤，低沉地说："这里不是刑侦队，我也没有录音笔，收起你虚伪的嘴脸！下面我说的每句话，你都给我听好了！"

郑钦注视着付长坤的眼睛："这几个月来，赵小颖死了，朱英死了，张惜死了，陆伟死了，孙炳九也死了！他们都和振联机械厂有关，都和方玉良有仇。有什么仇，你最清楚！虽然，你藏得很深，但是我知道你干过什么，方玉良也知道。你觉得，他会放过你？"

付长坤的表情越来越僵硬，低下头去拿打火机和雪茄盒。他手指颤抖，点燃雪茄后，深深吸了一口。他知道，郑钦说的是真的，他不敢用命去博。

郑钦站直了，挺拔的身姿，居高临下地看着付长坤："方玉良手里有枪，易容作案，反侦查能力很强。如果你不想死在他手里，就老实配合，争取戴罪立功!"

付长坤的双眼焦距涣散,隔着烟雾看着郑钦,不发一言。

距离阳光会所半条街区外,路边停着一辆民用牌照的商务车。

商务车的外表平常无奇,内部则是刑侦技术设施齐备的多功能指挥车。郭毅君亲自在车里坐镇指挥,密切注视着监控屏幕。刘彬在全神贯注地操作着刑侦智能云终端系统,全方位呈现会所内外的实时图像。

"是!是!好的陈局,我明白了!"郭毅君接好陈诚的电话,出了会儿神,对刘彬说,"刘彬,崔忠书记被市纪委约谈了,应该是振联厂的问题。"

刘彬并不意外:"郭队,我们把孙炳九、朱英和陆伟二十年前的社会关系捋了一遍,加上对工厂老人和新城区工作人员的走访,可以肯定,他们共同的交集就是付长坤!付长坤从涉黑性质的包工头干起,做房地产起家,插手振联厂的事情,也是想要那块地皮。因为方玉良组织工人抓生产,搞护厂队,加上新城区政府的监管,他没能得手。"

方玉良假扮成服务生史雨翔进入会所时,便已被监控捕捉。他在岔路口短暂地停顿,走错路后的纠正,这些在人前的看似从容的行动,却被刘彬敏锐地捕捉到,疑心大起。

他指着从监控录像截图出来的方玉良,说:"郭队,这个人很可疑。"

郭毅君看了录像片段,皱起眉头:"查一下资料!"

刘彬迅速摸排信息,汇报:"他叫史雨翔,26岁,是阳光会所的服务生。会所经理说,他平时主要负责贵宾室的餐饮酒水服务,包括付长坤的办公室。"

郭毅君稍作斟酌,说:"打一下史雨翔的手机,看看他的反应。"

刘彬马上安排技术人员查到史雨翔的手机号,拨打后却无人接听。刘彬汇报道:"郭队,电话打通了,但是没人接听。"

郭毅君看着屏幕沉吟不语,此时的监控里,方玉良在厨房门口安静地等餐。显然,郭毅君已经有了揣测,但还不能确定。

刘彬看出郭毅君的想法,轻声提醒:"郭队,史雨翔能近距离接触付长坤,方玉良很可能会盯上他!而且他还戴着口罩,遮遮掩掩。我认为很可疑。"

郭毅君点头,沉声道:"通知郑钦和便衣,按原计划行动。注意,不到最后一刻,不准打草惊蛇!"

"是!"刘彬立刻将郭毅君的命令通过通信电台,传达给潜伏的便衣。阳光会所内,一触即发。

此时,付长坤的办公室内。

穿着西服的郑钦坐在办公桌前,耳麦里传来刘彬的声音:"郑队,方玉良很可能化装成了送餐的服务生,正在向你这边走来!"

刘彬顿了顿,说:"小心。"

"放心,等的就是他!"郑钦淡定回复,将座椅转成背对房门。

办公室房门打开,服务生推着餐车走进来。

沙哑的声音带着难以言喻的杀机,在郑钦背后响起:"付长坤,我来送你上路了!"

郑钦旋转办公椅,两人四目相对。

"郑钦!"

"是我!方玉良,我等你很久了!"郑钦面对枪口,毫无畏惧,从座椅上站起来。

"付长坤在哪儿?"方玉良意识到自己落入了圈套,呼吸沉重,四处张望。

郑钦看着枪口,冷峻道:"付长坤已经落网了,而且,他都承认了!"

方玉良失神片刻,问:"他承认了什么?"

郑钦说:"付长坤亲口承认,他为了拿下振联厂,指使孙炳九和朱英杀害了李德忠,通过手段对振联厂进行改制。又为了开发房地产,处心积虑地搞破坏,使振联机械厂最终倒闭……"

方玉良回过神来,哑声喝道:"不!他不能承认,我还没有审判他!"

郑钦看着癫狂绝望的方玉良,目光复杂:"方玉良,收手吧!他会受到法律的制裁,你所做的一切,不就是为了让他付出代价吗?"

方玉良焦躁愤怒,手臂有些发抖。他的目光陡然狠厉,嘶声道:"你在拖延时间!老子毙了你!"

郑钦镇定地说:"就算你毙了我,你也一样跑不了!阳光会所内外都是警察!"

此时,坐镇指挥的郭毅君在监控上看到这一幕,拿起通信电台,果断下达命令:"行动!"

埋伏多时的便衣荷枪实弹,听令立刻冲入,大声道:"方玉良,放下武器!"

方玉良知道自己已经被团团包围。他没放下武器,反而刺耳阴森地怪笑起来:"哈哈……"

刑侦队,保安室。

韩勇和蔡斌坐在里间,对坐喝茶。

韩勇摩挲着玉石貔貅,说:"蔡老,刚听刑侦智能云作战室的小刘说,方玉良已经入瓮了。大家辛苦这么多天,算是有着落了!"

蔡斌喝了口茶,说:"上下无常,刚柔相易,不可为典要,唯变所适。"

韩勇挑眉,正要说什么,却见刘二炮站在门卫室的窗外,冲着自己挥手:"勇哥!"

韩勇站起身:"刘二炮,你怎么来了?"

保安见状,拉开了门。刘二炮进来后,看看蔡老,欲言又止:"那个……"

韩勇说:"没事儿,自己人,快说。"

刘二炮凑近韩勇的耳朵,压低声音:"你让我查的事情,有新消息!二亮子手头紧,找我借钱,我就套他的话。他说,方玉良身上有大量炸药,够炸一栋楼的!"

蔡斌腾地站起来,和韩勇同时问:"真的?"

刘二炮赶紧说:"千真万确!我给他看了照片,他也听说警察在找方玉良,知道自己摊上大事了。就找我借了些钱,说方玉良找他买了枪弹,还买了一箱雷管,全是真家伙!二亮子说,他越想越害怕,要到外地躲躲……"

韩勇和蔡斌顿时冷汗淋漓,急道:"我马上通知郑钦!"

韩勇猛地往外冲去,刘二炮差点儿被他撞到,还不忘喊:"哎哟!勇哥,二亮子这算不算主动配合啊,能宽大处理吗?"

韩勇转眼不见人影,蔡斌扶住刘二炮,说:"他怎么判,得看今天造成什么后果了!"

蔡斌看向窗外,蓝天白云下,依然发生着罪恶和暴力。后果,难以想象。

阳光会所。

郑钦看着疯狂怪笑的方玉良,内心沉重复杂,说:"方玉良,收手吧!"

方玉良冷笑道:"收手?我怎么收?我收了,我儿子、我老婆、我师傅,能活过来吗?郑钦,收起你的虚伪吧!我方玉良宁做人见人怕的鬼,也不做受人宰割的羊!"

方玉良说着,一把拉开了外衣,露出两排缠在身上的雷管,疯狂绝望地说:"不怕死的,来呀!你们都给我陪葬!"

郑钦一惊:"雷管!"

方玉良一手持枪,一手拉住引爆器,嘶声大喊:"都别动!我一拉线,就能把这栋楼炸飞!郑钦!我要见付长坤!"

靠近方玉良的年轻刑警小戴初生牛犊,持枪大喊:"方玉良,收起……"

郑钦断然怒喝,打断小戴:"不要说话!你们都出去!方玉良,我留下来!"

方玉良看看郑钦,冷哼一声:"行!你留下!"

便衣刑警们看向郑钦,不知道该不该退。郑钦的额头上已经沁出汗珠,再次大吼:"我说,你们都出去!我留下来!"

商务车里,刘彬一看到方玉良身上的雷管,噌地站了起来,就要往外冲。郭毅君冷冷地说:"刘彬!站住!"

刘彬身形僵在原地,此时他的手机震动起来,手指微颤地拿起来一看,是韩勇来电。他犹豫一下,接起电话。

刑侦智能云作战室门外,韩勇被卫萍和小张拦在门外,指着卫萍骂:"姓卫的,你拦住我汇报案情,你居心何在?"

卫萍满脸不屑:"陈局亲自坐镇指挥,田局、夏政委都在,你是什么级别?这是你能来的地方吗?"

韩勇愤怒地指指卫萍,拨通了刘彬的电话。刘彬一接通,韩勇就赶紧说:"刘彬,方玉良有炸药!"

刘彬看着监控屏幕中的方玉良,说:"是的,他绑在身上了!"

韩勇更急了,擦擦额头的汗:"让郑钦注意安全!我得到的消息是,方玉良买的炸药全是真的,能炸垮一栋楼!"

郭毅君听到了刘彬手机里传来的韩勇的声音,不再犹豫。他马上对电台说:"按郑钦说的做!"

办公室内,便衣刑警们接到耳麦里传来的命令,担忧地看看郑钦,依次持枪退去。

郭毅君马上拨通了陈诚的电话,汇报情况后说:"陈局,我建议立刻研判爆炸威力,以及引发次生灾害的后果。"

刘彬也回过神来,立刻坐到电脑前,调动刑侦智能云的大数据分析,很快汇报:"根据市政工程图,阳光会所改造时,地下设有煤气总管。如果炸药被引爆,可能会引起连锁反应,甚至会在CBD区域造成闪爆!"

办公室里,只剩下郑钦和方玉良。

郑钦直视方玉良:"方玉良,我可以答应你的条件,不过,我需要半个小时!"

方玉良目光扫向头顶的监控摄像头,似乎看到了幕后的郭毅君。他眼神接近癫狂:"我给你十分钟! 我见不到付长坤,你就给我陪葬!"

郑钦争取道:"十分钟太短了,来不及!"

方玉良随时准备同归于尽,手里攥住引爆器,喊道:"那我们就死在这儿吧!"

商务车里,刘彬捏紧拳头,后背冷汗湿透。郭毅君看着监控画面,通过耳麦命令道:"郑钦,我可以马上把付长坤带来,配合你的行动。切记,这只是缓兵之计,付长坤只能到楼下。"

郑钦神色不变,答应方玉良:"好! 我答应你,立刻把他带来!"

方玉良讥讽冷笑:"你敢骗我,同归于尽! 呵,你们这些伪君子,只有死到临头了,才愿意听人说话!"

郑钦看着满面沧桑绝望的方玉良,往日场景,历历在目。

方玉良拿着一叠材料,满眼期望恳求地看着自己:"郑警官,这是我整理的材料。"

欧阳慧敏拿着报告,不甘心地说:"郑队,要不请刑警学院的DNA专家来技术攻关,再试一试?"

郭毅君不怒自威地说:"郑钦,没有作为,就没有地位!"

最后,是杨业口吐鲜血、目光涣散的样子。

郑钦知道,这一切都源于自己面对名利时失去了初心,一错再错。现在面对生死考验,他反而觉得有种释然。如果可以,他愿意用自己的生命来完成救赎。

郑钦平复心情,缓缓说道:"其实,我们也算同病相怜。以前你是副厂长,我是重案队队长。现在都不是了。你的妻子和儿子不在了,我的战友也牺牲了。"

想到妻儿,方玉良眼中闪过痛苦,麻木地扯扯嘴角:"现在,说什么都没用了。"

郑钦放缓语气:"方玉良,你不就是想要公正吗?如果我们同归于尽,所有人只会记得,你是个杀人犯。没有人会记得振联厂发生了什么。"

方玉良靠在墙壁上,保持戒备姿态,看着郑钦,面无表情。

郑钦沉声道:"当年振联厂改制,你和李德忠的想法不同。老厂长保守持重,而你年富力强,想要工厂发展,想做好实业。于是,当陆伟找到张惜和孙炳九,希望能给工厂引资,你动心了。"

方玉良被勾起了回忆,双目定在某处。

郑钦继续说:"孙炳九的背后,是有黑社会背景的付长坤,野心勃勃。他们向你保证,会任命你为副厂长,大力推动工厂改革。你其实已经感觉到他们动机不纯,不是安心做实业的人。但是,你还是妥协了。"

方玉良猛然看向郑钦,焦躁地吼道:"我没想到,师傅会坚决反对这件事!他还要去告发付长坤涉黑,去揭发崔忠和张惜受贿!我更没想到,姓付的王八蛋,会指使朱英和孙炳九害了师傅!"

郑钦点点头,说:"方玉良,你知道朱英为什么勾引赵小颖?真是因为她特别漂亮吗?朱英这么做,就是想激怒你,解散你的护厂队,让付长坤顺利拿到地块!方志强的死是个意外,但他的目的,确实达到了。"

方玉良手臂颤抖,却依然紧紧地攥着引爆器,歇斯底里地吼道:"所以我杀了那帮畜生!狗男女!都该死!他们都必须死!"

刑侦队,刑侦智能云作战室。
陈诚作为京海市公安局局长,在关键时刻必须立刻做出决断,命令道:"立刻启动一级红色预警,疏散 CBD 区域所有群众!"
陈诚拿起通讯电台对郭毅君说:"郭毅君,如果方玉良身上的雷管爆炸,会在 CBD 区域造成巨大破坏!我们必须避免群众伤亡,让郑钦不惜一切代价,务必再争取时间。"
郭毅君得到命令后,马上传达给现场所有干警,一边疏散会所人员,一边联系消防队支援现场。暗中潜伏的狙击手,已拉开枪栓子弹上膛,从不同方位瞄准方玉良,只等一声令下,将其击毙。
郭毅君用电台对郑钦说:"郑钦,会所地下有煤气总管,一旦爆炸后果不堪设想,无论如何,稳住他,拖延时间!"
刘彬凑到电台旁说:"找机会从窗户跳下来,我让消防放逃生垫接应!"
刘彬话没说完,郭毅君就挂断了电台。他目光深沉地看了眼刘彬,打开电台说:"付长坤到会所了,但是,他是嫌疑人,必须保住他的命!"
郑钦听到耳麦的声音,心念一转,目光有意地瞥向窗户。
方玉良果然很警觉,马上说:"郑钦,我劝你最好别动!"
郑钦看向方玉良:"付长坤已经到了,就在楼下!"
方玉良急躁地往窗前移动,向外看去,果然在会所门口,看到付长坤被两名警员押着下了警车。仇人见面分外眼红,方玉良双目猩红,喘着粗气说:"让他过来!"
郑钦举起双手,说:"方玉良,别站在窗户口!"
他抬起手,拉起一道深色的窗帘,阻断了方玉良的视线。

方玉良目光森然："你干什么？不想活了！"

郑钦面无表情："我是在帮你！现在至少有三把狙击枪，从不同角度瞄准你！但是，我还不想让你死。"

方玉良冷笑："我被一枪崩了，不是合你的心意？你他妈又能立功了！"

郑钦退回到办公桌后，说："我知道你不怕死。但是，你攥着引爆器，如果你被射杀，很可能死亡飘移引爆炸药。我还不想死！"

方玉良面露不屑："什么狗屁英雄！平安卫士？还不是贪生怕死！"

郑钦坦然承认道："是，我是贪生怕死！所以我想跟你做个交易。"

方玉良没有说话，紧紧盯着郑钦。

郑钦沉声道："我把窗帘拉上了，但是，狙击手的热成像瞄准镜，一样能锁定你的位置。恐怕你和付长坤说不上几句话，他们随时开枪击毙你！方玉良，你苦心经营、双手沾血为的是什么？我知道，你最希望的，是让付长坤的罪行大白于天下，是为李德忠的冤死昭雪，是让振联厂能起死回生！这难道不比你亲手杀死他，更有意义吗？"

方玉良情绪激动，紧紧握住引爆器，大声嘶吼："你少放屁！付长坤那个王八蛋，必须得死！"

郑钦冷静地说："你也知道，我的重案队队长已经被撸掉了。败军之将，无名小卒，领导不会在乎我的死活！但是，我有家人有孩子，我还不想死！我可以想办法，屏蔽掉热成像瞄准镜，让你和付长坤谈判，还能保障我的安全。"

方玉良将信将疑，警惕地问："我凭什么相信你，跟你交易？"

"付长坤很狡猾，他的办公室里有间密室。这是密室的遥控器。"郑钦的后背已经被冷汗湿透，但仍从容不迫。他从办公桌上拿起一个遥控器，按下开关，身后原本平滑的墙壁，无声裂开缝隙，露出一道暗门。密室的灯光自动亮开，可以看到三十平方米左右，可以看到有书柜、书桌等家具。

此时,在指挥车内,刘彬看到眼前这一幕,突然意识到郑钦想做什么。他不顾一切地从郭毅君手里抢过电台,声音嘶哑地说:"郑钦!不要进去!你疯了吗?别进去!"

郭毅君一把夺过电台,怒斥刘彬:"刘彬!你干什么?"

刘彬清俊的脸上毫无血色,手指颤抖,指着屏幕说:"他,他要引他进去。进去了,就出不来了!"

郭毅君目光深邃:"炸药如果是在密室爆炸,可以把破坏减到最小。"

此时的郑钦,像是没听到耳麦里的声音一样,指着暗门,大声说:"我搜查付长坤办公室的时候,发现了这间密室。它的材质很特殊,能屏蔽热成像瞄准镜。付长坤马上就来了,我可以在里面配合你,让他承认所有罪行,把工厂改建的利益返还给大家。"

方玉良看向密室,目光闪烁不定,青筋暴起的双手紧紧按住起爆器。

郑钦看出方玉良内心的挣扎,从耳朵上扯下耳麦,扔在地上,说:"我跟你的交易,只求能够活命!为了表示诚意,我现在把枪扔了,同时关掉摄像头,自断后路!我的命在你手上,生死随你!"

郑钦又从腰间摘下那把象征荣誉的老枪,扔到地上。他小心地拿起墙角一根高尔夫球杆,打碎了头顶的摄像头,缓缓后退,进入密室,每一步都小心翼翼。

郑钦边退边小心引导道:"我劝你也进来,免得付长坤的面还没见到,就被狙击枪给打了,那你的心愿怎么达成?将来怎么去见老厂长和那些工友?"

方玉良目光变幻,看着郑钦步步后退,竟然也鬼使神差地跟着他的脚步,跨过密室的门槛。真正勾动方玉良的,不是生死,而是他想在临死之前弥补自己对老厂长和工人们的愧疚。

阳光会所周边的区域,已经开始疏散群众。案情层层上报,舆论飞速传播,全京海的视线都集中在阳光会所。

闻讯而来的记者郝悦,面对直播镜头报道:"现在大家可以看到,这片区域的群众,正在有组织地撤离。不过距离完全疏散,还需要一定时间。据可靠情报,我们的平安卫士郑钦,已经在犯罪现场……"

郑钦家。郑佩看到手机里的现场报道视频,整颗心都悬了起来,泪水在眼眶里打转。旁边的鲁鲁察觉到不对,扬起小脑袋问:"小姑,你怎么啦?"

郑佩顿时哽咽,却不得不强行忍住,勉强笑笑说:"没事!你郑爸在忙工作,我们要相信他!他肯定会没事的!"

鲁鲁认真点头:"当然了!我相信郑爸!他是大英雄!"

郑佩匆匆地转过身去,紧紧捂住嘴巴,泪水汹涌而出。

阳光会所内。这间密室是付长坤改造阳光会所办公室时,特意重金打造,用钢板包裹,专门用来收藏贵重物品和重要文件。被郑钦搜查后,桌柜里已经空空荡荡,包括角落里的德国进口的大保险柜。

方玉良盯着郑钦,嘶声道:"快让付长坤过来!"

"你放心,他马上到!"郑钦走到密室最深处,始终平静地面对方玉良。

方玉良突然觉得光线变暗,意识到不对,回头看去,只见密室的暗门已在悄然关闭!

方玉良回身扑向暗门,却没来得及阻止,门缝合上,紧密封闭。方玉良意识到自己被骗了,怒吼:"郑钦!你敢骗我!"

郑钦亮出手上的遥控,坦然道:"方玉良,这间密室一旦被锁死,只有从外面打开。"

方玉良仿佛是殊死一搏的困兽,双眼通红,歇斯底里道:"郑钦,你找死!"

郑钦瞳孔猛缩,反问道:"我是骗了你,那你呢? 你到现在还在骗你自己!"

方玉良怔了怔,似乎没有听清:"什么?"

"二十年前,你就知道老厂长死亡的真相,却不得不同流合污,造成他失踪的假象。对吗?"郑钦徐徐地说出了方玉良不肯承认的事实。

"你胡说八道!"方玉良脖子青筋爆出。

郑钦沉默片刻,说:"可是你没有想到,孙炳九和朱英贪婪短视,付长坤只想压榨金钱,陆伟也跟着他们中饱私囊,克扣工人。你想尽办法转产转型,带着工人自救,才勉强保住工厂……"

方玉良内心的伤疤被揭开,埋藏在深处的悔恨,随之迸发。他眼眶发红,神情追悔。

郑钦继续说:"他们从你和工人身上吸了那么多血,还不满足。付长坤见地价上升,就惦记上了振联厂的地。他指使打手捣乱生产,还想把你赶出工厂。你只能组织护厂队,跟他们勉强对抗。直到方志强出事,你才彻底明白,这些年来你是在与虎谋皮! 你是引狼入室! 后悔吗? 愤怒吗? 你只有杀了他们,才能给李德忠报仇,给老婆孩子报仇! 才能给你自己赎罪!"

郑钦的话直击方玉良的内心,将他隐藏最深的秘密和伤疤血淋淋地揭开。方玉良整个人像是虚脱,靠在墙壁上,胸口剧烈起伏,沉闷喘息。他抬眼看向郑钦,说:"郑钦,你说得都对! 那你呢? 如果你当初不那么傲慢,如果你肯多听我说说,多看看我的材料,了解案情背后的故事,还会有今天吗?"

郑钦看着方玉良,说:"方玉良,我承认我的错误,我也付出了惨痛的代价! 现在,收手吧! 付长坤会受到审判,你现在收手,起码,能活着看到他的法院判决!"

方玉良惨淡地摇摇头,嘶声道:"收手？不可能了！我是杀了很多人,那又怎样？你们这些高高在上的人,又比我好在哪里？我恳求过你,我给过你线索,给过你机会！可你每次都让我失望！我本来只想杀掉付长坤,现在,我要你们给我陪葬！"

郑钦沉默片刻,从容而坚定地说:"好,既然我有错,今天,我就亲手结束这个错误！方玉良,别伤及无辜,动手吧！"

方玉良目光绝望,发出最后的怒吼:"去死吧！"

彻底疯狂的方玉良,狠狠地按下引爆器。

"轰！"一团明晃晃的光线,猛然向外炸裂,万千光束喷薄而出。

一声轰然巨响,震荡了整个CBD。

下一个瞬间,世界陷入了安静。

多功能指挥车上,郭毅君愣在原地,看向阳光会所,嘴唇微颤。

"郑钦！"刘彬发疯般冲下车。

他穿过警戒线,踩着被震碎的玻璃碴,跑进阳光会所,却被逆行而来的消防队员拦住。小洋楼部分坍塌,窗户碎裂,冒出滚滚浓烟,直冲云霄。

刘彬双眼发红,沙哑地大喊:"郑钦！郑钦！"

没有回音。

附近匆忙撤离的人群,停下了慌乱的步伐。

密切关注的市委领导、刑侦智能云作战室的陈诚等人,都意识到发生了什么,低头惋叹。

郑佩紧紧抱着鲁鲁,看着直播中的影像,浑身发抖,泪流满面。

爆炸后的残破建筑中,浓烟还没有散去。消防员们全副武装,扑灭了残火,基本排除了闪爆的危险后,开始在密室附近搜寻。

刘彬开始一直忍着,怕给消防员增加负担,现在再也忍不了了。他冲入建筑,深一脚浅一脚地,在满目黑暗中,寻找着微乎其微的希望。

一个消防员发现地上有一个金属重物,斜卡在角落里,推了推很重,说:"这里有个铁柜子!"

附近的刘彬听到这句话,心里突然一动,声音被烟熏得嘶哑:"保险柜!保险柜里!"

消防员经验丰富,明白了刘彬的意思,大家一起努力,把那个特制的保险箱横放在地上。有消防员拿出工具,撬开了保险箱已经变形的铁门,赫然出现一个蜷缩其中的男人,就是郑钦!

"郑钦!"刘彬激动地喊着。郑钦紧闭双目,一动不动。

消防员说:"爆炸冲击太大,他昏迷了。"

刘彬双手颤抖着,和消防员一起,把昏迷的郑钦从保险箱内抱出。

半个月后。京海市第一人民医院。

郑钦穿着病号服,静静地躺在病床上,带着吸氧装置,神色平和,如同睡着。心电监护仪的声音,滴滴持续。

刘彬、韩勇、蔡斌和欧阳慧敏等人站在病房外,透过窗户,关切地看着郑钦。郑佩清瘦许多,面色有些疲惫憔悴,但是精神状态还可以,说:"谢谢大家,总来看我哥,医生说他的身体状况在恢复,但是头脑受到的震荡损伤,比较……"

郑佩哽咽了一下,说:"比较严重,所以一直没醒。不过医生说,他会好的!我相信我哥,他随时可能醒过来!"

韩勇咳了咳,说:"当然了!郑钦这小子,这么倔,肯定还得回队里跟我吵架!"

蔡斌拍拍韩勇,说:"放心!吉人天相,大难不死,郑钦肯定没事!"

欧阳慧敏关心地说:"我跟主治医师谈过了,我也觉得没事!小佩,鲁鲁现在还好吗？家里有什么需要帮忙的，随时跟我们说。"

郑佩感谢地说："谢谢，放心，彬哥经常来替换我，李娜、秦奋也都帮忙了。鲁鲁还不知道我哥住院，我跟她说是出差了，她还一直问我，郑爸能不能看她演出……"

郑佩几度哽咽，打起精神来说："没事的、放心，会好起来的！"

刘彬看看郑佩的脸色，说："小佩，你送送蔡老勇哥和欧阳，顺便回家休息一下，我来陪床。"

郑佩想了想，不太放心鲁鲁，就感激地说："谢谢彬哥，鲁鲁晚上有演出，我先回去给她准备一下。走，我送送大家。"

郑佩陪着大家离开。刘彬独自回到病房，在病床前坐了下来。

他静静地看着郑钦，修长的手指覆上了郑钦微凉的手，低声说："郑钦，醒醒吧。我知道，你进密室的时候，就做好了同归于尽的准备。但是，既然爆炸那一刻，你能及时躲进保险箱，你就能活下来！现在，方玉良死了，付长坤和小六子都交代了，案件了结了，你该回来了！"

刘彬深吸一口气，说："队里的人都很想你，蔡老、勇哥、欧阳他们刚走，小戴上次来看你，都掉眼泪了。呵，连王小利和钱茂盛都来过，我看，他倒是真盼着你醒过来！郑钦，你呢？你怎么不愿意醒来呢？你是觉得杨业一个人在那边，太孤单了吗？可是，重案队怎么办，小佩怎么办，鲁鲁怎么办？"

刘彬的声音越来越低，近乎哽噎："还有，我怎么办？我一个人在这儿，也很孤单啊！"

几滴热泪，落在两人交叠的手背上。

郑钦浓黑的睫毛颤动几下，睁开了眼睛。

华灯初上。明海河畔，江景别墅。

富丽堂皇的包间内，落地窗正面对着京海璀璨的江景。郭毅君、卫萍、小贲及经侦队队长管理等人,正在觥筹交错,气氛热烈。

管理40多岁,白净儒雅。他举起红酒杯,走到郭毅君身边,笑道:"郭队,祝您步步高升,以后分管我们经侦队,还请多多关照!"

卫萍用公筷夹起一块肥美的龙虾,殷勤地放到郭毅君的盘中,嗔道:"管队,您怎么还叫郭队?要叫郭局了!"

郭毅君脸色红润,起身和管理碰杯饮酒,矜持摆手道:"任命还没下来,大家低调啊!"

卫萍给郭毅君续了酒,笑道:"公示都出来了,同志们早点儿改口,有利工作开展啊!"

郭毅君哈哈大笑:"你们看,这政治处主任说话,就是有水平!有前途!"

卫萍闻言暗喜,和管理对视一笑,急忙举杯敬酒。郭毅君心情很好,来者不拒,又喝了一杯红酒。

小贲看看手机,低声说:"领导,刘队说,郑钦醒了,意识已经完全恢复了。"

郭毅君微微一顿,笑了笑:"好啊,人没事就好。"

他话音一转,指指小贲说:"小贲这几年干得不错,联络员不好干啊!以后,可以跟我到市局去!"

"哎哟,那可真是,感谢领导!"小贲激动地站起来,双手抱着酒杯。

卫萍也站起来,举杯道:"郭局,祝贺您!我们再敬郭局一杯!"

众人纷纷起身敬酒,郭毅君端起红酒,一饮而尽。他面上谈笑风生,心里还是因为郑钦苏醒的信息,多了几分思量。

过了一会儿,他便站起身说:"各位,感谢大家!我还要回队里看些材料,就先走了,你们继续!"

卫萍和管理等人纷纷起身,盛赞郭毅君兢兢业业的工作精神。郭毅君客套几句,带着小贲离开餐厅。

月色下，江景迷人。长江后浪推前浪，浮世新人换旧人。

新城区，京海市歌剧院。

老师带着鲁鲁和同学们在后台化妆，换衣服。鲁鲁神色忐忑，不停地看向外面。一个和她要好的女同学轻轻问："鲁鲁，你爸爸和你姑姑会来吗？"

鲁鲁点点头，说："我爸答应过我的，他肯定会来的！我小姑下午给我送衣服的时候，可高兴了，她说我爸很快就出差回来了！我小姑都高兴哭了，我爸还会不来？"

女同学高兴地点头："对哦！我爸爸妈妈也是，说都在台下给我们加油。"

歌剧院外，广场电子大屏幕上，萧书记正在接受采访："我们在前进的路上，要保持自省和初心，为人民创造高品质的生活体验，让每个人都能感受到，城市的温度和生活的美好。"

刑侦队，队长办公室。

郭毅君坐在办公桌前，喝了大半杯茶水，翻开了付长坤案的厚厚卷宗。

付长坤早期出身涉黑，起势后在京海商界耕耘多年，身后黑白关系盘根错节，手里的命案不止李德忠一起。李德忠案当年是被郭毅君定性为失踪的，虽说现在追究起来，并不能说他有什么责任，但是对于关键期的他来说，也不是什么好事。

幸运的是，田副局长在站好最后一班岗的同时，对付长坤的案子十分上心。甚至是自己的老对手夏政委，态度也很微妙慎重。队里的人都因为郑钦昏迷不醒而忧心忡忡，刘彬更是天天往医院跑。郭毅君主导亲抓侦查工作，付长坤的审讯供述，全部直接切合入方玉良案。在二十年前的事情上,没有人强调,也就没有特别的追究。郭毅君顺风顺水地通过了副局长的谈话和考察。

现在,郑钦醒了。

郭毅君轻叹一声,看向办公桌上的相框,那是他和老婆、女儿的全家福。照片里的郭毅君,年轻端正,意气风发,对未来充满向往。

他又叹了口气,翻看着卷宗,仔细看着每行每句,要把工作做到最细。

时间在不知不觉中过去,郭毅君伸手去拿茶杯,突然胸口传来抽搐感的剧痛。

"嗯……"郭毅君闷哼一声,双手颤抖着从上衣口袋里摸出药瓶,打开后才发现,药已经吃完了。

歌剧院内。

合唱团的小演员们从后台款款而出,鲁鲁走在中间,向台下看去,希望能找到郑钦和郑佩。台下响起热烈的掌声,音乐流淌而出,压轴的合唱演出正式开始。

此时,郑钦被刘彬和郑佩扶着,从侧门缓缓走进大厅。他的脸色还有些苍白,却带着满满的笑容,看向台上的鲁鲁。郑佩兴奋地跟鲁鲁挥手。

鲁鲁作为领唱,站在中心位,看到郑钦和郑佩后,眼睛一亮,笑容更加灿烂。

刑侦队,队长办公室。

郭毅君焦躁地将手里的空药瓶甩出去,去拿手机,想要求救。然而,胸口的疼痛每分每秒都在加重,他额头冒出豆大的汗珠,手机被他不小心碰掉在桌下。

他弯下腰,费力地去捡手机,勉强地拨通一个电话,又是一阵头晕目眩。

他的眼前,突然出现了萧志雄书记。萧书记一脸严肃地说:"所谓程序的公正,不能代表实体的正义!"

陈诚局长走出来,接着说道:"郭毅君,没有作为就没有地位!"

田力从陈诚身后走出,声音冰冷:"不要叫我田局,你这是语言贿赂,应该叫我田副局长!"

夏一攀跟着现身,面无表情道:"郭毅君,你赢了吗?"

紧接着,李德忠、方玉良、赵小颖、朱英、张惜、陆伟、孙炳九……相继出现在眼前,有人怒目而视,有人面目狰狞。

郭毅君跌倒在地,眼前雾气消散。他看到了墙上那幅他最喜欢的墨宝——功过自在春秋。

"郭队!郭队!"小贲焦急的声音在耳边响起。

郭毅君喉咙低声呜咽,陷入昏迷。

歌剧院,舞台上,合唱进入最后的高潮。

鲁鲁天籁般的歌声纯洁无瑕,赢得台下掌声雷动。

郑钦和刘彬对视一眼,看看郑佩,又看向女儿,骄傲地微笑。

图书在版编目(CIP)数据

老枪／万安著.—上海：文汇出版社,2021.7
ISBN 978-7-5496-3615-0

Ⅰ.①老… Ⅱ.①万… Ⅲ.①长篇小说-中国-当代
Ⅳ.①I247.5

中国版本图书馆 CIP 数据核字(2021)第 140533 号

·万安刑侦系列小说·

老枪

作　　者／万　安
责任编辑／黄　勇
特约编辑／建　华
封面装帧／王　翔
封面题字／王德荣

出版发行／**文汇**出版社
　　　　　上海市威海路 755 号
　　　　　（邮政编码 200041）
经　　销／全国新华书店
排　　版／南京展望文化发展有限公司
印刷装订／上海新文印刷厂有限公司
版　　次／2021 年 9 月第 1 版
印　　次／2021 年 9 月第 1 次印刷
开　　本／890×1240　1/32
字　　数／310 千字
印　　张／9.75

ISBN 978-7-5496-3615-0
定　　价／60.00 元